如何拥有属于自己的动物园

[英] 琼·莫莎德 著
June Mottershead

尤丹婷 译

2019年·北京

OUR ZOO: The real story of my life at Chester Zoo
Simplified Chinese Translation Copyright©2019
By the Commercial Press. Ltd.
Copyright©2014 Big Talk Productions Limited.
The right of June Mottershead to be identified as the Author of the Work has been asserted by her in accordance with the Copyright, Designs and Patents Act 1988.
First published in Great Britain in 2014
by HEADLINE PUBLISHING GROUP

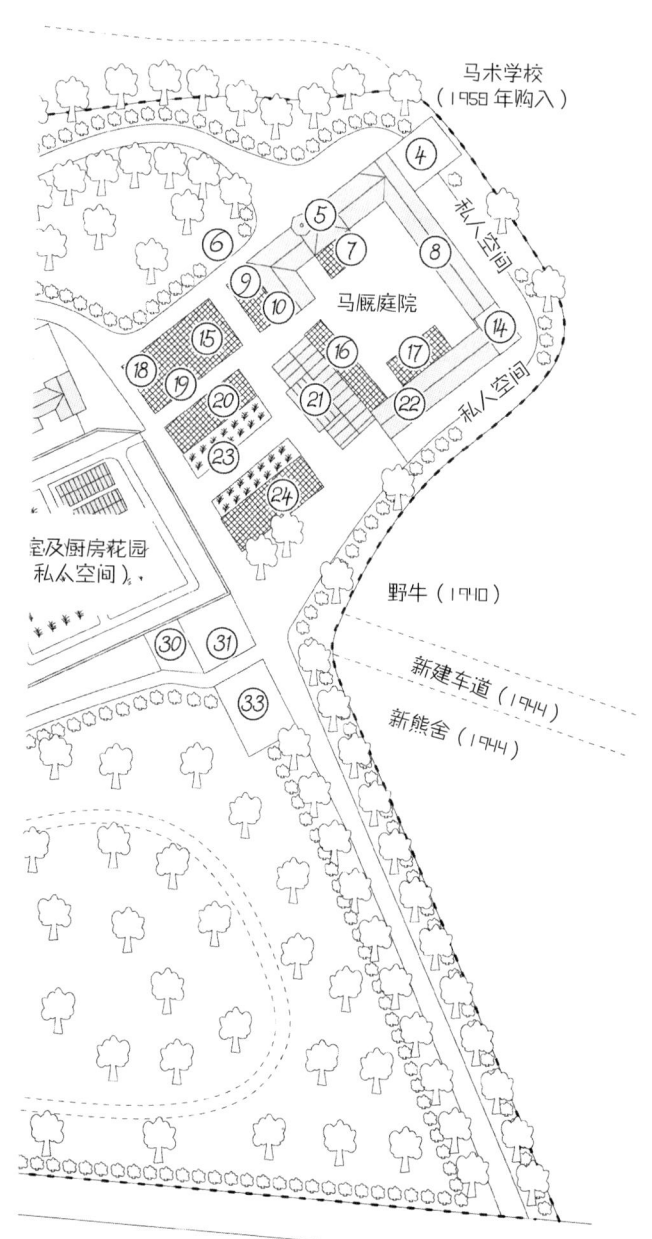

推荐序
Recommendation

你喜欢动物园么？有不少朋友不喜欢，甚至有一些人宣称，动物园应该关掉，放动物们自由。

作为一个动物园爱好者，我其实很理解这些"动物园黑"的想法。确实，我们的身边有太多糟糕的动物园了。有的动物园 10 年内能出 5 次死人的恶性事故；有的动物园里动物园病恹恹；有的动物园中有人抽着鞭子逼动物表演……不好的动物园问题有很多，看到的动物园都不好，怎么可能会喜欢呢？

但如果你去过纽约布朗克斯动物园，去过瑞士苏黎世动物园，或者离我们更近的新加坡动物园、日本上野动物园，会发现它们不太一样：园中的动物生活在较为自然的环境，看得到它们眼中的尊严。动物园赋予动物的尊严，也会让参观的游客感到尊重。这些动物园是现代动物园的代表。

动物园诞生了数百年，无论如何发展，都要面对剥夺动物自由的原罪。但这么多年过去了，现代动物园的愿景渐渐清晰，浮现出3大目标：科学研究、珍稀物种保护和自然教育。一个好的动物园，是研究动物尤其是动物行为的基地，是拯救野生动物的救护中心和繁育中心，更是让公民热爱自然、了解自然、发愿保护自然的地方。实现这样的目标，动物园才能面对自身的原罪。

要实现这样的目标，就必须要让动物生活得更自在，更像是在自然中生活。所以，动物园的发展方向，肯定是摒弃光秃秃的小铁笼子，尽量给动物还原原生环境的大场馆。在现代动物园行业里，有一篇叫作《如何展示一只牛蛙》的文章，被当作行业圣经，指引着许多动物园从传统动物园转变为现代动物园。它讲述的就是围绕着一只牛蛙的展示，还原它原生的沼泽地，引入伴生动物，并以此为核心铺排自然教育，最终组建一整座动物园。这篇文章发表于1968年，作者是纽约动物学会的老会长威廉·G. 康维。50年过去了，它依旧不过时，依旧指引着现代动物园的发展。

而在此之前，如何才能建成一座优秀的动物园，许多动物园也有自身的探索。本书讲述的英国切斯特动物园的故事就是一例。这座动物园一开始是由一个不富有的家族创办，靠着一家人的一股劲儿，执拗地走上了正轨。如今，切斯特动物园依旧是全英国最受欢迎的动物园之一。

这是一个好故事，它能帮助中国的动物园向前进。过去几十年,中国动物园行业长期落后于世界,没有赶上现代动物园的进步大潮。但在最近5～10年,整个行业在向好的方向发展,许多老园翻修一新,生机勃勃,让人心生希望。本书所讲的故事,会激励动物园行业和动物园爱好者,推动他们前进,也会让所有人知道一座好的动物园可以如何建立,理解动物园。

这种推动不是书中的技术细节,因为不少已经落伍了。比如说,书中的园长希望建一个熊岛,这个展区视野开放,游客可以围绕它好好观察。但这种对开阔视野的追求,会让动物觉得没有安全感,现代动物园会讲究视野的合理遮挡,让动物不会感觉到被一览无余。但我们也能看到一些至今不落伍的设计,比方说他们会在温室中放养爬行动物,这样利用温室混养动物的方法至今依旧新潮。

激励大家的会是这个家族的爱。切斯特动物园的建立经历了席卷全世界的大萧条,经历了第二次世界大战,但就在这两个可怕的时间段当中,建园家族也咬紧牙关,尽可能地拯救每一只动物,提升它们的生活福利,想方设法地让动物过得更自在;而在齐心协力照顾这些动物朋友的过程中,动物与人相互影响,相互为对方带来爱与安全感,也是这本书想要展示给读者的一条有关如何获得幸福的秘籍。如果一个动物园有这样的恒久追求,自然会想办法学会最新的技术,自然会变好。

技术可能过时,但对动物、对自然的爱,永远不会变。

花蚀

2018年9月

序 Introduction

2010年的一个深夜，我接到一个自称亚当·肯普的年轻人打来的电话。我想不起来他是谁，不过对于我这个年纪的人来说这并不奇怪。他说他在威勒尔长大，小时候常常去切斯特动物园郊游，可长大后就再也没回去过了。某个周末他回家看望父母时故地重游，在原本是水族馆的位置仔细读了那些旧海报上关于这个动物园的历史：关于我父亲最初如何开始建立它，关于我们——祖父母、爸爸、妈妈、姐姐穆丽尔和我——如何到这里生活，以及为什么这一切像是从来没有发生过。

"事实上，"他说，"我是个电视制片人，关于这个动物园和您的家族故事将成为很好的剧本素材。我想,是否能与您见面聊聊呢?"

我的丈夫弗雷德,这个与我共度了六十三年快乐时光的人,说:"为什么不呢?"

"记得,没那么快呢。"我的这位年轻客人与我们告别时叮嘱道。那天我们可能聊了好几个小时吧。"可能还需要等上几个月才能确定是否开拍。电视台就是这个样子。"他并没有夸张,三年多后那部电视剧才正式开拍。

我丈夫总是这么不经意地回答"为什么不呢"。他总是向往着下一个转角、下一段奇遇。亚当·肯普来访的一周后,我们去了印度尼西亚,与在雅加达当老师的大女儿一起过圣诞节。中途我们从龙目出海去了吉利岛,弗雷德和乔一起浮潜、玩耍的时候,转头发现身边有只玳瑁正和他一起游泳。一个八十多岁的人还能下水浮潜,这已经挺不错的了。我们一直热衷旅行,不过相比花钱住高级酒店或参加旅行团,我们宁愿当背包客。这不是我们第一次去东南亚,但应该会是最后一次了。这年6月弗雷德被确诊为食道癌,只剩下六个月的寿命。

我曾想叫停这个电视剧拍摄计划,不过他不肯。"你怎么知道呢,"他说,"说不定会很好玩的。"我并不想仔细描述他最后几个月过得有多艰难,我想说的是,他用他一贯的坚忍和幽默来面对了一切。孩子们也做得很好,我们一起度过了最后一个快乐的圣诞节。他在2012年1月去世了。

出乎所有人意料，尤其是我，拍摄计划仍旧在推进。像过去一样，弗雷德这次也说对了。拍片子的经历着实有趣，像是一段奇遇。拍摄的过程让我经历了人生最快乐的几个星期，我像是成了一个新家庭的一员，它也为我打开了通向新世界的大门。

当然，电视剧和真实生活还是有所不同的。这并不完全是穿越旅行。首先，电视剧并不是在奥科菲尔德拍的。虽然我们原来的宅子和建筑这么多年间并没有改变多少，拍摄团队的进驻还是会打乱动物园的日常生活。更重要的是，你不能从外面带动物进来。至于阿普顿，当我们1931年搬进来的时候，这儿差不多只有十几间别墅沿路排开，还有一间小店、一个邮局和一个小小的学校，它们的后面都是大片大片的空地。拍摄时取景的屋子是剧组在沃灵顿附近找到的一个大宅，它有着和奥科菲尔德里那栋相似的红砖墙面。剧组给那栋房子铺上假的常春藤。嗨，还挺像那么回事的。

至于我的角色嘛，最近有人问我看到年轻的女演员演自己会不会觉得奇怪。我倒不觉得。他们剧本中的小琼比我当时的真实年龄大。1931年的时候我才四岁。我一刻也没有觉得是在看自己的分身（她可比我漂亮多了）。还有就是动物的问题。在大概六年的时间里，我最好的朋友是只叫作玛丽的黑猩猩，不过因为黑猩猩不能直接参加演出，所以剧中玛丽没有出场。

"他们怎么敢这么干？"当我的朋友南希知道了以后说，

"就讲讲真实的故事怎么了？！为什么他们非要改掉它？"从孩提时代起，南希和我就是朋友。她家在阿普顿的另一边有个庄园。她也是少数几个我愿意带回家的好朋友。我对她说，这件事我并不是这么看的。"因为这不是纪录片呀，这是个电视剧。"我按照剧组告诉我的说法回应她。确实如此，如果全按真实的情况来演，剧组可能就会过于庞大了。因为其中有太多故事线，而且跨越了太长的时间。在现实中，我母亲那会儿和她的三个兄弟一起生活，所以其实我有三个阿特金森叔叔，不过在电视剧里他们只给我"留下"了其中一个。这就是所谓"艺术改编"嘛，我倒觉得这没问题。即使剧情有些不同，我自己在看的时候有时却会忽然一个激灵，觉得"啊，以前就是这个样子的"。因为整个故事的核心——关于我父母如何咬紧牙关坚持下来建立起动物园的故事——依然原汁原味地保留在改编后的剧集之中。

电视剧《我们的动物园》（*Our Zoo*）[①]在字幕中写道，"这部剧受到了乔治·莫莎德的故事的启发"。我的父亲就是这样一个有启发性的人。他能从一栋空空如也的维多利亚式建筑开始，一点一点地使它变成一处绅士公馆，又化为"一战"时期比利时官员的住所。再后来，还成就了全世界最好的动物园之一。关于这一点我深深地懂得，其他动物园主管也都懂，而现在，成千上万的普通人也能感受到了。这就是我一直以来的期待，

[①] 该剧及幕后花絮自2014年8月起在BBC1播放。——编者注

期待我的父母能得到他们应有的认可。

另一方面,南希也说对了一件事。虽然莫莎德家族和切斯特动物园的故事可能并没有那么多的浪漫元素(我和弗雷德的故事算是最浪漫的部分了吧),但现实中的情节是同样的跌宕起伏,同样值得一直流传下去。

琼·莫莎德
切斯特附近的阿普顿,2014 年 9 月

目录
Contents

第一章	001	第八章	191
第二章	023	第九章	217
第三章	051	第十章	235
第四章	079	第十一章	261
第五章	109	第十二章	291
第六章	143	致谢	318
第七章	169	图片来源	320

 第一章

我能记得的最早的事,是我们随着搬家货车到达奥科菲尔德庄园的那一晚。那天是1930年12月7日,有我、母亲、姐姐、一只卷毛猴、两只山羊和两只牡丹鹦鹉。那年我四岁,姐姐穆丽尔十四岁。当时我父亲并没有和我们在一起,因为他去德比郡抓熊了。只要能抓到熊,他就能用极低的价格把它买回来。这只熊便是切斯特动物园最初的"藏品"了。

我们费了好大的劲儿才找到通往主楼的小门。这庄园太久没人住了,以至于花园里的植物——紫杉、冬青、杜鹃花——过于繁盛,小路两旁的树木从篱笆间肆意伸展开来,遮盖了整条路。我

们走的那条路是条窄窄的乡间小道,一路没有其他屋子,也没有路牌。伸手不见五指,天气还非常冷,我们看不见前方的任何东西,只是顺着路驶到屋子门口。

开车的穆丽尔和母亲从车上卸下家具,堆到一个大厅里。那个厅比我们的老房子中任何一间还要大。母亲点上了蜡烛照明。她和穆穆对付那些动物的时候,我和那对牡丹鹦鹉就在大厅里等着。那天真冷啊,呼吸都会冒出白烟。屋里空空如也,只有地板和瓷砖,没有地毯,没有窗帘,响着空旷的回声。因为我们得找地方睡觉,姐姐和母亲把父母的双人床架搬上了楼——还好那个巨大的门厅有宽阔的楼梯,她们好不容易把床架搬上楼之后,我母亲打开了她见到的第一扇门,于是这就成了她一辈子的卧室。我累得没法帮忙,只是蜷坐在角落里,母亲和穆丽尔下楼把那个大大的羽绒床垫从车里拽上楼,接着是其他寝具和羽绒被。

第一晚实在太冷了,母亲、穆丽尔和我衣服都没有脱就一起躲进了被子里。长大后还能记得的小时候的事情有时候是很奇怪的:当时我想上厕所,可我们根本不知道厕所在哪儿,于是母亲下楼拿来了我的痰盂。她看不清路,在回来的路上撞上了柱子。借着烛光可以看见她额头上起了大包,我觉得这都是我的错。

在那个年代,如果一个政客给他的妻子和孩子开工资的话,人们都会对他翻白眼,因为大家会觉得这是为了避税。但我父亲乔治·莫莎德这么做应该没有人会质疑：虽然毫无疑问，他是使切斯特动物园成为切斯特动物园的主要推动者，但如果没有其他家庭成员参与的话，这一切都不可能发生。

我的外公托马斯·阿特金森，是湖区的一个山地农场的农场主。他在我父亲的贷款申请被银行拒绝后，向他提供了买下奥科菲尔德所需的私人按揭。我母亲在那偏远的威斯特摩兰郡丘陵地区的生活经历，教会了她如何自给自足，以及一切关于动物饲养等所需要的技能。而这十年的经历让她在二十七岁嫁给我父亲之后，对安排好一大家子的生活这件事无比在行。

莫莎德家族这边，父亲的父亲艾伯特是位苗圃总管，他负责处理一切和动物园里的花园相关的事务。那时他三十岁，是迪兹伯里一处叫作布罗克赫斯特的庄园的首席园丁。他负责照料几英亩范围的区域，那儿有许多不同种类的树和花、一个玻璃暖房、几个防寒温室（冷床）以及一个温室大棚。这些都是那个年代工作在曼彻斯特、住在乡村里，以火车通勤的维多利亚时代富商痴迷的东西。祖父的雇主是威廉·布鲁克班克家族的成员，他是一位业余园艺学家。那个年代，植物学家正在游历世界各地，搜集异域植物，收藏活动在那时风靡一时。随着装载着棉花和糖的货船一道，那些停靠在利物浦码头的货船也带来种子、扦插枝和幼苗，它们都会被养在像布鲁克班克先生家那样的温室里。祖父从那时起，培养起了对高山报春——耳叶报春的热爱。这份热爱延续至他的一生，他不仅到处参加英国的各种花展比赛，还得了很多奖，甚至最终成了那些比赛的裁判。

我的祖母露西抚养过七个孩子，不过只有四个是亲生的。她和祖父初次见面的时候，他已经是鳏夫了。祖母同样也在动物园服务了许多年。她和祖父结婚的时候三十四岁，是他的第二任妻子。虽然从来没人八卦过，不过，他可能是为了给他第一任妻子所生的三个孩子找个继母才二婚的（他的发妻三十四岁的时候死于癌症）。结果发现，这其实是天造地设的一对。爷爷是位身材高大的绅士，身高超过六英尺（约1.83米），而奶奶的身高最多就到他胸膛的位置。

最后该介绍我的姐姐穆丽尔了，她比我大十岁。我们都叫她穆穆，她一直都很喜爱小动物。十四岁从学校毕业之后，她就成了奥科菲尔德的第一位饲养员。随着动物园慢慢扩大，我们请了一些人来照看动物，穆穆就是仅次于父亲的大总管。

我丈夫弗雷德也是一名重要的角色。他是"二战"结束后来到这里当饲养员的，不过最后却成了工程师，帮我的父亲实现他的白日梦。弗雷德和我父亲特别合拍，因为他们都拥有"无中生有"的能力，而且手脚麻利。我父亲从来不知道什么叫作懒惰，也从来不曾懒惰过。

至于我，在1930年我们刚刚搬到奥科菲尔德的时候，除了添麻烦，我帮不上任何忙。不过当我父亲体会到了营销的价值——一张小女孩和动物的合照瞬间就能融化报纸编辑的心——我便找到了我的任务。不过，也许直到现在，我才发觉自己最珍贵的价值在于作为记录者，记下这个家族所经历过的起起伏伏、敌友情谊、经济萧条、硝烟战火。而我最终意识到，这一切的经历，都弥足珍贵。

所有认识他的人都会同意，乔治·莫莎德是股从来都不能被忽视的力量。那些让人望而却步的困难，在我父亲眼里都是挑战，而挑战对他来说不过是机遇的另一种表达方式。如果他决定做一件事，他就能做到；如果他自己做不到，他也能说服别人帮他做到。他的魅力能从树上把鸟儿吸引过来，也能吸引动物，当然还有人，尤其是女人们。

八岁那年是他一生的转折点。1902年6月，为了庆祝第二次布尔战争①结束，我祖父带着乔治（也就是我父亲）和他弟弟史丹利去了曼彻斯特的丽景动物园（Belle Vue Zoo）。刚开始（1836年），那儿还是间附带着小型动物展览的茶室，里面用精致的笼子展示猴子和鹦鹉。那儿离市中心有点远，需要坐马车才能到达，基本上也只有上层社会人士才能（有钱雇马车）去那儿。不过十年之后，火车开进了这个地区，随着源源不断的工人们挤满了曼彻斯特的棉纺厂，情况也就有所不同了。1902年时，丽景动物园标榜自己是"世界的展示窗"。除了动物之外，那儿还有游乐园、一条泥地赛道、不少运动设施和一

---

① 指1899年10月至1902年5月，英国同荷兰移民后裔布尔人建立的德兰士瓦共和国和奥兰治自由邦为争夺南非领土和资源而进行的一场战争。

个舞厅,甚至还有马戏团。夏天,他们会在湖中心的小岛上燃放烟花。

对那时只是小孩子的我父亲和叔叔来说,乘火车从他们居住的城市南部出发可算是种历险。那时我祖父正在塞尔摩尔①的苗圃工作。

坐落于摩西河与迪河之间肥沃土地上的塞尔本来只是一大片农田。18世纪布里奇沃特运河的开通为种植主们提供了一条向曼彻斯特运送水果蔬菜的低成本途径,而火车的发明使运输变得更为简单。到20世纪20年代的时候,塞尔已经成为了一个大型的商品菜园。

父亲从八岁开始就已经很了解动物了。他帮祖父建了一个鸟舍来养雀鸟、玄凤鹦鹉和虎皮鹦鹉。他有自己的甲虫和蜥蜴藏品——它们像偷渡者一样附着运抵利物浦港口的植物而来。我祖母给了他一间鸡舍,那里养着几只他从小鸡崽开始养到大的芦花鸡。但有能亲眼看见野生动物的机会,他还是兴奋得快疯了。我听过他无数次说起这段往事,虽然每次都有点儿不同,不过不至于让你觉得那是假的。

不过,与其说他兴奋,不如说他被震撼到了。虽然在图片上见过大象很多次,那些图片往往以大象的栖息地为背景,然而现实的情形却是:这高贵的生命,用它巨大的脑袋企图顶开布满铁钉的铁栏杆,像个囚徒。时不时地,它会伸出鼻子抓住

---

① 大曼彻斯特特拉福德的选举区,塞尔东部,包括塞尔摩尔村。

一根晃动的绳子以拉响铃铛，围观的人便会丢给它些什锦糖果作为奖励，在观众兴奋的叫闹声中，它会接住糖果，将它们送进自己浅粉色的嘴里。其他动物——狮子、猴子、大猩猩和长颈鹿——也是这样。

年幼如乔治，也能感到这些动物并没有得到它们应有的尊重。回程的一路，他都沉默着。

直到晚餐时，他宣布终于知道了自己长大之后要做什么——他要建造一座动物园，一座没有栏杆的动物园。

五年后我父亲从学校毕业。那时候，除非你特别出色、得到例如曼彻斯特文法学校给予的奖学金，不然除了找份工作，没有别的选择。除了帮助（祖父前妻所生的次子）艾伯特做些苗圃里的工作，他还当健身教练。那时的相片里——他摆着经典的姿势——看起来体格格外健壮。我不知道他从哪儿来的这个主意，不过这为他之后的工作打下了基础。

1914年夏，英德交战。虽然士兵的阵亡数字已创纪录，但一开始并没有征兵活动，而乔治也没有马上入伍。其一，他并不想因为这场"应该圣诞节就会结束"的战争失去他这些年积累起来的客户群。不过，他弟弟史丹利是第一拨自愿入伍的年轻人之一。史丹利比乔治小四岁，那时他也许觉得这是一场伟大的冒险。他是曼彻斯特团第19营的一员，驻扎在希顿公园进行基本的军事训练。在成为全国最大的军事训练基地之一以前，希顿公园一直是曼彻斯特最大的市级公园。随后，他又去

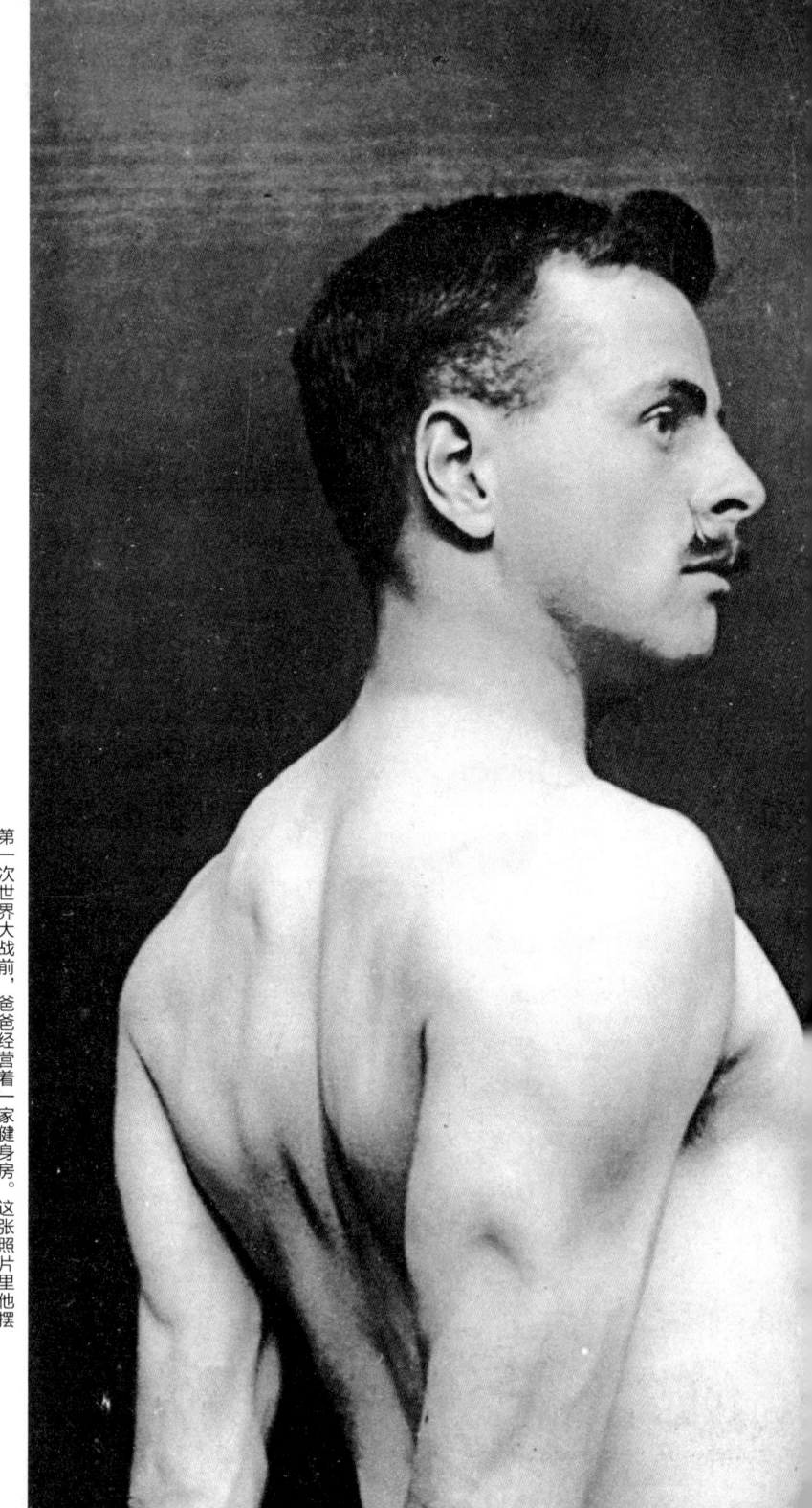

第一次世界大战前,爸爸经营着一家健身房。这张照片里他摆出一个经典的姿势,或许这是用来做广告的。

林肯郡和索尔兹伯里平原接受进一步训练。1915年9月,史丹利出征法国。

这年秋天,乔治在南兰卡夏郡入伍。圣诞节他请假回到家,次年1月19日迎娶了我母亲——伊丽莎白·阿特金森。他唤她丽丽。我搞不清他们如何相遇以及相互认识了多久,但我怀疑他们是青梅竹马,因为那会儿我父亲才二十一岁,我母亲二十七岁,但她一直在塞尔的莫莎德家宅子不远处工作。后来父亲应该是在本地驻扎了一阵子,可能是在希顿公园照看马匹,因为那年3月妈妈怀上了姐姐穆丽尔。4月,他又上了前线。

父亲所在的营队参与了索姆河之战。1916年10月15日,他受了重伤,一枚子弹从他左颈部射入,伤到了脊柱。他被送到利物浦诺托阿什的高地军事医院。医生告诉他的家人,他将要在轮椅上度过余生了。

穆丽尔于1916年12月7日出生,那时父亲还在住院。当我母亲顶着风雪将女儿带到他面前,其他的住院伤兵们一起举行了抽签活动来决定这女婴的名字。这是否是我父亲的赚钱小技?我不知道,不过就算是那样也不奇怪。

对我祖父母来说,那段日子不好过:乔治被宣布终身残疾;圣诞节之后不久传来了史丹利阵亡的消息,那正是在穆丽尔出生的三天前。史丹利那时十八岁。九个月后,艾伯特——祖父第一次婚姻所生的次子,也战死了。

这还没完。我母亲的两个兄弟詹姆斯和托马斯从战争开始时

爸爸、妈妈和穆丽尔,摄于 1917 年。椅子背后应该还有根拐棍,你在画面上看不到,因为爸爸在索姆河之战严重受伤,直到 1920 年才能独立行走

爸爸上前线时随身带着的妈妈的照片

就一直在法国。詹姆斯于 1917 年遇害时年仅二十二岁；托马斯 1918 年 4 月宣布失踪，时年二十七岁，此时距离停战只有七个月时间。托马斯的尸体并没有被找到。某种程度上，这才是最糟的。祖母汉娜自此之后总觉得任何一声叩门都可能是他回来了。也许他只是失忆了，也许被当成战犯俘虏了，所以才回不了家。

我无法想象当时的那种生活。但这部分解释了父亲的顽固和对一切阻挠他的事不妥协的态度，以及那与生俱来的责任感。

父亲于是成了祖父母仅剩的孩子中最年长的一个。艾伯特不再年轻，露西也是。等他们老了之后，除了父亲还有谁能照顾他们呢。虽然那时养老金制度刚刚开始实行，但钱并不多——1911 年的规定是：每对七十岁以上的夫妻每周能拿到 7 先令[①] 6 便士。1916 年，艾伯特六十岁了。实际上他活到了九十三岁。还有查理——父亲最小的弟弟，生于 1900 年。他那时太小了，所以并没有参战。还有，他彼时有妻儿需要照顾。医院免除了他的一些职责，他的康复疗程主要是些针线活儿。此后，他的衬衫扣子一直是自己缝的。

渐渐地，我父亲的健身知识、健壮的身体、自律的性格和他顽强的意志力，开始起了作用。首先，他发现他可以动动手臂了。接着，借助拐杖，他迫使自己的腿做出反应。靠着肩膀的支撑，慢慢地他可以挪下楼，走到祖父的苗圃。他在种满蔬

---

① 先令（Shilling）曾经是英国、前英国附属国与英联邦的货币单位，现已停止使用。1971 年未采取币值十进位制之前，1 英镑 = 20 先令，1 先令 = 12 便士，因此 1 英镑 = 240 便士。

菜花果的田埂间来来去去地走，上上下下地走。这毕竟不是《圣经》里的故事，没有他甩开拐杖在堆肥地里奔跑起来的情节——不过三年之后，他已经可以不借助任何工具自己行走了。如果不是到他七十多岁时又开始跛腿走路，你不可能知道他曾经受过那么重的伤。在那个人人吸烟的年代，他没有吸过一口。那颗子弹已经把他的肺熏过了，他说。

一开始，苗圃的工作乔治帮不上艾伯特什么忙，但他也没有虚度时光。他靠饲养并售卖鸟类赚来的钱，去夜校念了会计和木工。养狗之类的动物比较花钱，养鸟就没什么成本。在广播还没有被发明出来的年代，养一只金丝雀或者别的会唱歌的鸟儿——或是可以通过学舌逗人一乐的澳大利亚虎皮鹦鹉——是一般人也能负担得起的。不只因为它们能为人们的生活带来一抹亮色，它们的陪伴同样令人欣慰。

当部队获知乔治·莫莎德又能行走了之后，他们取消了他的伤残补助。医生建议他在"开放式的环境中生活"，于是他从岳父那里借了些钱，买下了一个小农场。那个农场距离塞尔30英里①，正位于克鲁外沿、霍夫及谢文顿的村落之间。1919年初，我们这个小小的新家庭——妈妈、爸爸、穆丽尔，还有祖父祖母一起搬了过去。

克鲁，对那一代人来说是个家喻户晓的地方。它位于伦敦至英格兰北部的大动脉上，是大枢纽铁路公司的总部所在，它

---

① 1英里=1.609344公里。

连接着去往威尔士、切斯特、利物浦和伯明翰的铁路,是全国最大的枢纽。在铁路延伸过来之前,克鲁这里是一小片农业社区,而现在已经发展成了颇具规模的城镇——且拥有绵延好几公顷的火车头制造和保养厂房。

那个位于谢文顿的小农场被叫作奥科菲尔德(Oakfield,即橡树林)——虽然橡树在那个区域极为常见,但我觉得取这个名字只是巧合。它占地7.5公顷,有温室和以纱网搭建的浆果棚。一开始,我们继续着在塞尔的生活方式:祖父负责种植,父亲每天早晨会骑马将它们运到去曼彻斯特的火车。但一年内,我父亲在密尔街盘下了一个铺子,这样祖父种出来的作物就能直接卖给大众了。

除了鲜花和蔬菜,祖父也种浆果,比如草莓、蔓越莓、醋栗和黑醋栗,等等。果园里还有苹果、梨和梅子。他们养了一只牛,叫莫莉,用来挤奶,还养了猪。他们用厨余和那些没法拿去店里卖的残次瓜果喂猪。我母亲养鸡,她会把鸡蛋和宰完、洗净了的整鸡拿去卖。

我家搬去谢文顿那年,穆丽尔才四岁,早年的这些故事都是她告诉我的。在她的记忆里,大家度过了一段艰苦劳作的时光。为了圣诞的旺季,妈妈需要在后厨清洗、准备那些鸡一直到深夜。她还要将祖父种的花编成为圣诞准备的冬青花环。妈妈和爸爸需要从自行车上跨下来,一处一处收集青苔,等他们回家的时候,已然饥寒交迫。穆丽尔始终记得她是如何坐在炉

在谢文顿时候的我,我的衬裤和袜子总是滑下来

火边等着父母回来，而祖父是如何一边等待，一边将成堆的冬青条编在一起。

天色微亮时，一天的工作就已经开始。祖母的任务是整理家务、煮饭，并照看穆丽尔。穆丽尔在家待到七岁，被送进了克鲁的乌尔苏拉修道院托管——我的祖父支付了相关费用。我家没有任何人是天主教徒——只是因为我母亲意识到那里能给穆丽尔提供更好的教育环境。

虽然祖母自我们搬去阿普顿就再也没去过教堂——那边的教区牧师是动物园的主要反对者之一——但她仍然保持体面的生活习惯。她会确保我们的指甲干净，并要求我们在睡觉前梳头一百下。显然，她并不新潮。她总是穿着及地的长裙，而且从未剪过头发，她将头发编成发髻盘在头上。她告诉我，年轻时，那栗色的发髻是她无上的荣耀，但自我记事起发已如雪。祖母在城镇里长大——她父亲曾经在约克郡的唐卡斯特做裁缝——她教会我们针线活儿。她其实从未真正喜欢上乡村生活，如果不需要出门的话那就再好不过了。穆丽尔记得她有多讨厌猪。对她来说，猪是"那些肮脏的畜生"，她会用水桶赶走那些跑进刚浇过水的院子里的猪。事实上，她根本不喜欢动物，而与这些动物的故事却伴随了她一生。

妈妈就完全相反。她是外祖父母的八个孩子之一，出生于威斯特摩兰偏远山脚下她父母的那片农场。它的名字"饥荒山农场"已经说明了一切。就算是最近的邻居也住在非常远的地方。冬天，凛冽的寒风让步行两英里去最近的学校上课变得非常困难。她会告诉我她抚养的那些孤儿羊羔的故事——有一天她爸爸在厚厚的积雪中发现了它们，它们被带回厨房时已奄奄一息。妈妈将它们抱在膝上，温暖它们直到苏醒，然后一滴一滴地喂它们喝水，直到它们有力气喝下一整瓶水。这是我一直钟爱的睡前故事，一遍一遍，怎么听都不腻——那几只小羊羔的名字，还有它们是如何将我妈妈当成了羊妈妈而紧随左右。

对我妈妈来说，动物们是她的家庭成员。她把它们当作人，每只动物都有自己的名字和性格。每晚她都会去巡视，看看它们是不是有足够的水、干净的草甸，并且能够安眠。在谢文顿，这么做并不难，因为并没有太多动物，但那可是在阿普顿。她宁愿不亲吻我、哄我睡觉，也要在睡前去跟她的动物朋友们一一道晚安。

那时起，爸爸就开始为他的铺子采购各种东西了——来自荷兰精美的茶壶和花瓶、灯泡和灯罩。妈妈那时怀着孕，1924年生下了我哥哥弗朗姬。那个年代里，生男孩是一家的大事，这意味着有人能够接手家业，因为女儿会嫁人，并离开家。不幸的是，弗朗姬感染了百日咳，十一个月之后夭折了。当时村里有一位大夫——文轲医生，但他也无能为力。一直到"二战"后，抗生素才被发明出来，在那之前，无数的孩子因此夭折。祖父失去过两个女儿：夏娃在出生三周后早夭，诺拉十四岁时死于肺结核。

穆丽尔和弗朗姬（我从未谋面的哥哥）。他去世后妈妈把我姐姐从这张照片里裁掉，将弗朗姬的照片装裱起来挂在床头，直到她去世

即便早夭如此普遍，失去弗朗姬对父母来说仍然是很沉重的打击。我母亲始终在床背后的墙上挂着弗朗姬的一幅装裱过的照片。照片是他大概六个月大的时候在克鲁的一个照相馆照的。他穿着白色的衣服，有着金黄色的头发、浅色的瞳孔，张着嘴笑得很甜。相片本来是穆丽尔抱着他在膝上拍的，但他死后，妈妈拿照片去放大的时候把穆穆从照片中裁掉了。我曾经躺在妈妈的床上抬头看他的照片，想着这个我从未见过的哥哥如果还活着会是什么样的人。

与此同时，家里的生意也越做越大。爸爸盘下了铺子隔壁的女士帽子店。卖完存货后，他开始在店里卖来自异域的鸟儿和小动物。除了鹦鹉，其他鸟都由他自己培育。他也卖鱼、爬行动物、白老鼠、豚鼠和笼子、饲料之类的东西。店里有时会有乌龟到货，它们被一个叠一个塞在很大的圆铁罐里送来。这些乌龟要经过清洗、除虫和背壳抛光之后才上架。爸爸甚至进过一两只猴子当作招牌吸引人们进店看看。

虽然"一战"后很快进入了几年短暂的繁荣期——所谓的"咆哮的 20 年代"，但是在 1924 年矿业却出现了问题。战时对煤炭巨大的需求使很多新的煤层被开采出来，与此同时，英国的煤炭业却丢掉了不少海外市场：作为战争赔偿的一部分，德国那时向法国和意大利提供免费的煤炭。矿主的应对措施是减少工人工资。矿工工会以"减薪一分，罢工一秒"的口号作为回应。为了避免全面冲突，保守党政府出面调停，说他们愿意提供补贴维持矿工目前的收入水平，但补贴只会持续九个月。所以，其实政府只是帮矿主拖延了时间。

这引发了1926年5月初为期十天的全国总罢工，整个国家仿佛静止了。但罢工以失败告终。上百万的矿工被锁在矿场门外，再也没有获得聘用。从一开始就对罢工表示支持的铁路工会也遭到了同样的对待。对于像克鲁这样的地方来说，这是灾难性的。爸爸的铺子也无以为继。那些分配到土地的前铁路工人开始自己种菜，但没有人会再想买花或者养宠物了。铺子很快破产了。所幸谢文顿的农场在我妈妈名下，但其他一切值钱的东西都要用来偿债：牛、鸡，还有猪。妈妈伤透了心，有好几天时间都以泪洗面。但没有人想要那些来自异域的鸟和没法吃的鱼，无论它们有多漂亮。更糟的是，人们很快就开始将他们买走的动物退回来，因为他们无力饲养，而爸爸是绝不会抛弃这些动物的。

祖父重操旧业，又开始种植作物供给曼彻斯特。不过他种在地里的那些花仍旧开得十分美丽。有一天，忽然有人提议："不如开个小动物园来收门票吧？"于是，他就这么做了。种番茄的房子被用来展出鸟和其他小型动物，鸡舍成了猴子房。小径两旁的杂草被清理干净了，园子的围栏扩大了，外面设置了长椅便于游人坐下休息。曾经的避暑小屋变成了一间咖啡厅兼卖明信片和糖果的小店。母亲里里外外忙得不可开交，因为那时她还有个三岁的孩子要照顾。1926年6月21日，全国总罢工结束后的一个月，当警察还敲打着家门时，我出生了。

爸爸在克鲁的店铺外，店里售卖鸟类和其他小动物，也卖鲜花

第二章

没人觉得这计划能成功，但的确奏效，人们开始成群结队地赶来。倒没什么本地客人，因为克鲁郡的情况还是一塌糊涂。大部分的游人从其他地方赶来，比如波特里斯镇、伯斯勒姆镇和汉利镇——这三个镇都隶属于北斯塔福德郡的特伦特河畔斯托克市。那里离我们这儿只有十五英里，但几乎没有受到罢工的影响。当地的克罗斯威尔巴士公司为动物园增设了固定的线路，源源不断地从火车站接来来自英格兰北部甚至威尔士的游人。每周更有数以百计的游人乘着轿车或者敞篷大巴士而来。门票是6便士，十二岁以下的孩子半价。动物园的宣传册最底下印着一行字:"本省最佳珍稀鸟兽展"——这句话引自本地《城乡新闻》杂志对动物园的一篇报道。这本杂志我现在还珍藏着。

这篇文章还说"莫莎德先生应该因他所做出举国瞩目的成就受到祝贺,这个园子彰显了他在动物学知识和组织能力方面深厚的积累"。"最重要的景点是猴舍,"那报道说,"那里住着猩猩小贝,她可是大明星呢。"

> "每天下午,她的专属仕女会为她送上点心。如果送得晚了,或者仕女磨磨蹭蹭的,小贝会不断敲打桌子以表达不满。下午茶通常是可可和蛋糕,而且,为了彰显她比猴舍里其他猴子的社会地位更尊贵,她会用正确的方式拿杯子,并且十分精通餐桌礼仪。"

那个"仕女"嘛,当然就是穆丽尔。关于猴舍,那位记者还写道:

> "那里有大大小小的棕色绒毛猴或者蜘蛛猴、伶猴、白腹长尾猴、夜猴、白眉猴、绿猴、有着金色手臂的松鼠猴、普通或白肩狨、黑柽柳猴和一对金狮面狨。
>
> "紧靠着猴舍的是两只华丽的非洲大豪猪;再往前一点,在一个很特别的围墙里,住着两只加拿大黑

小贝抱着她的安抚毯。她是我认识的第一只猩猩，我很喜欢跟她玩

爸爸和美丽的蓝金刚鹦鹉,这是世界上体形最大的一种鹦鹉。爸爸总是戴着顶帽子——早期是这种平顶帽,我们到阿普顿之后就换成了毡帽

熊;它们边上,是一个混养的养兔场,不同颜色的兔子们被放养在这里。"

"鸟类展,"他接着写道,"是这庄园的亮点之一,它们极其珍稀而美丽。光虹彩吸蜜鹦鹉就有斑冠的、绿颈的、佛斯坦氏、蓝山鹦鹉等好几种。"

因为这文章写的是我三岁时候的事,我只记得文章里提到的很少一部分动物,比如小贝、熊,还有兔子们。我最喜欢的鸟是一对紫蓝金刚鹦鹉,不过文章居然没有提到。它们是来自巴西的亮蓝色鹦鹉,跟那时的我差不多高。奶奶说,那时其实还有一只说起话来像铁路工人的非洲灰鹦鹉。我倒是记得那几只非洲豪猪,因为它们是穆丽尔从猪崽开始养大的。

我喜欢棕色绒毛猴和金狮面狨,但讨厌狝猴,因为它们很吵,而且总是试图拉扯你的头发或者咬你的耳朵。我最喜欢的是一只尾巴上有一圈一圈条纹的狐猴,她叫露露。她那有条纹的尾巴总是高高竖起,有时我也会把她像披肩一样围在肩膀上,因为她的灰色皮毛像丝绸般柔软。她有着精美的小爪子、小小的指头,还有指甲,我可以玩几个小时。

陆陆续续地,更多的动物被送过来。在动物园还没开张前,爸爸就已经建了犬舍——我最喜欢其中一只京巴狗。爸爸不喜欢看到动物们被困在运输它们的小笼子里。"它们需要新鲜空气和一定的空间来展翅或者晃荡。"他说。所以他会用最快的

露露，我们的环尾狐猴。她的毛发非常柔软，我总喜欢像挂围巾一样把她缠在我脖子上

速度为它们建好新的居所。我们从不缺地——缺的是钱。就算是最基本的围栏也需要用丝网围住，而丝网肯定没法从树上长出来。不过想找到干活儿的工人从来不是问题。战争开始后，无数人成日游荡在街上试图寻找工作，风餐露宿，勉强为生。一般人总是会尽力帮助他们，因为那时没有哪家人没有战死沙场的子女或兄弟。通往克鲁的路从我家门前经过，妈妈从没拒绝过他们的求助。虽然她没法给他们现金或者什么工作机会，但他们也从未饿着肚子离开过。妈妈说他们总是很感谢她，每每想起总是泪眼婆娑。所以只要他们能帮得上忙，都会赶来。

1930年1月，到访动物园的游客人数达到800。咖啡厅扩建了，装上了体面的玻璃窗和煤油取暖器。钱的问题——其实是没钱——是唯一拖后腿的事情，爸爸说，所以他和开店那会儿结识的威廉姆·英格丽医生达成了合作。英格丽医生在克鲁地区行医，爸爸和他都喜欢动物，英格丽医生还是皇家动物学会会员。

因为穆丽尔去上学了，所以大部分时间，我就和动物们待在一起。我会坐在熊边上和它们聊天，聊聊我在做什么，抱怨一下猕猴们多么顽劣，或者碎碎念穆丽尔什么时候才会从修道院回来。它们当然不会回答，甚至也不怎么理睬我，其实大人们也这样，这并不代表它们听不懂。

有了小贝，情况就不同了。我用小棍子在地上画些图案，小贝会学我，在她身边的木屑堆里涂画些记号。我现在还记得

穆丽尔和我在谢文顿,和一只绒毛猴在一起。可惜我不记得它的名字了。

她从栏杆后面伸出手摸我的衣服,她的手像老人一样布满皱纹,即使她还是个小宝宝。穆丽尔回家后,她就会把笼子打开,让我和小贝一起玩。小贝知道怎么用铅笔在纸上写字母,是穆丽尔教她的,而那时年幼的我只会在地上画简单的图形而已。

没过多久我爸爸就和他的合作伙伴掰了。英格丽医生总是试图教我爸爸如何做事,他甚至没经过爸爸允许就请了另一个经理来。压垮骆驼的最后一根稻草与绒猴及猴舍有关。当他们终于意识到合作无以为继时,便开始争执到底谁应该买断对方的股份并退出。一开始英格丽医生说他走,但后来退出的那一个是我爸爸。他有更大的野心,他说,而英格丽医生没有。

根据他俩的协议,英格丽医生会留下所有的动物并继续按照他喜欢的方式经营这个动物园,于是 7 月末,趁我爸还在考虑接下来的计划,我家搬去了克鲁一处位于密尔街的住所,那儿紧挨着爸爸妈妈的朋友巴克利一家,他们在那儿开婴儿布料店。不过答案早就在他心里了:他要再开一个像谢文顿那样的动物园,比那更大的动物园。他需要一块场地。

1930 年的夏天并不是什么开展新事业的好时候,更别说动物园之类另类的生意了。但爸爸说要么现在动手,不然永远也别想了。华尔街六个月前出了点状况,接着是伦敦证券交易所。北部的经济受到了最大的冲击,重工业的停摆连带着产生了大范围的影响。其中一个结果就是,乡下的地产变得很便宜。19 世纪,工业界和钢厂主为他们自己建造了极其奢华的寓所,需要聘请大量的杂工来维持它们的正常运转。后来经历了战争和金融危机，这些物业的价格跳水，因为没有人再需要它们，除了我爸爸。

他把搜索的焦点放在了柴郡和德比郡。然后，六周后他开始和一个叫伊顿的朋友一起，寻找适合安置动物园的场地。伊顿先生有辆车，当他们在克鲁西北方向24英里处切斯特城郊的阿普顿看见奥科菲尔德这块地时，爸爸一眼就认定了这就是他要找到地方。奥科菲尔德是栋美丽的红砖大宅，总占地9公顷，包括两个果园和一个被墙围住的厨房花园①，里面有玻璃温室和瓜果爬架。还有一座大型马厩，里面有鹅卵石庭院、一处修缮得当的温室，其中一半是暖棚，一半是葡萄园，中间有个池塘。尽管整个花园有超过一年的时间没人打理了，还是能够清晰地看见整个园子的分区规划。此外，还有一个玫瑰园和一个专门的门房。最棒的是，这里离切斯特市中心只有两英里，而且已经被预留做开发了。关于建设一条连接伯肯黑德和利物浦的快速支线的计划最近获得了通过。在离这儿不到一英里的地方，阿普顿那边，有固定班次的火车去往切斯特和伯肯黑德。

这处房产的历史可以追溯到19世纪中期，不过原来那座房子在1895年被一个茶业富商本杰明·莎法斯·罗伯斯里里外外扩建改造了一遍。罗伯斯先生那时是切斯特市的市长，之

---

① 即Kitchen Garden，欧洲庄园内常见的种植空间，通常用于种植自用的蔬菜水果，有别于一般种植观赏植物或是草坪的用途。

后又成为柴郡高级警长。"一战"期间，这里曾是被困住打比利时长官们的疗养院，他们驻扎在园里临时搭建的小屋里。现在这儿属于一个富有的棉商，不过他因为经济危机破了产，正着急出手。

当地产经纪问他想要多少间卧室时，我父亲回答说："三或者十，这不重要。"重要的是，他说，这儿和路边有道屏障。他的想法实在是太神秘了，以至于地产经纪以为他要建一个裸体主义者的天地，不过他只是认为动物们需要一个安静的环境，免于被路边嘈杂的交通噪声打扰。

现在我父亲只剩价钱要谈了。他已经知道了关于做生意的一些知识：他在会计课上学会了如何记账，也有些实践经验。克鲁的那个铺子在大罢工前还是赚了些钱的，谢文顿的那个动物园也是。他已经算过账了，觉得这个生意是可行的。唯一的绊脚石是筹款……

8月19日，谈判开始了。9月18日，他选择用3500镑买下奥科菲尔德。这是个极便宜的价格，相当于现在的25万镑，要知道18个月前这里的售价可能是现在的6倍或者更贵。

除了谢文顿的两块地，他没有任何抵押物可以给银行，所以银行只肯借他2300镑，并要求6个月内归还。他的岳父，我威斯特摩兰的外祖父，用私人按揭又一次拯救了他。阿特金森一家在战争中失去了两个儿子，妈妈的姐姐被糖尿病夺去生命时仅二十六岁。也许因此他们才希望能帮助他们仅剩的女儿，不过，当然这忙也不是白帮的。我外祖父并不富有——他只是一位租下了劳瑟庄园的佃农，那片地是朗斯戴尔伯爵的——而且他要求我爸支付跟银行贷款同等水平的利息。10月18日，乔治·莫莎德交出了350镑的定金。他计划带着这个对社区有益的创业项目向那些可能有兴趣的当地富豪筹款。10月23日，庄园的过户工作开始了，他的律师们向切斯特农村区议会提交了申请，希望将奥科菲尔德庄园用作动物园和咖啡馆。因为出让合约本身并没有限制条款，他们告诉爸爸这只是走个形式。

按计划，动物园将在复活节和圣灵降临节前开张。这两个节日对任何一个动物园来说都是一年中最重要的日子（1928年的复活节，破纪录地有近9万人造访了伦敦动物园）。1931年的复活节是4月5日，据筹备开始时只有四个月，祖父母一早就搬进了门房。他们跟我爸妈一样，全力参与了整场创业历险。爸爸负责统筹和动物有关的所有事，而花园和种植蔬菜的任务就落到了爷爷的肩上。虽然本身园子里的植物基本都活着，但要做的事儿还是很多。行车径和游人径被一英尺（约30厘米）深的落叶完全掩埋了，这些都得清理干净。这其实是个植物园，爷爷说，而且他说他已经搞清楚了这里之前有什么植物，并列出了要拔掉哪些、培植哪些或者引进哪些植物的清单。种子需要播种到玻璃温室里以待夏季着床，土地也需要为早春作物做好准备。葡萄园要熏蒸杀虫，葡萄藤也需要修剪。中间区域的温室天竺葵需要被扶正靠墙，还要修台阶来展出兰花和其他易

在谢文顿时的加拿大黑熊。我总喜欢对着它们喋喋不休，不过它们几乎不睬我

谢文顿的这间房子是我出生的地方，也是爸爸和爷爷的"奥科菲尔德动物园"最初的起点。纯属偶然地，后来切斯特动物园的主楼也叫作奥科菲尔德

受霜害的植物。爬虫馆的工作量更大，它们需要足够的遮盖物才行。在别处，底层的灌木杂草需要清理，各种杜鹃花需要修剪并盖上地膜（来保持温度和湿度），还要修剪树篱，给多年生的植物分株、铺撒粪肥、给菜地犁地。这繁重的活儿要耗掉人半条命，而那时爷爷已经七十四岁了。

同时关于"乔治·莫莎德（原来谢文顿动物园的那个人）正在找动物"的消息也传开了。有个叫作马特洛克巴斯的公司联系了他。马特洛克巴斯是皮克区马特洛克南部的一个水疗度假酒店，车程大约两小时。一百多年前，在一条狭窄的山谷里发现了温泉，从此那里就变成了水疗度假区。另一个旅游景点是一个小型动物园，有两只加拿大黑熊被关在河边悬崖上的洞穴里。虽然洞里的空间是够大了，可是高度不够，它们都没法站直，所以不能再让它们住下去了。"只要28镑，带亚当和夏娃①走吧。"那个经理说。这是个折扣价，九个月前这公司买它们的时候花了50镑。

爸爸和巴克利先生——爸爸不会开车——在12月上旬的一个清晨准备就绪，到了马特洛克巴斯。他们雇了一辆大型货车——在当时能找到的最大的那种，货车后舱的门放下时可以当作斜坡，方便搬运货物上下车。

马特洛克巴斯被称作"小瑞士"不是没有原因的。通往洞穴的路要经过一座架在山谷上的人行天桥，他们要做的第一件

---

① 这两只熊的名字。

事就是把其中一个板条箱运过去。他们很快就有了观众。把箱子拖过去之后，洞穴门口的锁打开了，两个看熊人走进去，试图将熊赶出来。忽然一声长啸，两个看熊人在旁观者的注视下仓皇地逃了出来。看熊人承认他们之前从来没有进过洞里，是夏娃自己决定跟着他们的。接下来轮到爸爸了，他先是想用苹果引诱它们。它们很快啃完了苹果，不过一步也没动。接下来他试了蜂蜜，照样无动于衷。

最后，就这样哄了大概三个小时之后，亚当和夏娃在夜幕中隐退了，消失在洞穴深处它们休息的地方。那晚，爸爸和巴克利先生在车里和衣而睡。

第二天早上，他们又开始尝试，这一次苹果和蜂蜜的攻势起作用了！夏娃顺着苹果一路安全地进到板条箱里。但是亚当没那么好对付。几个小时过去了，夏娃变得越来越不耐烦，板条箱咯吱作响，让人担心是不是会散架。所以爸爸找来一个铁匠，用铁条再次加固了箱子。直到第二天的早晨，最后是将金属板钉到板条箱上了。

想要进行第三次尝试时，亚当正在前前后后地踱步，它显然脾气不太好。唯一的选择，爸爸现在下定决心，就是麻醉它。于是他们找来了兽医。不出所料，这个村里的兽医对处理熊并没有什么经验，他不知道多少剂量的麻醉药才能迷倒亚当。一开始他试了加了水合氯醛的苹果。亚当狼吞虎咽地吃了苹果，每个人都在静静等着看它何时犯困，结果什么都没有等到；后来他们开始尝试氯仿。亚当嗅了嗅浸透了氯仿的布头，还是继续来来回回地走。最后一招，就是增大水合氯醛的剂量。这回药物被混在蜂蜜里被它吞了下去，不过看起来还是没什么作用。

天渐渐黑了，看热闹的人们慢慢散去。第一天的抓熊行动被当地报纸报道了，接着被全国性的报纸转载了去。在其中一份全国性的报纸《新闻纪事》上，标题写着"夏娃因苹果而堕落，但亚当一口都不咬"。但现在，连记者都走了。爸爸还是拒绝认输，他决定自己进去试试，巴克利先生同意陪他一起。

他俩用扫帚把自己"武装"起来，然后打开门，溜了进去。跨过门槛之后，已经无法看见外面泛光灯的灯光了。里头漆黑一片，他们谁也看不见谁，不过反过来，即使熊能感知到他们进来了，也一样看不见他们。亚当咆哮着，试图站直身体，但是洞实在太矮了，它撞到了头，又开始四肢着地，跌跌撞撞地来回走。这个洞已经有9个月没人来过了，里面臭气熏天。慢慢地，爸爸和巴克利先生一起沿着滴水的墙边挪动到洞穴后方，灯光把站在洞口的亚当照成了剪影。突然，它听到了他们的动静并转过身来，靠后腿站起来，再一次撞到天花板，摔了个趔趄。爸爸和巴克利先生抓住机会向它冲了过去，边挥舞着棒子边大声喊叫。亚当后退几步，进了板条箱。分秒间，爸爸已经合紧了门闩。

此时，夜已深。他们唤醒几个工人，让他们帮忙把板条箱搬过天桥，送到那边的货车上。终于能启程回家了，此时夏娃已经在车里睡着了。他们径直开回了奥科菲尔德，到达时已是

乔治、杰西阿姨、我和史丹利

穆丽尔是莫莎德家族兄妹中最年长的。这是我们在位于塞尔的莱恩舅舅家的合影，他的女儿玛丽在最左边，然后是我，我后面是查理叔叔的孩子史丹利、帕蒂和乔治

我、乔治和玛丽

午夜。两只熊此时变得相当顺从，它们被转移到一个关马的旧笼子，那笼子也像板条箱一样用铁板加固了，摆在马厩前的院子里。

第二天上午我很晚才醒来，搞不清自己在哪儿。妈妈的羽绒被和床上的黄铜手柄还是那么熟悉……我还穿着昨天的衣服。我起床走向窗边，视线穿过一棵巨大的雪松，看见穆丽尔正穿越草坪，落在她身上的霜闪着光亮，我敲了敲窗户玻璃向她挥手。渐渐地，我才想起自己是怎样在黑暗中到达这里，点起蜡烛，和牡丹鹦鹉一起坐在大厅里，然后妈妈下来拿我的痰盂。它们都还在这儿呢，可妈妈呢？我穿上鞋子，尝试从高高的阶梯上走下去，同时叫着她的名字。穆丽尔跑了进来，急促的脚步声在空旷的屋子里回响。

"快来看看我们的熊啊，"她说，"它们叫亚当和夏娃。不过我们首先得带上你的外套，不然你该冻死了。外面冷极了。"她抓着我的手，带我离开门厅，走过一条墙面刷着暗绿色墙漆的通道，扎到冷风里。接着，沿着一条又一条结了冰的小路，我们来到一个有塔楼的大门口。那塔楼让我想起了长发公主的童话，公主会将她长长的秀发垂下，好让王子能爬上来。

"就在这儿。"她说。我们穿过一个漂亮的拱形铁门，进到一个由红砖建筑物完全围住的小院，除了我们进来的地方，其他房子都只有一层高。我奔向妈妈，抱住了她的外套。她正在和爸爸说话，我知道不该打扰他们。

"觉得咱们的新家怎么样呀，小琼？"他终于说道。

"我还以为我们要住到动物园里呢。"

"我们是住在动物园里呀。"

"但动物们在哪呢？"

"它们会在这里，"他边说边转过身，伸手指给我看。"那边会有大猩猩，猴子会在墙边一个很大很大的笼子里，这样它们就会有足够的空间攀爬、晃荡。我们的禽舍会在另外那边。这个地方以前是关马的，将来会住着特别的、你从没见过的，甚至可能听都没听过的动物！"

接下来的几天里我一直在发呆。这神奇的地方真的会是我的新家么？这房子真漂亮。我从那时起就爱上了它，现在仍然爱着，有时候甚至会在梦里回到那里。那儿的房顶上有像路灯那么高的烟囱。大大的窗户，与我在教堂里见过的那些一样。那是我随奶奶去教堂时看见的彩色拼接玻璃，当阳光透过窗户射进来，折射出的光芒像彩虹一样。在楼下那个将来成为咖啡厅的大厅里，天花板吊顶上都是动物和鸟儿的图案。被爸爸称为图书馆的那个房间——虽然没有书，镶着暗色的、抛光过的装饰框。壁炉上方的木质雕刻一直延伸到屋顶。

炉栅两侧镶着美丽的釉面砖，每个房间都有不同的图案和配色——绿配粉、黄配红，用花和鸟的图案装饰着。我最喜欢的画着知更鸟的是原来在管家房里那一幅，后来那间房变成了我们的客厅。

我们以前的房子里有一个室内洗手间，但这儿的浴室有一般的卧室那么大！而且不止一间——一共有三间！其中一间浴室顶端有一个黄铜制成的顶罩，那是个花洒；另一个浴室里可以从边上喷出水柱来，虽然直到很久以后我们才有钱烧热了水试试这个装置。除了我们带来的床，那儿没有任何家具，没有窗帘，没有地毯，也没有装饰画。仅有的一些坛坛罐罐被我们直接丢进了厨房。当时的情况就是这样了。说话声、脚步声、关门声都会在屋里产生回音。而且，真的好冷啊……

虽然我总是在问要不要帮忙，但也没什么能做的，只好每天到处晃荡，尽量别惹上麻烦。在谢文顿的时候，我会和动物说说话，可这里只有两只新来的熊。我不认识它们，不过它们看起来和我们在谢文顿的熊一模一样。牡丹鹦鹉，绒毛猴，在果园里游荡、吃草或者任何烂掉的果子的山羊……我想念我的老朋友们了，尤其是小贝。我以为她会一直等我，但好像她也只是和英格丽医生一起待在谢文顿，还有以前那些熊、那只叫露露的狐猴，和我们的鹦鹉。

最初的那几周时间里，我发明了一个怎么都玩不厌的游戏。在用人房通往管家房的走廊里，有一个快挂满了恼人的铃铛的橱柜。每一个铃铛都贴着标签，标记着某个大房间的名字，连着一个按钮。这以前是用来召集用人的。我的游戏便是按响这里的铃铛，然后用最快的速度跑向那个对应的房间，看能不能赶在铃声停止之前跑到。

当爸爸从马特洛克赶回来时,一个坏消息正等着他。11月27日,动物园的规划申请被否决了。我父亲不知道这次会议上发生了什么,他的律师也毫无头绪。他的申请证明材料甚至未被打开过,不少议员就提出了反对意见,他们认为那些材料都是毫无根据和虚假的。因为爸爸当时不在场,所以他也无从反驳那些指控。好在爸爸的律师是个乐观主义者,他相信自己可以推翻这项裁决。"他们没有遵循正确的程序。"他说。他们理应知会我父亲开会的消息,并且他有权在场参与会议——这是很充分的申诉理由。不过,这一切都需要时间来处理。

在爸爸学会开车之前,他去哪儿都是搭乘公共交通工具,如果在本地,他会骑自行车。和巴克利先生一起开车去克鲁把大卡车还掉之后,他搭巴士去南特维奇见了他的律师,然后再乘巴士返回奥科菲尔德。所以每办一件事都要花很长时间。

切斯特近郊的阿普顿从前是个典型的柴郡村,斯莫克街(Smoke Street)和羊头巷(Sheep's Head Row)混合排列着农舍和联排房子,这里过去曾经是牧牛者和挤奶工们住的地方,现在依然被奶制品厂围绕着。每天早晨我们都走去考浩路(Caughall Road)的奇尔农场取牛奶,那儿离我们最近。去的时候,空奶瓶子提在手里撞得哐当作响,只有沉甸甸的回程路上它们才会安静些。

1893年,火车问世,连接起了切斯特和伯肯黑德。于是和奥科菲尔德类似的大型庄园开始慢慢多了起来。这些大园子里,花园、仆人、管家、厨师等一应俱全。如果工人们不是本地人的话，他们就会住在羊头巷那边的联排矮房子里。其中一座最大的庄园——它叫作劳恩斯——属于约翰·福斯特爵士。阿普顿的面粉厂也是这位爵士的财产。1913 至 1919 年间，他曾是切斯特的市长，有许多有权有势的朋友。早几年，是他鼓吹要在阿普顿建造一座礼堂。当时他在自家花园里举办了筹款活动，募集到近 2000 镑资金。1928 年，礼堂举行了盛大的落成仪式。威斯敏斯特公爵（就是那位在战争时把奥科菲尔德划作比利时官员休息室的人）的嫂子亚瑟·格罗夫纳夫人前来剪彩。阿普顿教区的牧师图古德也是那个圈子的人，他住在教区长的寓所里。

直到接触了上流社会，我父亲才开始在不知不觉中"莽撞"起来。我们搬进奥科菲尔德的第二天，爸爸带我去了村里。他想买一份报纸，他说。当时他把亚当和夏娃弄回来时，那儿有那么多记者围观，很可能他们已经写了什么。这对动物园来说是很好的宣传机会。

"真为你们遇到的麻烦感到遗憾。"我们正要走出店门时，一个农场工人对我们说。

"谢谢关心，"爸爸说，"不过我很高兴两只熊现在都安全健康地被带回来了。"

那人看起来有点迷茫。"我在说请愿的事。"他说。

"请愿？"

"为了要阻止你开这个动物园。"虽然这个人表示他自己其实很期待能在家门口就有一家动物园,但他说,其他阿普顿的居民正挥舞着手臂表示反对,想要阻止这个计划。

虽然那时我只有四岁,我记得非常清楚,之后的几个月里,乌云是如何笼罩着我们。那种焦虑和忧心忡忡的感觉,到现在都记忆犹新——我在妈妈的脸上看见了,从奶奶的声音里听出了,甚至连穆丽尔都会凶我,她以前从来不会这样。爸爸已经拿着那笔巨额的按揭贷款买下了奥科菲尔德,每个月都得付利息。他一直期待着复活节的时候就能有游客买票来参观。他该怎么办呢?花更多钱买更多动物,建更多新的围栏,还是把咖啡厅建起来?他原本从当地富人那里筹款的计划看来是不太现实了。走投无路之下,他试着去借另一笔按揭。但当他跨进银行,发现约翰·福斯特爵士——那个发起请愿活动反对动物园成立的人,正是银行的理事。

与此同时,每个人都在卖力干活儿,包括我在内。母亲将装土豆的麻袋剪了洞,套在我头上和手上,让我帮忙给熊舍围栏刷油漆。咖啡馆慢慢成形了,但钞票所剩无几。可咖啡馆得有杯子、碟子,得有茶匙和茶壶。每天都有新的动物送到,需要喂养。新来了好几只猴子和一对长鼻浣熊——一种来自南美的浣熊——一只红色、一只棕色。还有四只新来的狐猴,但它们都不如从前的露露那么友好。两只孔雀,一公一母,很快就在雪松树上安了家。屋边的小果园里养着几只来自缅甸的白腹锦鸡，它们有着金色和银色的羽毛。之后，动物园又有了几只普通雉鸡和珍珠鸡，它们被允许在动物园里跑来跑去。我记得在灌木丛里搜寻它们的蛋的场景，不过通常我只能找到破了的蛋壳而已，这是它们下过蛋的唯一证据，因为蛋已经被狐狸吃了。

到了晚上，我会和妈妈出去巡视，兔子受到我们声音的惊吓会忽地躲起来，闪过一团白影子。多数时候，我们会看到狐狸的踪迹——它们那长长的、深色的轮廓像一片阴影在草地上移动。鸟儿们正在忙着筑巢，从清晨到深夜，它们的歌声让这个院子充满生机。妈妈是从小在农村长大的，她可以很精确地分辨出不同的小曲来自什么鸟。我们寻找褐色的猫头鹰，它们会停在我家门外欧洲赤松那高高的枝丫上。她会指给我看她在我们的紫杉树篱上发现的鸟巢，并告诉我如何区分哪些是乌鸦的巢，哪些是画眉鸟的。它们都产浅蓝色的蛋，不过乌鸦的蛋上有很小的黑点，而画眉鸟的则是模糊的红色斑点。我们有时会在雪松树上找小个头的戴菊，它们比鹪鹩还小。我们看野兔乘着月光在花园前的草地上嬉戏，也会在后门留下一小碟牛奶给那些来访的刺猬。妈妈带给了我对于自然永不消逝的热爱。

这时候，关于奥科菲尔德的流言蜚语开始传到我们耳边。有一些小道消息还被登上了当地报纸——"这儿将会像曼彻斯特的贝乐维动物园那样""会有娱乐活动，手摇风琴啊、赛狗啊，还有赛车轨道呢！""爸爸以前就是动物园的一员。他会自己喂养并训练动物做马戏表演""到处都会是苍蝇和泥巴,哦,还特别吵闹""狮子和老虎在街上到处游荡,人们躲在家里都不见得安全""同样糟糕的是,可能会吸引来些不体面的游客,他们会去酒吧里作乐,不醉不休"……最终,这次请愿收集到了173个签名。与此同时,爸爸的律师已经进行了申诉,卫生部的官员将会来调研,日子定在2月6日。

爸爸知道得按着他们的方式行事才好,他委托了一位律师代表自己参加将于切斯特镇礼堂举行的听证会。那位叫休·加蒙的律师帮爸爸搜集了证据。介绍时,他称爸爸是皇家动物学会的会员(那时爸爸已经学英格丽医生的样子加入了那个学会)。他辩解道,爸爸曾经在谢文顿成功地经营了一家小型动物园,那儿也是个住宅区。来阿普顿建动物园的一个前提条件是他打算选择一些小型的动物,比如猴子、豪猪,还有外国或英国本地的鸟类。会有一间咖啡厅,供游人休息,但不会有所谓"景点"之类的东西。动物园的经营重点将是发挥教育作用。让孩子们能看见活的动物当然会比在博物馆里看那些动物标本好啊!并没有引进狮子和老虎的打算,他说。只有两只宠物熊,它们像德国牧羊犬一样温顺。

当被代表阿普顿居民的律师问到打算用什么资金做这个项目时,爸爸说他希望能每天吸引到100位游客,也会卖季票,咖啡店的收入也可以作为门票收入之外的补充。"所以你打算引来大批的游客,如果吸引不到的话,你就不会成功,对吗?"

"这取决于你如何定义'大批游客',我不认为一天100名游客是一个很大的数量。"

"那你如何确保不会有太多的人涌过来?"

"如果成百上千的游客纷至沓来,我会提高门票价格。"这句话引起了这个公共画廊里的人们一阵哄笑。

归根结底,还是钱的问题。那些有钱人认为动物园会拉低整个社区的档次,从而影响他们的房产价格。奥科菲尔德是一处私宅,维持现状就好。

爸爸说,这里仍具有居住功能,他和他的家人不是已经住在里面了吗?这园子在他买下之前已经空置了一年多,就算动物园的规划失败了,受影响的也只有他一个人而已。

一位地产经纪站起来发言了。在他看来,如果要建一条新路,将会带来比规划中的动物园和禽鸟舍更大的麻烦。反对者还在议论那处在建的机场,那亩地已经被规划要用来建新的房子,所以本身就会有一条新路开通。相比这种程度的影响,奥科菲尔德的规划只能说是影响甚微。总的来说,他不认为在奥科菲尔德建一间动物园会摧毁阿普顿的原有居住环境,而且在一片小房子中间有处大宅院也是大家乐意见到的。

听证会流程结束时,卫生部的监察员说他第二天会去奥科菲尔德参观,想去的居民可以一同前往。

现在我们能做的,只剩下等待了。

奶奶在游客售票处。她总是穿着马甲、戴着帽子

第三章

听证会之后的每一天,我们都在做紧张的筹备工作,爸爸要求每个人都忙起来。我们都已经走到这一步了,他说,所以现在"我们必须坚持,坚持到底"①。我父亲钟爱各种"一战"时期的歌曲,也喜欢哼唱它们。特别是当他学会开车后,好像不唱着歌就没法开车似的。

是巴克利先生教他如何开车换挡的,当他练习开车的时候,我就在一旁的灌木丛中躲着看。看他猛地启动,开一小

---

① "我们必须坚持,坚持到底"(keep right on the end of the road)是哈利·劳德爵士(Sir Harry Lauder)写给他1916年在第一次世界大战中战死的儿子的一首歌。哈利·劳德爵士是一位苏格兰歌手,也是十分受欢迎的喜剧演员。

段，接着车身抖动、熄火，只好再下车摇动车前的发动机把手，把它哆哆嗦嗦地再发动起来。那会儿学车不用考试，驾照考试1934年才开始。但是他捣鼓车子齿轮发出的声音，比动物园里所有其他声音都刺耳。园里的孔雀因此抓了狂，之后所有人都被孔雀搅得鸡犬不宁。

有一天，他肯定是想着踩刹车，却误踩了油门，等我反应过来，车子已经冲出了马路，径直向我躲藏的月桂树丛方向冲过来。还好我及时跑了出来。我不知道谁受到的惊吓更大，爸爸，还是我？

巴克利先生会过来帮忙造房子，他把马厩里面松散的箱子改造成安全的围栏（最近那些马厩大都用来当停车场了），也帮忙搭鸟舍。除了看着他们忙活，我也帮不上什么忙。不过我清楚地记得爸爸让我把钉子一根一根递给他，好让他把网妥帖地钉在木头上。

这时，妈妈就负责整理内务。厨房总是屋里最温暖的地方，多亏了一台有半面墙那么大的老式炉灶，所有的食物都是在这里做好的。它日日夜夜都燃着。每隔几个小时，总会有人大喊"谁帮忙看看炉子里的焦炭"，如果是因为你令炉火熄灭了，那就走着瞧吧。炉灶上方的天花板下撑着两根带轮滑装置的晾衣架，无论冬夏，杆子上从没彻底空过。它们被爸爸的衬衣或者穆穆的外套压得往下滑，哦，也有可能是之后被咖啡厅里的那些绸桌布压的。后院里也用木头桩子架满了晾衣绳，但不管怎么安排，总是没有足够的晾晒空间。

从一开始，爸爸就决定这个动物园里的一切都要是最顶级的——而这儿可不是咖啡厅或者餐厅。洗衣服的地方是在后门边上的洗碗间，那儿有一组硕大的铜制热水管、一个大水盆，地上有排水口。熨衣服是在厨房完成的，用的是一组连着炉灶的熨斗，这样当某一个熨斗凉下来了，可以马上换一个热的。

主楼梯背后的房间像迷宫一般，那儿的每个小房间都各有用途。正对着洗碗间的是储存蔬菜的房间：土豆、胡萝卜、大头菜，还有红菜头。有些菜是为动物们准备的，像是洋葱。那个年代还没有冰箱，这间房是最阴凉的一间了，因为它有一面墙朝北。我们每天早上从街那头取到的牛奶也被放在这里。给肉食动物们准备的食物则放在后院的食品柜里面。

动物们的干饲料是储藏在茶水间的。有小麦、碎燕麦、金丝雀鹳草籽和葵花籽，还有给鸟吃的粟米。鸟有时候和蹒跚学步的小孩一样挑食，所以你不能把这些混起来，要轮换着喂鸟，它们才不会觉得厌烦而不肯吃。你还得煮烂稻米，再混合蜂蜜当作奖赏，喂给那些小型食草动物。茶水间里还存放着鱼肝油，是维生素的主要补给来源。我们能从牧师的面包房免费拿到过了期或者长得太怪没法卖的切片面包，然后切开，从中间掏个洞，塞上一两勺鱼肝油，再把它和刚切下来的另一片拼起来。这是给熊准备的。猴子也会用类似的方法来喂，不过用的是三明治。然后，还会准备些花生给鹦鹉。我们买不起太多坚果类食品，虽然它们在野外吃的就是坚果，但巴西坚果之类的东西实在太贵了。

茶水间也是我们饲养面包虫的地方，这是黄粉虫的幼虫。猴子们可受不了这些鲜嫩多汁的幼虫的诱惑，为此它们什么都干得出来。那些虫子长在垃圾箱里揉皱了的报纸上，黄粉虫会在报纸上产卵。当开始孵化出幼虫时，你得拿着报纸把它们抖下来。长大一些之后，我的任务就是用燕麦片和水喂它们，同时也要保证喂完之后盖紧垃圾箱盖子。

有一间房始终上着锁，只有妈妈和穆丽尔有钥匙。那是一间储藏室，放着一些特殊的东西，例如香蕉和葡萄，或者别的美味，如果我们有的话。厨房花园向南和向北的墙上支起了篱架，种着桃子、油桃和枸杞。爷爷像对自己的孩子一样无微不至地照看它们，即使只有在夏天才能收获。储藏室的地面铺着大理石，穆丽尔会在这里切切弄弄。我记得站在她身后，抓着她的手腕求她"就一口嘛"，有时她会怜惜地给我一些。咖啡厅里的茶叶和备用咖啡也都放在这里。柜子被我奶奶做的私家果酱塞得满满当当，大黄酱、醋栗酱、李子酱，还有我最喜欢的柠檬酱。我记得她做山楂果冻的时候，那些煮熟了的水果会被包在细纱布网里，挂在她的小屋厨房里，底下放着锡槽，所以整晚你都能听见水一滴、一滴、一滴落下的声音。

我们的蜂蜜存货也被这把锁和钥匙牢牢看管着。我们允许一名当地人在我们的果园里摆放养蜂箱，作为报答，他会给我们一些他的蜂蜜。蜂蜜一直是非常珍贵的，只有在动物生病的时候，才会用勺子喂它们一些。

果园里种出的水果被保存在厨房花园里盆栽棚边上一间用砖头砌成的小房子里。小房子一半建在地上，一半建在地下，里面一片漆黑，如果不开门，里面就没有光线。一半建在地下是为了能防霜冻。走下去两步，墙边摆着木质板条架子，苹果和梨被小心翼翼地摆放着，使它们尽量不碰到一起。奥科菲尔德的果园非常大，有将近四公顷。"如果我们仔细一些的话，"爷爷解释道，"这些苹果足够让我们撑到春天。前提是它们不互相碰到，因为一旦一个水果开始腐烂，所有的都会很快跟着烂掉。"架子下方，是埋着土豆、红菜头和胡萝卜的沙盒。要吃的时候，才把它们挖出来。这个苹果储藏室到现在还在。

1931年3月13日，听证会刚刚过去一个多月，爸爸接到他的律师发来的电报，说申请被批准了，动物园现在可以开张了，只要与切斯特政府机构签完协议就好，当然他们还是有权要求我们符合一些"合理条件"。

没有盛大的庆祝活动。我们没钱了，而且离4月只有不到三周的时间了。爸爸明白，想要在复活节假期让动物园开张的可能性是零。

"永不绝望！[①]"他说，"运气好的话我们能赶上圣灵降临节。"复活节过后七周，也就是接到那封电报十周后，按说

---

① 原文为拉丁谚语"Nil ddesperandum"。

应该已经一切就绪了。但似乎坏运气泼了我们一头冷水,那些诽谤者们没打算让我们好过。抱着各种各样的理由和目的,他们,代表切斯特城。

与此同时,律师正代表爸爸努力争取着。复活节后两周,他被告知镇上的文员不在岗,所以要等他回来之后才能办事。5月1日,切斯特城镇规划委员会开了会。他们重申他们不想与莫莎德先生谈任何协议。不过,他们还是通过某种方式感受到了压力。那个文员发来一封日期落款为5月13日的回复函。

"莫莎德先生可以开动物园,但须遵守以下条款:1)只限于饲养之前描述过的动物;2)该处物业不能用作经营游乐园、赛道或者公共舞厅;3)既存道路周围100英尺范围内不允许饲养动物。"

这使额外买下一块带状土地来连接园子和公路成了必需。这块地还必须安全地围起来,并且不能饲养动物。(一开始,它被当作孩子们的游乐场,随后又变成了自助式咖啡厅。)我爸爸通过某种方式成功地取得了350镑额外的按揭贷款,来支付买地和建围墙的花销。

所有的条款里,长期来看危害性最大的一条写在最后:该动物园不被允许在从上述公路能目及的范围内制作广告、标语或是告示牌。只有入口处那小小的指示牌获得了许可。这意味着,过往的车辆完全看不见这间离公路25码之外的动物园入口处的门房。这在很长一段时间里都是个麻烦事。那许多年里,每逢银行假期的前一晚,爸爸和他的朋友们都得外出,到切斯特公路路标边上贴临时的宣传海报。警察们也对此睁一只眼闭一只眼,只要他们尽快将这些海报揭掉就好了。

七周之后,在他的园艺工作间歇,爷爷忙着开挖一连串的混凝土池塘。池塘底下由水管相连,所以水能在各池塘间流动。"这些是为金鱼和鲢鱼准备的。"他解释说。但是他在当时奶奶和他住的那间门房对面挖的第一个池塘比这些大多了,大得像个迷你人工湖,他将挖出的泥巴在一旁堆成了小土丘。他在工作时,我就在一边玩耍,用泥巴堆城堡、竖起用树枝条和树叶做的旗帜。爷爷说这个池塘不会浇筑混凝土壁,他答道。池子应该一直保留着泥巴池底,因为记得每当夏天到来,我那时玩耍的地方就会被水淹没,成为水禽们的家园。也会有火烈鸟,因为它们爱吃水里的那些蠕虫和昆虫。此时的小土丘,会变得草木丰盛,岸边长着芦苇。这里是游客们到来之后第一眼能见到的地方,所以得有些噱头。爷爷每晚最后一件事,是把池边的油灯点上,阻止狐狸们靠近。

一些小动物很快开始在这儿安营扎寨:两只黑雁,还有鸳鸯和美洲木鸭。它们的羽毛颜色如此绚烂,看起来简直像是彩绘的木玩具漂在水上。接着,来了一些源自墨西哥的番鸭,它们不那么漂亮,但很快掌握了湖面的统治权。我觉得它们像是黑白相间的小鸡。

虽然奶奶从来都不喜欢动物,但那些水禽除外。所以每天早上,她都会把面包篮里剩下的东西收集起来,然后爬上那个泥泞的土丘,将那些面包或者碎屑撒向池塘。她尽力将它们撒得远些、散些,以免番鸭们把吃的都抢光了。她非常擅长营造仪式感,每天早上的固定时段她都会去喂食。大部分时间里,我会先溜达过去看她喂鸭子,然后再进屋吃片面包或者柠檬酪。接着,如果我乖乖的,而且她正好有时间,她会让我帮她梳头。

奶奶从来不会"穿着不体面"地出门。即使只是去马路对面的池塘,她也照样会把自己收拾得体面才出去。"你怎么知道谁会正好经过呢?"她说。当她在家或者在那间门房后的小花园里时,她总会在衣服外面套上一件提花棉布做的大围裙。不过"体面的装束"意味着不能穿围裙,而要穿马甲、戴帽子。这不只是她的老式做派,而是那个年代里男男女女们惯常的做法。每个人都会在头上戴点什么。不过喂鸭子时,她只戴她次好的那一顶帽子。

5月的一个清晨,前夜的大雨让一切散发着清香,残留的雨滴晶莹闪亮。我像往常一样蹦蹦跳跳地沿着马路走着,奶奶正在那个小土丘上给抢食的水禽们撒面包屑。她从头到脚都穿着棕色的衣服,长裙的下摆一直拖到脚踝,像极了柱子,接着,当我盯着一只木鸭,看它如何试图咬住一只鸳鸯尾巴上的羽毛、想要挤开它时,我看见奶奶脚下一滑。我能记得的下一件事便是看到我奶奶仰面倒在土丘的斜坡上，缓缓地、止不住地滑入水中。她甚至没有叫喊——这么做是有损尊严的——我什么都做不了，只能目瞪口呆地看着鸭子们拍着翅膀四散开去，而她渐渐入水。然后，她消失在水中。有一瞬间我还能看见她那顶次好的帽子漂浮在水面上……接着，水面翻腾了一下，露出她秀美的白发，已满是泥巴。她扑腾着想要爬出来，可她的裙子浸透了水，将她生生地拽了下去。我转过身沿着马路跑回去，呼喊着我爷爷的名字——我知道他在那儿，刚才来的时候我还跟他说过早安。她的帽子最终还是被找回来了，她也是。然而，我再也没能看她戴上它。

计划中动物园应该开张的前一个星期左右，爸爸不见了，他和巴克利先生去了利物浦。蓝烟囱轮船公司送来了一整批来自尼日利亚的动物和禽鸟。这个公司由利物浦的乎尔特家族所有，经营着来往北非的海运线路。乎尔特家族在当时近乎称霸一方，所有人都想讨好他们，包括尼日利亚的权贵们。这些权贵会将各种动物作为珍贵的礼物献给乎尔特家族，不过他们并不感兴趣，所以会将其转卖给他人，比如我父亲。我不知道爸爸是怎么遇见埃斯特·乎尔特小姐的，不过她应该是负责处理类似事务的人。从那以后，我们成了她的 VIP 客户。

1931 年 5 月送来的这批动物里，有两只黑猩猩。也许爸爸早就知道会有两只黑猩猩被送来，但他没告诉我，免得我太兴奋。自从我们被迫将小贝留在谢文顿之后，我就一直缠着他给我再找一只来。对我来说，没有黑猩猩的动物园是不像样的。

约翰和玛丽，这是水手给它们取的名字。它们来到奥科菲尔德时的年纪，相当于婴儿。大约才刚过一岁，估计在它们还是小宝宝的时候就被从母亲身边带走了，不过还好，它们幸运地活了下来。它们的母亲很可能已经被宰杀，当作野味摆上餐桌，而它们本该在当地市场上等着被人买走作为宠物。黑猩猩在非洲被当作宠物饲养有上百年历史。但现在，命运将它们带到我面前。

我至今能清楚记得当时的兴奋劲儿。巴克利先生停下车，爸爸喊我过去，让我看看后车厢他带回来什么。车厢里塞满了装动物的笼子，但当我看见黑猩猩们的时候，高兴得又蹦又跳。我简直无法相信！我们有了自己的黑猩猩！

不过，很快我们发现一个问题：它们病了，两只都是。眼中挂着泪，咳嗽、打喷嚏，像小宝宝一样互相依偎着。"它们一定是从船上的水手那里染上了什么病。"爸爸说。糟糕的是，那些人，甚至人类小孩，只需几天或者几周时间就能好起来的病，对一只黑猩猩来说可能是致命的。照顾它们的任务交给了穆穆。以前小贝生病的时候一直是她在照顾，她知道该做什么。她用纸板箱为它们做了小床，摆在她自己的房间里。不过当爸爸说它们必须要在动物园开幕那天待在笼子里的时候，穆穆显得不太高兴。

"它们还没好呢，爸爸，它们无论怎样都不应该再接触更多病菌。"

"对不起,穆穆,但我需要它们在那儿。游客得知道我们有黑猩猩。你也听到小琼说的了,'没有黑猩猩的动物园不是像样的动物园',还有,"他补充道,"现在是 6 月,不是 12 月。"

穆穆尽她所能使它们在笼子里待得舒服些,她亲自为它们织了两条毯子,好让它们可以蜷在里面。爸爸向她保证没人能触碰到它们,他说到做到。直到开园前一天,它们都和我姐姐待在一起。玛丽的情况比约翰好一些,所以穆穆在用奶瓶喂可怜的小约翰的时候,会允许我抱着她。玛丽尚能自己捧着杯子,这是在船上学会的。

离开幕日 1931 年 6 月 10 日只有几天时间了。听从律师的建议,我们不打算安排小号列队吹奏,或者其他盛大的仪式。爸爸说他要尽可能避免任何让人感觉不好的事情。我们决定先试运行看看,先让像巴克利先生一家、莱特富斯一家,还有伊顿先生之类的朋友们来参观。接着,我们举行了正式的开园仪式。记得那天我高兴极了,穿着最好看的一条夏天的公主裙、白色长筒袜和凉鞋。奶奶帮我梳了头发,梳得整整齐齐的,透出美丽的光泽。她负责收银,在她住的门房边的小棚子里。她穿着"体面"的衣服,戴着一顶新的草帽。门票价格是成人 1 先令,小孩 6 便士。我们终于时来运转了。有人送了爸爸一只鹈鹕,它叫派力。它之前可能是谁家的宠物,所以从一开始就十分友善,而且它看起来很开心地走来走去。对于鹈鹕来说,它的体形其实不算大,但在我看来它真是好大,可能因为这是我见过的第一只鹈鹕。派力是吃鲱鱼为生的,爸爸教会我如何一条一条地喂给它。你得抓着鲱鱼的尾巴,因为派力的喙有倒钩,被钩到的话后果可能会很严重。爸爸一度都已经不指望火烈鸟的造访了,但开园之前两天,它们现身了。在一半的时间里,它们都仅靠一条红色的长腿站着,一副高高在上的样子;另一半的时间都花在把头伸入水中找虾吃。火烈鸟这一身红色就来自它们捕食的虾[①]。爷爷的池塘里其实没有养虾,所以他会把吃的放在盘里、置入水底,只有这样它们才肯吃。

试运行开始的那一天,天气特别热,天上没有一朵云彩。主楼门口的草坪上摆了些用来喝茶的桌子,还有条纹花色的躺椅和阳伞。屋里,桌子都铺着平整的绸桌布。妈妈半夜就已经起床开始烤面包了。面包被摞起来,用薄纱方巾盖住,再用石头压住方巾四角,以免被苍蝇盯上。

真正开幕的那一天,阳光明媚,间或有阵雨。不过这不打紧。孔雀在雪松底下展开了它们美丽的尾巴,雕塑一样地站着。庭院里,亚当和夏娃看起来也好多了。它们冬季的被毛已经在前几周完全褪去了,新长出的皮毛看起来健康油亮。它们好像在雨中自得其乐。

可没有客人。呃,非要算的话,也就一个手能数得过来——完全不是爸爸所期待的蜂拥而至的样子,即使前几周有不少人

---

① 虾青素又称为虾红素,是一种色素,可以使得观赏鱼、三文鱼、虾和火烈鸟呈粉红色。

来这儿打听过动物园什么时候开门。不过那天还是有一件好事发生。爸爸努力请到了当地两家报纸的记者,他像贵宾一样招待了这两位记者。他带着他们去各处参观,并做详细的讲解,让他们和猴子握手,这可是一般游客没有的待遇。有位记者带着他的孩子一起来的,爸爸让他们骑了骑敏妮——它是一只貘,住在熊舍对面。只有猩猩们不在这场特殊优待的范围内,不过游客还是可以看看它们。玛丽现在已经好些了,她贴着笼子站着,好奇地打量着来看她的人们。她也会跑去找躲在笼子深处的约翰,抓住他的手臂,咿咿呀呀地想让他也一起来看看外面。不过他不愿意。他还是蜷在里面,一直咳嗽。

两天之后,妈妈正在准备午餐,爸爸忽然冲进厨房,手中挥舞着一份报纸。"我们做到了!莉齐!"他说,"我们真他妈的干得漂亮!这不是给那些煞风景的人的一记重拳是什么?要我说,这就是对他们致命的一击!"他将一份报纸丢在桌上,急着跑去找爷爷了。

穆丽尔开始大声念报纸上的文章,妈妈拉开一把椅子,把我抱在膝头一起听着。

在我面前有两份报纸,文章篇幅都很长。"即使下了雨,而且因为笼子施工的关系延迟了开幕日,"《切斯特观察报》写道,"奥科菲尔德是名副其实的伊甸园,'它'是一场视觉盛宴,所有动物都被写进去了。"体形最大的动物是一只貘,就是我们一般称作水象的动物。结尾处写道,"无法想象能有比

通往马厩的入口。右边是带有旋转楼梯的塔楼，南美貘敏妮曾经被卡在这里动弹不得

这更愉悦的午后郊游体验"。报纸上还登了动物园的电话。

《切斯特时报》说:"在奥科菲尔德兜了一圈之后,感受到最主要的两个印象就是这非凡的自然环境完美地符合了它对自己目标的描述,这对切斯特居民来说将是一个福音、一片广阔的天空。"

我从没见过爸爸如此欢欣雀跃。他的胡子乱蓬蓬的,穆穆说他看起来还高了6英寸(约15厘米)。"能得到如此正面的报道——用今天的话说相当于得到完全没有一个负面词句的五星好评——他们还不踏破动物园的门槛?"他说,"现在要考虑的问题是,如何对付那长长的队伍!"

这并没有发生。好在爸爸后来在入口处的绳子上系了铃铛,如果游客来了但门口没人,他们可以拉绳示意。所以从那之后,奶奶就能放心地待在门房里,只在有人来的时候出去应门。客人并不多,但我们还是一直开放,这是爸爸坚持的。每一天,从早晨10点到黄昏,花销都是一样的,无论我们开不开门。他说:"动物们还照样得喂,得清理,得传递出去一个讯号——我们在这儿,我们会一直留下来。"

之后一个月,来了一队切斯特自然科学协会的参观团。这可是极其重要的机会。最主要的原因是,这些会员都是切斯特的富人,他希望能从这些上层阶级的人身上争取到对这个合算的项目的投资。

他们后来发表在当地媒体上的报告是爸爸梦寐以求的。再一次，爸爸觉得他们能解决我们目前的困境，无论是财务方面还是在当地的名声方面。

"人们还没有充分认识到莫莎德先生为我们创造一组真正的动物学藏品的决心，这将和我们在都柏林、布里斯托看到的那些水准一样，只不过规模小一些……莫莎德先生同时是动物和植物的爱好者，他费尽心机地安排动物笼舍摆放的位置，以确保公园之至美。"

《切斯特时报》上的报道称："这并不是那种让动物为了繁衍而活着，顺便在边上演出点杂耍和别的娱乐活动的地方；这里是一个真正会令动物学专业的学生感兴趣的地方。"《切斯特观察报》的记者则写道，一开始他是抱着怀疑的心态去的，本以为会看到"新来的鸟和野兽们是如何妨碍了周边的花园和环境的，还有就是看看这些生物是怎么被对待的"。

很快他就作罢了，他说。"莫莎德先生尽可能认真、细致地照顾他的这些美丽的、各具特色的动物们……"关于悉心照顾的部分，文章只写了这寥寥几笔。

那篇文章配发了一张合影——自然科学协会的会员和我们一家人。我坐在妈妈边上，在我和爸爸中间坐着的是玛丽，她一只手搭在爸爸膝上，另一只放在我腿上。这只叫玛丽的黑猩猩，记者写道，"是动物园里最受欢迎的展品"。没有任何注记或提及约翰，因为此时约翰已经死了。

穆穆尽了一切努力。但黑猩猩本身属于呼吸系统非常容易受到感染的动物，哪怕是最普通的感冒都会引发肺炎。直到战后抗生素问世，有60%被圈养的黑猩猩死于肺炎和肺结核。

我从没得到和约翰亲近的机会。它只和我们一起待了一个多月的时间，最多六周。我甚至不确定我是否好好地抱过它，因为它一直病得很重，穆穆应该不会让我抱它。但玛丽不同。穆穆把它交给了我，因为她要专心照顾约翰。而且，谁知道呢，也许玛丽变得这么黏人是因为它知道即将失去自己的双胞胎弟弟——那个从出生起就和它在一起、陪它漂洋过海经历了所有一切困难的弟弟。我仍记得抱着它时它的皮毛碰到我脸颊时的感觉。它的前额像一个粗糙的架子，它会把头靠在我头上，直直地望我的眼睛。我们四目相对，它的眼睛有着太妃糖似的色彩，透着智慧的光，即使它还那么小。

每天晚上穆丽尔都会为它准备一杯热牛奶，并加一勺黏稠的、无线电麦芽糖牌的营养液给它补充维生素。我会被允许喂它喝。我记得总会有一滴牛奶沾在它那顽强的小下巴上那稀疏的白色绒毛上。那时，它捧着搪瓷杯的手掌还是粉色的，随着年纪渐长，手掌的颜色会变深。喝奶的时候，它的手指时而握紧，时而伸开。

我们的友谊就是这么开始的。后来我们成了好伙伴。它习惯了白天被关在笼子里，从来没为此困扰过。它生性平和而从容，对其他孩子也总是像对我一样温和。就算是来了很多游人，而它需要被抱出来时，也只是静静地待在穆丽尔怀里。

玛丽和我在主楼的台阶前玩耍

我、玛丽和我的娃娃车。我们会轮流推着它玩,只是1935年时我已经长大了不少,想坐进这个车里有点麻烦

我们的南美貘敏妮是动物园的第一批动物。画面上我正在喂它吃果园里掉落的果子,骑在它背上的是我父母朋友的女儿诺拉

玛丽特别会模仿。如果我做了什么动作,她就也会想要试着做。照片里她正用吸管喝柠檬汁

不过游人们离去之后就马上变得不同了，我们俩就能单独待在一起。就像人类的幼儿一样，它热衷模仿。我有一架给娃娃用的童车，我们会轮流推着它在草坪上来回走。我们会聊一路，我从来没觉得它听不懂我说话。它见到我的时候会发出一种特别的叫声，那是它在说"你好啊，小琼！"——这是专属于我的招呼。它会不少特殊的本领，会使用不同的咿呀声，大部分我都能听懂。我会学它，就像它学我一样。

一直到 60 年代，珍妮·古道尔[①]发现猩猩们有自己的语言并且会使用工具，科学界才"惊讶地"发现这个事实。在此之前，是否能使用工具被认为是人类区别于动物之处。其实在珍妮·古道尔出生之前，我就已经知道了玛丽能够使用工具。自从爸爸教会了它使用螺丝刀，就没什么能阻止它了。

回想这最初的几周，我不明白我们是怎么生存下来的。不仅要养活自己，还得养活那些动物啊。虽然一开始那会儿没有这么多动物，但仍然有很多张嘴呢。几乎每周爸爸都会听到些例如水手带着一只猴子跑来说自己养不了想卖给宠物店，或者有个老妇人去世后留下一只无家可归的鹦鹉（鹦鹉可以活到很大年纪）之类的消息。但至少我们没有劳务支出，因为我们没有雇人，除非把爷爷算上，但他是无偿在帮我们。事实上，我

---

① 珍妮·古道尔（Jane Goodall, 1934— ），英国生物学家、动物行为学家、人类学家和著名动物保护人士。长期致力于黑猩猩的野外研究，并获得丰硕成果。她的工作纠正了学术界对黑猩猩这一物种长期以来的许多错误认识，揭示了黑猩猩社群中鲜为人知的秘密。

玛丽在"洗衣服"玩

1937年,在玛丽的"帮助"下,爸爸正在造新的狮舍

们那时很可能是靠爷爷和奶奶的退休金过活的。那时，他们的退休金已经涨到每周10先令了。爸爸贷款按揭来的钱已经花在买这块地上，所以他卖了谢文顿一些余下的地皮，才有钱来装修这间一开始除了我们从谢文顿带来的家当之外空空如也的房子。

但，就像那些绸桌布一样，他知道这必须看起来像样才可以。这不是摆在楼上的那些家具——那儿只有我们自己能看见——这些是为了那些向公众和富有的来访者们开放的房间准备的。于是他去了威勒尔一个乡村别墅里办的拍卖会。威勒尔在伯肯黑德附近，爸爸带回了足够多能将楼下装点妥当的物件。他买了一张大圆桌，放到了起居室，咖啡厅所用的餐具和瓷器也放在那里。我记得那个房间门上刻着两只倒挂着的野鸡。他还买了三个兽首标本，包括熊的和羚羊的。羚羊可是令猎人们骄傲的战利品，这两只羚羊头标本可能就是这么来的。它们被挂在外面的大厅里，当你走进来的时候，它们的玻璃眼珠子就那样盯着你。还有两个维多利亚式的玻璃展示柜，一个装着一只雪鸮标本，另一个装着只极乐鸟，它令人惊艳的羽毛占据了柜子里大部分的空间。它们被摆到咖啡厅里了。最后，还有两张大型油画，可能也是维多利亚时期的吧，画的是一个大胡子绅士和他的妻子。这两张画被并排挂在内厅墙上。

主楼梯修缮完之后，我常常在黑暗中坐在上面（之前我们都从用人房那儿的后梯走回自己的卧室）。每当我想逃避那些我不喜欢的任务的时候，比如洗东西，我就会去那里。我听见爸爸向各类访客介绍墙上这二位的身份，每次都有不同的版本。他们有时是他的祖先，有时是我妈妈的祖辈，有时则是奥科菲尔德曾经的主人。事实上，他根本不知道他俩是谁。

动物园开业后的一周，我满五岁了，那年9月我开始上学。就像曾经穆丽尔在克鲁那会儿一样，妈妈决定让我去修道院学习。也像穆丽尔那时一样，我姓阿特金森的祖父母为我支付了学费。这对我们来说仍是一个昂贵的决定，因为必须从切斯特的官方服装店给我买制服。制服包含一件海军蓝的无袖制服裙、一件白衬衫和一个蓝色领结，还有一件华达呢风衣（夏天的时候会把风衣换成西装外套）和一顶蓝色毡帽。和其他孩子一样，我好像总是在长个，我明白父母那些年一定为我的制服花了一大笔钱。但他们从没买过必需品之外的任何东西，比如学校每年都会拍一次的宽幅集体合影，这些照片我一张都没有。

不仅是因为妈妈觉得我能在修女身边接受更好的教育，她其实也担心阿普顿的人对我们一家不太友好的态度，如果我去村里的学校上学可能会招致麻烦。就算是去切斯特的修道院上学，爸爸也嘱咐我不要提起动物园的情况，要说也只能说我们很成功，然后鼓动我的朋友们和家里人一起来。

现实情况是，有好长一阵子，我都没有任何朋友。直到我认识了几个也住在这个村的姑娘，像是南希·劳埃德和玛格丽特·劳埃德（虽然她们和我都不是一个班的）。她俩是农民的女儿,所以她们也了解动物;还有就是泽娜·罗,她妈妈在威斯敏斯特公爵的庄园中开着一家叫作"格罗夫纳兵器"(The Grosvenor Arms)的酒吧。

因为我们的家住在学校的不同方向,所以直到我们长大一些,有了自行车之后,才第一次去到对方家里玩耍。我只有一个住在离我家步行范围内的朋友,是个女孩儿,叫琼·辛德,但她也从没来过动物园,因为她父母就是当时签了反对请愿书的富豪之一。当她最后终于来到我家动物园时,她吓坏了,即使是对那些我已经习以为常的事:敏妮,那只貘,在四处转悠;鹈鹕派力,在后门讨茶喝;洛洛,那只青红色的金刚鹦鹉,好像是把半辈子的时间花在了厨房里,想把椅背上的木条数量数清楚。

在奥科菲尔德,至少我有玛丽。开进切斯特的巴士站设在村子里,所以奶奶早上送我过去上车,下午会来接我。一到家我就会冲上楼,换下我的制服,然后下楼让穆丽尔放玛丽出来跟我玩。如果下雨或者天气很冷,我们就待在屋里。玛丽很喜欢穿衣服,尤其钟爱帽子。以今天的眼光,让猩猩穿人类的衣服被看作很糟糕的事,但是玛丽自己喜欢那样,主要因为它希望自己看起来跟我一样。我成了玛丽的翻译官,如果人们不明白它想要什么,我会帮它解释。它的语言是我们共同的语言,一种没有别人能完全听懂的语言,甚至穆丽尔也不行。那是一种混合着咕哝和比画的语言。我做什么,它也想跟着做。

我教玛丽读书

我和洛洛，我们的红蓝金刚鹦鹉。虽然动物园刚开业的时候它也愿意待在自己的笼子里，但后来它基本上就待在厨房里，和我们在一起

记得有一次我教它编绳子,我想那是唯一一件它做得不如我的事。

对我来说,这一切都是日常生活而已。我不知道别的小孩回家后会做什么,不知道别人的父亲的职业是什么或具体是干吗的。雪莉·佛雷泽的父亲是个医生,不过她从来没提过那些去诊所就诊的病人或者他们得了什么病之类的。所以,为什么我要谈论那批即将送达的猴子或冠鹤,又或者蚺和蟒之间的区别呢?

第四章

　　我父亲大概是免费宣传的早期践行者。很快，动物园里每一位新成员到来都会在当地媒体上宣布，通常文章还会附上一张所谓"小游客"的照片——这都是我假扮的。如果我出于任何理由不能出镜，照片上就会是穆丽尔，不过标题只会写"游客"，没有那个"小"字。虽然不管用什么标准看，她当时都算不上老。1932年，穆穆正是十六岁碧玉年华的少女。即使每日忙于清洗笼舍、冲洗院子、打扫马厩之类的凡尘俗事之中，她无瑕的皮肤和曼妙的身段仍使她闪耀着无法掩饰的美。

　　爸爸很快就找到了能够扩大访客量

并吸引他们成为回头客的办法。开园之后的第一个夏天,他组织了一场摄影比赛,奖励游人们在动物园里捕捉动物或是禽鸟的最佳瞬间。一等奖是一张季度门票和一台折叠相机。当你打开它的时候,手风琴一样的皮腔会弹开,皮腔的末端就是镜头。这台相机是柯达布朗尼型相机的升级版,由爸爸的一个叫罗斯的朋友赞助。罗斯先生自己开着一家相机铺子,所以这样他的铺子也会在这个活动中获得曝光。相机在那个年代里是十分昂贵的,这台机器的售价可能要 16 英镑①。对于任何一个喜欢摄影的人来说,支付 1 先令的入场费换取赢得相机的机会已经足够有吸引力了,更何况还有机会让自己的照片登上当地的报纸呢。比赛设十位亚军,他们同样能得到季票作为奖品。这全是爸爸的好主意。动物园的门票就是他们的参赛入场券。

比赛实实在在地吸引到了好几百人入场。我记得爸爸和穆穆坐在用人房里给参赛者一一分派号码和参赛标签。所有的成本不过是他免费得到的一台相机。

颁奖日设在 9 月。爸爸交给我的任务是当 DJ(虽然我觉得那时还没有这个词)。我要在妈妈的房间里把唱片放入留声机。音乐会通过主楼前的喇叭传给在主楼门前草坪上聚集的人群。穆穆和我妈妈在那儿用茶点招呼客人们。几乎没有什么人是付了钱的,那些小点心都是免费提供的。我们后来仔细算账时才

---

① 当时爷爷奶奶的退休金每周只有 10 先令,就算不吃不喝大约也要 8 个月才能买得起这部相机。

我们第一次收到门票钱了！看我们兴奋的样子。画面上是爷爷、奶奶、爸爸、穆丽尔和我

我和两只孤儿狮崽在庭院里玩。它们像小猫一样，一个毛线球就能让它们玩得不亦乐乎

游客们在主楼前的草坪上,穆丽尔正在给客人斟茶

发现，好像在一开始的那几个夏天，我们给游客们供应数量惊人的免费茶点。但是，因为我被不断灌输的说法是，我们的动物种类那么少，所以得花大力气取悦我们的访客，这就意味着要给他们加了足够多黄油的蛋糕和面包，丁点儿都吝啬不得。

爸爸从当地人那儿集资的计划开始有点起色了。1931年10月，切斯特动物园成了一家有限责任公司，注册资本5000镑。他那时就明白，这些资金还不够，但他又能做什么呢？出资的人中有罗杰斯上尉，他最近在利物浦莫斯利山的罗斯芒特山庄也开了一个小小的动物园。出资人里还有莱特富斯先生，他是切斯特的一位杂货商人，住在阿普顿米尔巷的一栋大房子里。他在当地官员对动物园进行调查时站在爸爸这边说了话。我们在谢文顿的老朋友布洛克肖先生也位列其中。但他们并不属于爸爸一开始期待的那些名流股东。

接下来，1932年的春天，英格丽医生来了信。谢文顿的动物园实在是亏了太多钱，他说，所以他打算关掉动物园、变卖动物。那些剩下的，他说他愿意留给爸爸。小贝那时生病了，得了某种呼吸道感染，所以她回到了我身边；还有露露，那只尾巴上有环状条纹的狐猴，她完全是只宠物，所以跟那些猴子们都相处不来；还有一只袋獾，这是种凶残的有袋动物，背上有横向的条纹，长得有点像狗。我特别讨厌它。还好，它也没待多久，因为爸爸也不喜欢它，所以就拿它换了点别的东西。至于鸟类，那几只鹦鹉、虹彩吸蜜鹦鹉和虎皮鹦鹉都被买走了，我们只接手了一对秃鹫。最不幸的是一只叫胖奇的北极熊。北极熊本身是很珍贵的，可是胖奇看起来上了年纪而且浑身脏兮兮的，所以没人想要买它。所以爸爸同意带它回家，虽然那会儿其实没有什么合适的地方能收留它。

胖奇是英格丽医生从博斯托克和沃姆维尔移动动物园①买来的。在到达谢文顿之前，它的前半生完全是在一个小笼子里度过的。那笼子的大小刚好能被塞进货车厢，从动物园的总部挪威一直到英格兰，它的笼子不断被拖出来又摆回去。它在谢文顿的日子也没有好到哪儿去，爸爸说，因为它一直被关在瓦楞铁皮棚里。它来到奥科菲尔德之后，被安置在一间旧铁匠铺里，那儿曾经关着马匹。爸爸给它找了个搪瓷浴缸作窝，但还是不够大。还好，它也不用在这儿住很久。

妈妈的哥哥克利斯朵夫，也就是我的克特舅舅，从威斯特摩兰骑着摩托车来度假。他和妈妈的另一个兄弟比利叔叔完全不同，比利叔叔从未离开过农场。克特舅舅有点儿……莽莽撞撞的，他当时准备去丽景参加泥地越野比赛。仅仅几周之内，他和爸爸为胖奇"挖"出了一个全新的住处。那熊舍靠着厨房花园的后墙，泥土的几面用钢筋混凝土做了加固。所谓"钢筋"其实是不知道谁丢弃的黄铜床架。地面上的部分，只是用铁柱和铁丝网围住。熊舍里面有个"大坝"，可以用一个金属通风格栅关上，所以当胖齐不在熊舍里的时候，可以隔离它便于清

---

① 这类动物园常在欧洲和美洲大陆中的各种市集上巡回展出野生动物。

胖奇在它原来的笼子里，时常带着悲伤和颓废。在它来到我们的动物园之前，曾经跟着流动马戏团四处活动

爷爷和奶奶在奥科菲尔德的门房外。虽然这是爷爷的第二次婚姻,但他们的结合是真爱

理。他们还给它造了个水泥池子，虽然没法游泳，也算能泡个澡。不过胖奇从来也没用过它。照爸爸给游客们讲解时的说法，它一辈子都被囚禁着，所以胖奇不知道池子的用途。

在它抵达之前，我已经因为福克斯冰川薄荷糖①知道它是什么样子了。但我失望了，非常地失望。跟村里商店的糖果罐子标签上画着的、站在蓝色冰面上的雪白大熊比起来，可怜的胖奇全身只剩脏兮兮的黄色，与初落的雪相比更像是地上的泥浆。乏善可陈的不只是它的样貌，还有它的生活态度。用现在的话说，它是阴郁的，因为它从不打理自己，也不肯从熊舍角落里挪开半步，大部分时间都在睡觉，或者假装在睡觉。我真心为它感到难过。它只是待在那儿，独自待着，没有任何交流对象。我希望它能像我其他的动物朋友一样，能在我跟它们说话的时候走过来。

胖奇成了我最大的挑战。每天放学我都会去看看它，和它聊聊天，就像我对待那些在谢文顿的熊一样。穆穆有本图画书，叫作《世界野生动物》，她会让我看。所以我能给它讲关于北冰洋的事，比如那儿有多冷，比如什么是冰山。我对它说爸爸肯定很快能给它找到个老婆做伴儿，这样它就不会这么孤独了。一开始，它完全不搭理我，但我没有放弃。我每天都去看它。就这么坐在它栏杆前的地上，跟它说话，说我在学校做了什么，说我有多讨厌上学，说伊梅尔达修女对我们班同学是多么的坏

---

① 英国的薄荷糖品牌，外包装上以活泼的北极熊为标识。——编者注

心眼,她居然说我们"看起来像柴郡的牛"。我告诉它我其实除了玛丽和它没有任何朋友。

它花了一些时间才学会信任我,并且意识到我和一般的游客不一样。我尽量保证用平静而沉稳的语调说话,所以逐渐地它开始习惯于我的造访。它开始抬头看我,当它听到我的说话声的时候。过了几天,它站了起来。又过几天,它"轰隆地"站起来挪向我坐的地方,在围栏的另一面看着我对它说话。从那以后,每当它听见我来了,就会过来靠着墙,静静地听着。我从没给过它任何吃的,我只是给予它陪伴,好让它少一点孤单。

最初的那阵子,当动物们被统一关在马厩的笼子里时,那些不会造成危险的动物会在游客走后被放出来在庭院里溜达。通往花园的大门关着,所以它们就没法离开这个庭院。其中一个被赋予自由穿过庭院的是那只貘——敏妮,它曾经被猴子们无情地撕扯。猴子们十分顽皮,会从背后爬到它身上掐它,或者拧它尾巴,或是在它面前跳舞挑逗它,而在它想跨步抓它们时,跳着四散而去。猴子们总能成功跑掉,因为敏妮跑得没那么快。

貘和猪体形差不多大,但是腿长一些,还有一个向下伸的有抓握功能的吻部,可以从地上抓东西吃。事实上犀牛是它的近亲。貘是食草动物,所以去看它之前我会从果园里捡些掉下来的苹果带着。它喜欢吃苹果。冬天的时候,我会给它带厨房花园里长出来的枸杞子。它一般就吃树叶和小树枝。

有一天，可能是五六月吧，因为爸妈要去参加一个晚宴，所以我被告知要和奶奶爷爷一起睡在门房。这不寻常。虽然爸爸经常参加各种社交活动，见那些他认为可能成为投资人的人，但他总是一个人去的，妈妈会和我们待在家。但这次显然是一个已经准备多时的活动，因为奶奶给妈妈做了一条特别的裙子。我见过她在一台老式歌手牌缝纫机上缝制这条裙子。裙子是蓝色的，绸缎一样的面料，我想它应该看起来很漂亮。可以说它十分时髦了——最尊贵的女宾装扮也不过如此了。但此前一晚，我听到妈妈的卧室里传来提高了声音的对话。在奥科菲尔德的第一年，我睡在妈妈房间里，但之后我的床被移到了穆穆的房间隔壁。

"我和那些人在一起不舒服，乔治，你知道我做不来的，"我母亲说，"我不属于他们的阶层。"

"这和阶层没关系，丽丽。你每一天都和他们一样好，不然我不会爱上你。"

"但你已经融入他们了。"

"一年前我也没有。你总要在某个时候有个开端，可能就是现在。没有你这些我统统做不到，你知道的，你看我母亲为你做的一切就知道她心里对你的感激。"

她最终被说服了。泡澡用的热水特地准备好了，奶奶过来洗了头发，之后我跟着她回到了门房。

我想我应该是觉得受到了冷落。但不管出于什么原因，我决定组织一场属于自己的晚宴，邀请敏妮来当贵宾。其实那时我完全不知道晚宴是什么样的。所以当动物园关了门，妈妈和爸爸在楼上精心打扮的时候，我去了存放苹果的房间，并尽可能多地拿了胡萝卜，把它们弄到茶水间，然后切掉那些坏了的部分。我找到些剩下的面包，还有黄油，混着柠檬酪一起抹在面包上——这是给我自己准备的。然后我拿了两个盘子，开始走向马厩所在的庭院。因为这一次，妈妈没有照例去夜巡，所以我想动物们应该正感到焦躁。它们在夜里都被关了起来，但敏妮还在到处闲逛。它从来没找过任何麻烦，所以一直留在外面嗅来嗅去。一旦游客们离去，它的笼门就会一直开着，随它乐意什么时候进进出出。它总是很独立的。

我坐下来，把盘子摆在自己身边旋转台阶的第一级上。这个台阶能通向塔楼。这一级台阶比别的都要宽，有点像个小平台。然后我叫敏妮过来吃晚饭。当它闻到胡萝卜的味道，看见这儿有这么多，便开始狼吞虎咽。忽然我们身后的猴舍传来一阵骚动——几只猴子开始打架了——接着玛丽开始一边摇它的铁丝网一边吼叫。

敏妮对和猴子有关的任何事都很紧张，于是它撒腿狂奔。并不是朝向它的笼子，而是径直向前冲上了台阶。一分钟之前它还在我身边对着大堆胡萝卜大快朵颐，一瞬间就从我视线里消失了。我跑上去追它，叫它的名字，告诉它快别傻了，那只是猴子们在捣乱，而且它们好好地被关在笼子里，它其实没什么好担心的。当我找到它的时候,它几乎快跑到顶了,但被卡住了。上不去,也下不来。

我不知道如何是好。我还从来没犯过什么大错。我不需要被特别允许就能去庭院里,院门只是闩住,并没有上锁。我也经常给敏妮喂胡萝卜,虽然理论上不应该是那晚我给它的那么大的分量。

我知道,我只能如实告诉爸爸。

他和妈妈自谢文顿开始就不睡在一间卧室了,他们有各自的房间,所以我去了爸爸那里。

"敏妮被卡住了。"我告诉他。

"什么意思?卡住?"他正忙着对着衣柜的镜子系领结,所以并没有看我,也没有注意到我一直在哭。

"在塔楼里。"

听到这句,他转过身,"在塔楼里?"

"在顶上……不怪我,都是那些猴子……"

最后他理了下领结,把手搭在我肩上说道:"好吧,小丫头,你得带我去看看。"

当我们走到庭院里,我指向塔楼上面,敏妮的吻部从窗户里戳了出来,就像是我时常幻想的塔楼里的公主那样。

他一步并两步地跑上台阶,然后我听见他叫我名字。

"我要你去找穆穆。"他说。

"她不在。"

"她去哪儿了?"

"出去抓昆虫了。"我看见她带着捕蝶网沿着马路走过去了。养鸟就得一直拿虫子喂它们。

"那去把你妈妈找来。告诉她我需要她。快,快!"

我奔回屋子,穿过院门,从屋后到楼梯,跑向妈妈那间面向花园的房间。她坐在梳妆台前,奶奶站在她身后紧张地将她的头发理了又理。

"爸爸说他要你过去。"我冲口而出。

"我真是不明白,"奶奶说,"他怎么总说急、急、急。你告诉你父亲,是我说的,再等五分钟不会有什么大不了的。"

我一动不动。

"诶,快去,小鬼。不然他按车喇叭的声音该吓到孔雀了。"

"但是他不在车里啊!"

"不在车里?"这是我母亲的声音,她转过来看着我。

"他在塔楼里!"

"他在那儿做什么?"奶奶也转了过来,她们这才看见了我已经哭花了的脸。

"他和敏妮在一起,"我说,"它被卡住了。所以他才要你去。"

妈妈瞬间从椅子上站起来,出了房间。她正穿着她的新鞋,那种不应该在花园里穿的鞋子,如果她跑起来的话,她的裙子会缠着她伸不开腿。

"我不信它是真的被卡住了。"当我们终于到了那儿以后，爸爸对妈妈说道，"它就是逆反，它只是下定决心不想再往前走了。但我想我知道该怎么办。你从另一边楼梯走上来，丽丽，试试能不能从那儿走过来。"

然后他把注意力转向我，"而你，小丫头，跟着我，拿上那个。"庭院地上还摆着两个瓷盘和没吃完的柠檬酪三明治。

当我们走到顶时，敏妮挡在路中间。我们听见妈妈沉沉的声音传来，说她没法再往前了，因为有一扇门被反锁着。这里面曾是马夫的房间，再之后穆穆搬了进来，不过当下它只是间储藏室。

"好，"爸爸举起我，让我跨坐在敏妮背上——以前我常常骑在它身上，所以它也习惯了承受我的体重，"现在挪到那边儿去，从它头上滑下去。"我照做了，一边轻轻挠它耳后，让它放松。

"现在，听好了。往后站一点点——把三明治拿出来举在身前，但别让它吃到。我要开始一只一只抬它的后腿了。如果它开始动了，你也跟着动。让它保持注意力，但别让它碰到三明治。跟它说话，这能让它保持平静。"

我照做了。我告诉它奶奶的柠檬酪有多好吃，说它应该从没尝过这么好吃的东西，跟它说这可是比那些每天都有的胡萝卜要好得多的奖励。它的吻部缩了回来，到处嗅着，寻着柠檬酪的香气。然后它动了，我向它走了半步。

"干得好！"爸爸说。就这样，他依次抓着它的后腿，一步一步往台阶下挪。我不知道一共有多少级台阶要走，不过这个塔楼是整个庭院里最高的建筑，是别的所有建筑的两倍那么高。整个过程至少持续了一个小时。

当敏妮终于下到地面，见到既白的天光时，它磨磨蹭蹭地不想直接回笼，爸爸哐的一下关上了它身后的门。几分钟后，妈妈拿着一个苹果重新出现了，这是祖母为过冬准备的最后一个苹果，她把苹果给了敏妮。她的裙子下摆撕裂了，她的长筒袜松垮地堆叠了起来，她全身都蹭满了白色的墙壁灰，而且披头散发。那一晚，他们哪儿也没去成。

有句谚语叫作"没有什么会是坏的宣传"。也许确实如此。那年 7 月，我们的动物园第一次登上了全国性媒体的头条，不过不是以我们任何人——包括爸爸——曾经预期的任何方式。那是在我们第一次"留声机演奏会"后的一周，爸爸曾希望将它办成每周一次的固定活动。结果"留声机演奏会"只被当地报纸蜻蜓点水似的提了一句，而"猴子自杀了"这个标题却遍布了从《泰晤士报》到《每日速写报》等全国主要报纸。那是在游客们众目睽睽之下发生的。综合报道来看，一只恒河猴——我们一般叫猕猴，咬断了一截绳子，然后把它系到了树枝上。再用绳子的另一端做成了带着活结的绞索套在头上，随后跳了下去，勒断了脖子，立刻就死了。

即使只是从报纸里读到它，这也算是个令人震惊的故事。

接下来的几个月里,关于它的辩论一直在读者来信与编辑部社论之中延续。争论的焦点很明确:这是蓄意自杀吗?是这只猴子受够了在动物园的生活,所以想了结此生吗?有人以此为论据,攻击将野生动物圈养起来的想法。爸爸甚至收到了一封来自人类学家索利·朱克曼的信。不过事实是,这只不过是一场悲惨的意外。直到很多年以后我才看见那张照片,那只可怜的猴子被吊在自己亲手做的绞索里,看起来像极了一个人。它曾使我心痛不已,那种回忆至今不散。

但这场关于"自杀"的猴子的悲剧,把切斯特动物园带入了人们的视线。在那些更远的、读不到切斯特本地报纸的地方,人们读到了这则新闻,并饶有兴趣地开始讨论了。这些正是爸爸最初想要吸引的那种人。虽然本地人对动物园的反对声日益稀疏,尤其是那些住在村里普通房子里的老百姓,但那些有钱人——像是约翰·福斯特爵士和他切斯特那些富有的亲信们——是不会那么轻易认错的。爸爸尽了他的一切努力。他在村礼堂发表演讲,派发印着他对动物园未来规划蓝图的传单,传单上写着"为什么为动物提供大一些的围栏,使游客能看见它们身处自然环境中的样子,是对双方都更好的安排"之类的内容。"这种规划已经在位于贝德福德的、隶属于伦敦动物学会的惠普斯奈特动物园实现了。"传单上还写着我们的动物园将如何成为柴郡人的一处有价值的休憩场所。但没人来取传单。

为了经营动物园,爸爸在一年前成立的这家公司已经背负了沉重的债务，他知道必须找到别的解决办法，不然法警就要来了。因为他已经卖了在谢文顿的土地，原来从那儿收到的少得可怜的租金也都没有了。同时，按揭贷款的利息不断在升高；另一边，投资者们需要看到的是投资回报。即使不管这些，动物们也还等着吃饭呢。这真是一场财务灾难。在动物园开业后的两年里，从大门走进来的参观者数量还不及谢文顿动物园的最后六个月。

将奥科菲尔德改造成游乐园是他一直不想做的事。虽然那样做的话事情就会简单很多，但这就违背了动物园的原则，违背了他和妈妈、爷爷为之奋斗的一切。

爸爸对投资者不遗余力的寻求，推着他"走到"更上一个层次的大地主面前。他们对帮爸爸赚钱毫无兴趣，他们的兴趣在动物们身上。不如把它变成一个非营利组织？于是，1932年9月，切斯特动物学会成立了。这一次，会员里没有了银行经理或是面粉厂主，而是由男爵们，甚至皇室成员组成。学会的副主席包括威斯敏斯特公爵夫人和利华休姆子爵二世，如他父亲一样，他是一位知名的实业家和慈善家。他们的第一个项目便是出版一本关于动物园内常见的动物、鸟类和昆虫的集子，里面记录着每个物种的自然习性、摄食习惯，以及它们与平常圈养的食用动物有什么不同。这本集子后来成为了切斯特动物园的导览手册。但没过多久他们就发现，如果找不到一个已经拥有充裕的资金支持的动物园，他们的这本书就无从写起。所

在通往大果园的门口，我和我的第一辆自行车。那时我太小了，没法驾驭二轮自行车，我摔了一跤，额头磕到了自行车的金属铃上，留下一个深深的伤疤，好多年后才完全褪去

以学会会员们打算自己买下动物园。爸爸从没想过能通过动物园赚大钱，他只是希望可以让园子一直开下去。这样的话，所有的债务问题就都解决了，他将成为这个学会的雇员，也不用每时每刻再担心法警或是破产之类的问题了。

包括了房产、动物、笼子、围栏在内所有资产的永久业权转让价定为8216英镑。他们安排了银行抵押贷款，大部分款项将用来还动物园既有的债务。一笔沉淀基金（类似一笔现金储备）将被设立，用以偿还银行贷款，并支持动物园运营。基金将通过售卖会员证的方式集资。要成为"创始"会员，需要一次性支付500镑会费。你也可以花250镑成为"赞助人"。接着，"赞助人"要每年支付25镑的年费，"终身会员"的年费标准是15镑。每一个级别都有不同的特权——不同的免费入场名额，以及可享用的会员休息室。这个基金不设分红。所有盈利都将回馈给动物园本身。

《泰晤士报》在报道这件事的时候写道，切斯特动物园"没有得到它应有的关注，尤其是在本地区"，但如果与伦敦、爱丁堡和布里斯托的动物园相比的话，它同样有成为一处国家级动物园的潜力。"一旦到了那里，你就会明白为什么全国的动物学家都会对它如此兴致勃勃。其中一个理由便是这儿绝不会人山人海……一个用高高的砖墙围起的厨房花园变成了一个鸟舍，鸟儿们在里面迎着太阳歌唱。"

切斯特动物学会的首要目标是"鼓励对野生动物及鸟类的

人道主义对待，协助保护本国的野生动物及鸟类"。

其实我们早就在以自己的方式这么做了。本地猎人在猎杀了一只母狐狸后，把它的两只幼崽送到我们这儿，这也算是作为他们的猎犬把我们养的白色安哥拉兔子都咬死后的补偿。因为孩子们喜欢，所以我们一直养着兔子。事发当时我在学校，当我回到家时现场已经被清理干净了。不过穆穆说，这是她这辈子见过最恶心的场面之一。她早就对大部分关于动物的事习以为常，但这是她处理过的最烂的事——那些兔子的残肢、裸露的骨头混合着沾满了血的皮毛，简直是一团糟。猎人最后同意支付赔偿并承诺之后在任何情况下都不会再让狩猎范围和动物园有交集。我想，可能连他们自己都被这场大屠杀吓到了。

基本上狗是被禁止出现在动物园里的。因为有一次，一只狸逃脱了系它的绳子，溜到果园边上的鹿园里，一只雄貂鹿受惊后，心脏病突发而死。不过有一只狗是例外。打仗的时候，有人带给我们一只十二个月大的寻血猎犬，它叫布鲁斯。那时它从炸弹袭击中逃生，在伯肯黑德的大街上游荡。在妈妈的坚持之下，允许它随着我们一起撤离了。它明白自己既非宠物，也不是园内的展示动物，所以它任命自己为看家狗，坚持要睡在猩猩房里的一个大笼子中。当人们试图猜测它究竟是什么动物的时候，"狗"从来都不是他们会想到的选项。

爸爸只对两种动物真正大动干戈过：家鼠和野鼠。动物园里的食物供给本可以让它们活得很滋润，他说，如果它们不是这么失控乱繁殖的话。因此，我们养了一些猫，但之后爸爸遣散了它们，因为他觉得猫会带来疾病。

猫确实有它们自己的问题。一窝寒鸦曾在废弃的烟囱里筑巢，当小寒鸦开始学飞的时候，有一只不小心掉了出来，一只小猫开始把玩它。妈妈和穆穆都见不得任何生灵遭罪，穆丽尔决心要让它活下去。她把它放进一个盒子，开始喂养它，就像她对待那些热带鸟类一样。热带鸟类大都有点难伺候，不过寒鸦不在乎它吃什么。虽然它会忽然消失几小时，当它回到厨房时，总是很开心的，因为它把巢筑在了梳妆台的顶上。一旦我们找不到什么亮晶晶的或是彩色的东西，我们首先就会去那个巢里找找。游客们给它的小硬币，之后我们都能从它所谓"巢"的藏宝箱里找回来。它会说"你好"来和人们交朋友。不过一旦它得到自己想要的东西，就会转头飞走。它实在是像个长舌妇一样，不过还有着一些鹦鹉那样高超的模仿技能。那些鹦鹉甚至将它视为己出。

当那些体形小一些的鸟被挪到厨房花园里那个"开放式"的鸟舍之后，它们靠墙的那个旧鸟舍就变成了鹦鹉之家。我们有美丽的紫蓝色、蓝色和红色金刚鹦鹉、玫瑰鹦鹉、长尾小鹦鹉和小葵花凤头鹦鹉。那只叫作若若的金刚鹦鹉，它的架子在厨房里。白天它会在大鸟舍里度过，晚上便回到屋里，夏天的时候也是如此，就像是完成了一天的工作——被游客观赏——之后要回家去那样。虽然只要它想就可以去其他任何地方，若

我爸爸买下奥科菲尔德时大门口的样子

若还是最喜欢暖暖的厨房。它有时候会爬上椅背,忽然出现在你身后,吓你一跳。而对我,它总喜欢帮我梳理脖子后面的头发,一根一根梳起来,再仔仔细细地放下去。

鹦鹉有着和一般鸟类非常不同的性格,而若若脾气尤其好,它非常喜欢人类。不过人们有时候会被它吓到,因为它有时候会用那大大的喙去拆椅子背后的木头。有时也颇为讲究和紧张。如果觉得不舒服它会表现出来。有一次,我把它放在肩头,好让摄影师拍照。但当它开始不断交换抬脚,我意识到一定是哪里不对,结果它直接吐在了我的罩衫上。几年后,爸爸给它找了个伴,于是它的注意力转移。后来,它们共同生养了一只雏鸟,为它们的罗曼史画上了完美的句号。

动物园的冬天总是难捱的。不仅因为寒冷和潮湿,还有雾气——动物们最痛恨的雾气。薄雾会从迪河飘来,夹杂着来自伯肯黑德船厂的污染物,笼罩在陆地上几星期都不会散去。在食物和取暖的开销增加的日子里,游客的人数也就是聊胜于无罢了。动物们同样不喜欢这样。不管诽谤者们是怎么想的,动物们很喜欢这些游客伙伴,特别是那些给它们带来礼物的回头客。我们很少遇到奶奶所说的那种"行为粗鄙"的访客,那些罪魁祸首会被列在大门口示众,并被终身禁止再次造访。

雾天的夜晚,所有的鹦鹉[①]、凤头鹦鹉和金刚鹦鹉得引回

[①] 鹦形目在动物分类学上是鸟纲中的一个目,通常分为凤头鹦鹉科和鹦鹉科。俗语鹦鹉可以单独指代鹦鹉科或整个鹦形目,此处为前者。——编者注

到房间里取暖。不过要让它们都回到房间里可得花点儿力气。我们会让它们都跳上一根扫帚杆子，然后一起抬到妈妈卧室边上的一间大卧室里，它们会在垫着报纸的隔板桌上过一整夜。它们中的大部分很满意这种安排，也不需要做什么说服工作；不过对另一些而言，事情就变得非常艰难。它们不会乖乖站上那个扫帚杆子，而会停在你头上；还有些会站到你肩膀上。于是在你走回主楼、爬上台阶的那一路，它们会"帮"你梳理头发，而你只能在心里默默祈祷它们别啄到你的耳朵。其中一只凤头鹦鹉讨厌女性。我害怕被派去完成引它回去的任务，因为它会在鸟舍的地上走来走去，啄我的脚腕。而若若它真是太沉了——还会在我扛它回去的时候在杆子上小步挪动，直到我几乎抓不住杆子为止。但我不敢放下它，因为这意味着一切都得重来，有时若若会非常叛逆，如果它选择这么做。

那些我们不能完全信任的鹦鹉，会被放在笼子里。别的就让它们栖在桌上。若若从不加入楼上那些伙伴。它觉得自己实在太尊贵了。之后，它对自己的同伴产生了越来越浓的兴趣。我们有了两只绿色的亚马孙鹦鹉，分别叫劳拉和连尼。它们晚上会和我们一起住，如果天冷，它们会躲进前晚烧完的炉灰中取暖。它们渐渐成为很亲近的朋友，形影不离，喜欢在厨房的地板上走来走去，喃喃细语。白天它们倒是乐意被送回到鸟舍里。但一过去，莉莉，一只环颈长尾鹦鹉，就大呼小叫地不得安宁，所以我们也就作罢了。白天的时候，它会在动物园里飞来飞去，拜访不同的动物，炫耀自己的魅力。早上我们会打开厨房的窗户放它出去，晚上它自己会飞回来。

人们有时自以为是地认为鸟和人类不太亲近，其实并非如此。就像狗或者猫一样，它们也喜欢被宠溺。我小时候会花好几个小时帮鹦鹉和凤头鹦鹉梳理羽毛，当它们觉得我已经在其中一只身上花了足够多时间，该轮到下一个享受时，就会直接表达出来。它们喜欢被梳羽毛，也喜欢帮别人梳。几年后，我记得一只长尾小鹦鹉会把它的喙从笼子的网孔间伸过去，帮隔壁一只我们救下的狐狸梳毛。

就算是最小的雀鸟，都有着非凡的记忆力，它们从不会忘记任何一种声音或任何一张面孔。我母亲只要一到后院，它们立即就知道是她。然后便会叽叽喳喳地一拥而上，挤到鸟舍一角迎接她。

我搞不清一开始的几个月里是拿什么喂的胖奇，可能是麸皮混着爸爸从切斯特鱼市场免费捡回来的东西。每天鱼市场收摊后，总会有些没卖出去的鱼被丢掉。除非有冰箱，不然鱼是没法保鲜的，而那个年代哪儿有什么冷柜之类的东西。他每周会去两次，给跟着我们从谢文顿来的鹈鹕派力弄点儿鲱鱼。当时，他已经买下了一辆希尔曼明克斯——一辆四四方方的黑色轿车——用来做所有事，包括长途驾车去利物浦，甚至到伯塞特郡的波特兰去接动物。它陪伴我们太多年，以至牌照号码"EBM 595"已经深深地刻在我的记忆里。不过不管它被派上别的什么用场，总有股挥之不去的鱼腥味。

每年秋天，本地猎人就会在奥科菲尔德隔壁的农场组织一次"点对点"比赛。"点对点"是一种赛马障碍赛，本来比赛场地设在两个教堂之间，因为这样可以及时从很远处看见教堂尖尖的塔顶。这让马匹们在狩猎季开始之前有机会遛遛腿，因为它们需要越过赛道上一切挡在它们面前的沟壑或者栅栏。1933年秋天的一个周六，运马的篷车一早就到了。起跑线不是设在教堂，而是直接横穿了我们大门前的那条路。直到其中一个农民跑来主楼，我们才第一次知道有事儿不妙。一匹马第一跳的时候就摔倒了，他说，"它摔断了脖子。"这种时候，其实你除了让它平躺之外并没有更好的办法，这可怜的马得被安乐死，所以他们想问问，动物园会不会想要这匹马的遗体。但也有个条件——有点儿像那时爸爸在马特洛克巴斯接手那只熊时遇到的状况——他得能搬得动它。正巧，克特舅舅那几天在我家，他们一起跑去了解情况。结果发现那是匹血统纯正的种马，它简直沉得令人难以置信。克特舅舅决定，只要那附近的其他动物不会受惊，他能在那儿就地把它肢解掉。屠宰是他在我外祖父母家的农场里宰猪时学会的。当他确定没有别的马会再回到这里时，和爸爸走回主楼，取了妈妈厨房里最大的一把刀，还有些麻袋和一块磨刀石，然后回到令那匹马摔倒的栅栏那里。

接下来的问题是如何找到能储存马肉的地方。肉比鱼的保鲜期略长一点点，事实上，通常它需要被挂起来一阵，肉质才会变软。不过即便如此，也得储藏在凉爽的地方。还好主楼底下有个巨大的酒窖，基本上全年温度都能保持恒定。下一个问题是，他们该把这肉喂给谁呢？我们那时只养了很少几只食肉动物，果子狸就算是最大型的了。但克特说，"给胖奇怎么样？"自从帮它建好了笼子，他总记挂着它。

我们一直以为胖奇是吃鱼的，不过北极熊其实也会吃海豹，所以这主意值得一试。克特舅舅扔了一大块马肉给它，它嗅了一下便为之疯狂。它用爪子将肉撕成一块块，像饥民一样囫囵地吞下它们。可能它以前确实饿着了吧。第二天依然如此，第三天也是。胖奇需要的原来不是老婆，而是一顿大餐啊！这件事成了一个彻底的转折点。每个人都注意到了它的变化，它开始滚来滚去，在空中挥舞着大爪子，像只巨型的白色狗狗——可能这是它在博斯托克和沃姆维尔移动动物园时学会的一种把戏。很快地，它看起来就不那么忧伤和凌乱了，甚至也不苍老了，而是更加强壮而健康。直到它吃完了整匹马，爸爸忽然意识到马肉真便宜啊。一直到20世纪30年代，柴郡都是农业区，这里的农田一直以马耕犁。拖拉机稀有而昂贵，直到战后才在英格兰地区普及起来。这意味着马肉是很容易得到的，因为不像法国和比利时，马肉被认为不适合人类食用。

对动物园来说，这是个转折点。从此，胖奇成了动物园的大明星，虽然它还是不愿意下水玩。唯一不变的是它的顽固。

穆丽尔和我们最初的几只孤儿狮崽,它们是我姐姐亲手养大的。它们是罗素·艾伦小姐捐赠的。这张照片后面是奥科菲尔德的马厩庭院,一直到1938年,所有动物都生活在这儿

第五章

1933年10月，切斯特动物学会在讨论是否买下动物园的议案时，唯一面临的问题是：学会是否能得到足够的支持来接收它，学会主席说。虽然那一年有超过3.1万名游客（平均一天80位，到了1932年6月，这个数字增长了300%）到访了动物园，但在没有合适的投资的情况下，动物园仍然入不敷出，更别提建立保护区了。

我父亲太了解不进则退的道理。在营利和建立没有围栏的动物园的愿景之间寻找平衡点的过程中，他走访了杰拉尔德·伊莱斯——丽景动物园即将上任的新园长。1933年春天，他接替他父亲上任。杰拉尔德的背景和他的父亲截然不同。伊莱斯家族来自伦敦，家境殷实。1925年，族内一位叔叔从杰尼逊家族手里买下了丽景。杰尼逊家族是这块地最初的拥有者，不过开始打仗以后这块地就被他们忽略了。杰拉尔德的父亲被指派负责管理这里的过程中，杰拉尔德一直在帮忙。他们住在主入口楼上的一间公寓里。

自我认识伊莱斯先生起便知道他对动物有多痴迷（他是我八岁那年认为全世界活着的、最帅的男人）。他小时候还在伦敦念书时，每当放假，都会踟蹰于肯辛顿的自然历史博物馆或是去摄政公园的动物园参观。他的家族很有钱，所以当他开始为自己的叔叔工作，就去参观了欧洲许多动物园，并在曼彻斯特大学学习动物学课程。但当时整个国家深陷大萧条之中，像曼彻斯特这样的工业区受创尤其严重。1932年，失业人口为三百五十万人，在某些地区，失业比例甚至高达七成。许多家庭完全靠救济金维生，是不太可能花钱去参观动物园的。老伊莱斯先生焦虑成疾，早早地退休了，把动物园交给了儿子打理。

当时杰拉尔德·伊莱斯才二十一，比我爸爸小十七岁，但在如何管理动物上的共同看法使他们成了忘年交。不过，伊莱斯先生也是个现实主义者。他明白若要游人多次光临，则需要取悦他们，这种取悦不一定要通过廉价的游乐设施和粗糙的拱廊装饰来实现，而是要让他们不会感到无聊。丽景即将迎来它的百年纪念日，他对动物园的改造计划和爸爸的愿景十分相似。

包括搭建一处露天的猴园和长臂猿山。作为我父亲最坚定的支持者之一,他在新成立的切斯特动物学会商讨是否直接买下我们的动物园的会议上,为父亲说了话。

另一个发言人是南特威奇的约翰逊先生。他说他相信学会里的每一位都希望能够避免这里成为一个游乐园。他是从二十英里以外的地方赶来的,他说,不明白为什么切斯特人会对近在咫尺又如此美妙的动物园兴致索然。

这个学会本身也没几个成员,所以没法只靠成员来筹钱,眼下他们好不容易募集到2750镑。短期内其实可以以资产抵押的方式得到贷款,但他们能保证还上钱么?主席说,大家都明白奥科菲尔德是无与伦比的,这将是"一个灾难,如果切斯特和县里不能让它作为动物园存活下去的话"。

这种动物或者娱乐化的两难之选其实已经困扰了布里斯托动物园许多年。布里斯托、克利夫顿和西英格兰动物学会是在19世纪由布里斯托的一些富人建立(包括伊桑巴德·金德姆·布鲁内尔[①]),以"通过支持对动物园的习惯、形式、结构的观测普及本土居民对它们的认识,同时为来自附近的游客提供合理的游乐设施"。但是,那些迈入动物园大门的普通人,对科

---

① 伊桑巴德·金德姆·布鲁内尔(Isambard Kingdom Brunel,1806—1859),英国工程师、皇家学会会员。在2002年英国广播公司举办的"最伟大的100名英国人"评选中名列第二(仅次于温斯顿·丘吉尔)。他的贡献在于主持修建了大西部铁路、系列蒸汽轮船和众多的重要桥梁,革命性地推动了公共交通、现代工程等领域。

学观测并没有太多兴趣。渐渐地，游乐设施的风头盖过了园内的动物们。夏天会举办游园会、网球派对，或是湖上泛舟活动，还建起了一座溜冰场，冬天的时候挤满了溜冰的人们。来自嘉年华和各种集市活动的收入很快超过了门票收入。所以，20世纪20年代，当政府认定布里斯托动物园是一处游乐场所，因此拒绝其再享受作为教育设施才能享受的税收减免待遇，这个决定并不令人意外。不可避免地，这使它用于喂养和为动物做相关投资的预算受到了影响，成本控制越强，动物园就变得越加寒酸，也就越来越没有人愿意去。然后，来了一个同样充满理想的年轻人，名叫雷金纳德·格里德，年仅二十三岁就上任成为了动物园的园长。他和伊莱斯先生以及我爸爸都有着共同的愿景，并成为了要好的朋友，在接下来的近五十五年时间里一直互相交换着心得，以及动物。

气氛确确实实在发生变化。伦敦动物园最初是由新加坡的托马斯·斯坦福·莱佛士[①]爵士创建的，以用来存放他的私人动物收藏。该动物园现在由伦敦动物学会以科学的标准运营，并获得了巨大的成功。1902年，彼得·查默斯·米切尔爵士[②]被

---

① 托马斯·斯坦福·莱佛士爵士（Sir Thomas Stamford Bingley Raffles，1781—1826），英国殖民时期重要的政治家、新加坡海港城市的创建者（1819年）、英国远东殖民帝国的奠基人之一。他主要贡献是把新加坡建立为欧洲与亚洲之间的国际港口。

② 彼得·查默斯·米切尔爵士（Sir Peter Chalmers Mitchell，1864—1945），动物学家，1903—1935年间任伦敦动物学会秘书长。在任期内，他领导制定了伦敦动物园的各项政策，并且将伦敦动物园打造成全世界第一个开放式的动物园。

爸爸和两只孤儿狮崽。这两只原本是尼日利亚首领送给乎尔特家族的，不过乎尔特家族后来将它们转赠给了我们

任命为学会秘书。他是一位医生，坚持认为所有的动物都需要新鲜空气，就算那些习惯了热带气候的动物也一样。此前从来没有人这么做过，如狮子、老虎之类的动物，通常会被关在闷热、没有自然风的房间里。当它们病了或者去世了，人们只认为这是因为笼子不够热，所以动物们被冷风吹冻着了，而从来没人能证明是别的原因造成的。但当查默斯·米切尔医生将动物园里的狒狒转移到户外的笼子里，它们的死亡率立刻直线下降。他也提议建一处乡间绿地，那儿能给动物提供比摄政公园更大的空间。三十年之后，就在我们在阿普顿的动物园开幕日前三个月，他的这个设想在惠普斯奈德实现了。这是一片600公顷的绿地，位于奇特恩斯山脚、卢顿镇西边。

切斯特动物学会为买动物园四处筹钱的行为只进行了两个月，他们就接受了自己做不到的事实。没有多少本地居民对此感兴趣，所以学会决定建立一个更大的组织，好让住在更远处的人们加入。这就是北英格兰动物学会的由来。不过这件事同样并不顺利。还是老问题——没有足够的人想投资。

1934年5月1日，《利物浦邮报》发起了募捐倡议。北英格兰动物学会，据报道说，只剩四天时间来筹集350镑，以阻止切斯特动物园关闭。"G. S. 莫莎德先生，昨天对《邮报》表示，有感兴趣的人已经认购了5000镑。需要的总数并不多，只是希望动物园的朋友们注意当下事态紧急……任何有意帮忙的好心人只要向基金捐一笔款，他或她就能尊享种种福利；或者他们可以选择提供若干份以 25 磅为单位的贷款,实际需求总额达到后就会停止。"这则募捐书甚至被登在了全国性报纸——《每日快报》,用头条写道:**与时间赛跑的新动物园**。

最后的那 350 磅是怎么来的,我并不知道,也不知道是一笔捐款还是若干笔,又或是以贷款的形式借出。但 5 月 16 日,《曼彻斯特卫报》确认了北英格兰动物学会在萨默塞特官注册成立。注册时写的理事是阿普顿—切斯特的乔治·莫莎德先生、丽景动物园的杰拉尔德·伊莱斯先生、诺思威奇德文南堂的杰拉尔丁·罗素·艾伦小姐。报纸对动物园表达了良好的祝愿:"希望下一季能吸引到更多游客,也祝北英格兰动物学会兴盛繁荣。"

学会于 1934 年 6 月 13 日接手了切斯特动物园的管理权。一个由 21 名成员选举产生的委员会将负责监管。乔治·莫莎德被任命为秘书长,薪酬为每周 3 磅;餐饮经理是伊丽莎白·莫莎德,薪酬每周 1 磅;助理馆长为穆丽尔·莫莎德,薪酬每周 10 先令。学会将会负责我家的食宿问题。园丁及其他工人会"由秘书长在其可支配的现金范围内受到雇佣及管理"。它的意思是,除去其他花销之后,还有 13 磅的额度。

这项新的财务制度意味着爸爸终于可以找别人来协助爷爷了。此时,他已七十八岁,没法再做任何重活儿了。我清楚地记得查理·柯林斯来的那天,作为助理园丁,他的薪水是每周 7 先令,同时为他提供其他生活所需。他睡在一楼的用人房里。

用人房在后梯的另一侧，我们现在都走后梯，因为主楼梯被关闭了。我不知道查理是否有园艺方面的经验，但事实上他也不需要这样的经验。他年轻、健壮，努力并且喜欢这份工作，这对爷爷来说就足够了。他作为学徒能学到的经验将是无与伦比的。

我刚刚过了八岁的生日。查理十六岁，比小孩子也大不了多少。我喜欢他。他会把我放进独轮车，推着我疾速穿越草坪，直到我笑得停不下来，然后才会把我卸下来。与此同时，玛丽会嚷嚷着在草坪上玩侧手翻，直到轮到它玩才肯停。他就像是我不曾拥有的哥哥那样，直到他去世，我们都一直是朋友。

查理是在朗科恩以东十英里处的弗罗德舍姆村国家孤儿院长大的。他不知道自己的母亲是谁，他一直认为他妈妈之所以要抛弃他，是因为他的出生并不合法。他应该是个考克尼[①]，但我一直不明白他是怎么来到柴郡的，他自己也不清楚。据救世军[②]的人说，他一出生就从他妈妈身边被带走了（他不得不去参加救世军）。

查理到来后不久，另外三个男孩也加入了员工队伍。他们

---

① 考克尼（Cockney）指英国伦敦的工人阶级，也可以指伦敦东区以及当地民众使用的考克尼方言（即伦敦方言）。
② 救世军（The Salvation Army）是一个于1865年由卜维廉、卜凯赛琳夫妇在英国伦敦成立，以军队形式作为其架构和行政方针，并以基督教作为信仰基本的国际性宗教及慈善公益组织，以街头布道和慈善活动、社会服务著称。

分别叫山姆、比利和尼皮，都是威尔士人。四个男孩儿都睡在一个房间里。事实上，他们的房间是最好的一间，正好在厨房上面。查理曾对我说，刚来的时候他真是被主楼里冰冷的空气震惊了。他还以为像奥科菲尔德这样的大宅应该会有中央供暖系统，他说，这里甚至比他在弗罗德舍姆的宿舍还冷。事实上，这儿确实有中央供暖系统——每个主要的房间，包括卧室里，都有很大的铸铁暖气片——但从来没用过，因为我们烧不起锅炉。一般来说，人们睡觉的时候总是会脱掉衣服，但我会穿上更多，即使我已经充好了石头做的热水袋。

虽然理论上山姆、比利和尼皮是学徒管理员，他们其实得做爸爸交给他们的任何活儿。"莫特先生（大家都这么叫他）的手下从来都不只干一种活儿。"因为尼皮个子非常高，所以爸爸选他作为动物园的活招牌。爸爸为他量身做了一块挂在脖子上的广告牌，只要十英里内举行什么活动，像是村里的宴席或是惠斯特牌[①]局，爸爸就会开车带着他过去。他得在活动现场到处走，直到几个小时后爸爸开车来接他回去。虽然，爸爸也不讨厌自己来做宣传。有一年，佛罗德舍村嘉年华期间，他在车里塞满了月桂树枝，然后把那只通常挂在主楼大厅墙上的熊头标本塞进乘客座位。看起来还真的挺像一只熊从丛林里探出头窥视。他加入花车游行的队尾，在车的后窗上摆了一块很大的板子，写着"欢迎来到切斯特动物园"。

---

① 一种扑克牌游戏，桥牌的一种原始形式。这是英国一种经典的智力纸牌游戏，在18、19世纪曾被众多玩家喜爱。

在做推广这件事上，爸爸孜孜不倦。他搜集起关于动物园和动物的影片，把它们轮流带到各村礼堂展示、开讲座，有时候我会一起去，作为他的助手。有一次我记得，胶片没有卷好，当灯光从后门亮起，坐在他身边的一个小男孩就被那些没卷好的胶片盖了一身。还有一次，爸爸受邀去一座13世纪的庄园别墅诺索普堂做演讲。这个庄园别墅坐落在一个同样叫诺索普堂的村落之外，所以爸爸不小心走到了村子里的礼堂。他觉得很奇怪为什么听众都这么不耐烦，看起来像是不明白他在干什么。直到一个原本打算听他演讲的观众出现，他才知道自己搞错了，再急急忙忙赶往另一个场地。

他从不放过任何一招。1938年7月，他带我去了丘纳德轮船公司新邮轮"毛里塔尼亚"号的亮相仪式。这是当时英格兰建造的最大型的船只。那是在伯肯黑德的凯莫尔·莱尔德船厂举行的一个盛大仪式。我从没见过这么多人，大约有5万人聚集在那里，见证它渐渐滑入默西河。尼皮也去了，带着他的广告板。像我一样，他也不是去玩的，甚至也不是去向当地人做广告的，虽然伯肯黑德离阿普顿只有17英里远，而是希望能走运，被百代新闻社的摄像机拍到，这样全国人都能在戏院里看到我们。

虽然查理·柯林斯是动物园第一位得到合理报酬的员工，但爸爸曾经得到过另一个查理的无私帮助。他是爷爷最小的儿子，那个因为年纪太小而没有上战场的弟弟。现在，就像数百万工薪阶层的男人一样，查理叔叔也失业了，这同时意味着他也失去了自己的房子。也许爸妈已经被告知他们要来，我不知道，但在我的记忆里，他们从天而降：查理叔叔、杰西阿姨，还有我的三个表亲：史丹利，他那时大概十二岁；帕特里夏，一般叫帕蒂，九岁；还有乔治，七岁，比我大几个月。他们住了18个月，直到我叔叔找到另一份工作才搬走。

他们没有和我们一起住在主楼里，因为那会儿主楼里实在住不下了。几个学徒的房间、爸爸的办公室都在主楼里，更别提那些鹦鹉了。于是他们和爷爷奶奶一起住到了门房那边。挤在一起生活并非易事。虽然有三个卧室，但它们没有通电——灯都是烧煤气的，还得往煤气表里投币才行。没有室内的厕所，只有花园下面的一间茅房。

我最小的两个堂哥去了村里的学校上学。据我所知，他们没遇到什么麻烦，虽然很显然他们有着和我家一样的姓氏。不过也许他们已经被提醒别多说他们住在动物园里的事。史丹①上的是切斯特市立语法学校，他会到修道院来接我，然后把我送上回阿普顿的巴士。就像我长大之后一样，他会骑车往返切斯特。路上他会途经牧师面包房，取过期的面包，那都是他们无偿送给我们的。他们会把面包放在麻袋里，然后他得推着自行车走回动物园，扶住车把手以便平衡麻袋的重量。

乔治和我年龄相仿，也是他们之中唯一对动物有兴趣的，他常常过来玩。我教他怎么才能不吓到我们的鹈鹕派力。除了

---

① 史丹利的昵称。

我和堂哥乔治,他是我的初恋,还有奶奶和爷爷。奶奶从不脱下她的围裙,爷爷的烟斗也从不离手

亚当和夏娃之外,派力是动物园里资历最老的,所以它当自己是我们家族的一员。虽然它有自己的笼子,这没法阻止它走出来。如果我们没有按时给它鲱鱼,它会拍着翅膀飞出自己的围栏,摇摇摆摆走到洗碗间讨吃的。只要能顺着它自己的日程表来,它倒是乐意待在自己的围栏里。帕蒂很少走出门房到售票处之间的范围,杰西阿姨那会儿接替了奶奶在售票处干活儿。她仅有的几次来主楼,也只是捣鼓捣鼓办公室里的打字机而已。

一波未平,一波又起。1934年,奥科菲尔德边上的一块地要被当作住宅用地拍卖。如果动物园边上建起房子,学会一致认为这将是个灾难。理事会召集了一次紧急会议,而钱也以某种方式筹齐了。大家早就认为动物园需要扩张,这也是我父亲被说服认为奥科菲尔德是建造动物园的一处合适的地点的理由之一。这周围都是农田,当动物园赚了钱,就能买下来。既有的花园是动物园整体形象的一个重要部分,因此不能碰。果园也是一样的道理,爸爸早打算好要把它改造成野生鸟类的保护区,园里的苹果和梨是那些动物主要的食物来源之一。他早就开始为动物园的长期发展作打算,在他的设想里,该有大型猫科动物,而它们需要空间。9公顷听起来好像很大,其实并没有。如果动物园要长久地发展下去,它需要扩张。我们买不起整块挂牌出售的土地,但是买下了其中的23公顷。马汀先生买下了另外17公顷,来建一所骑术学校(1958年,动物园最终还是买下了剩下的土地）。

现在，爸爸首次可以实现他用沟渠替换围栏的设想。这是根据德国人卡尔·哈根贝克[①]设立的原则来进行的。哈根贝克的父亲——原本是汉堡的一个鱼贩子——19世纪开始引进野生动物。一开始引进的是捕鱼船船长不小心（混在鱼里）带给他的几只海豹。随着动物园在欧洲和美洲日益流行，人们对那些有异域风情的动物的需求变得越发强烈，哈根贝克通过从德国进口这些动物很快赚了一大笔钱，然后便开始带着它们去任何有观众想看它们的地方。逐渐他成了当时全世界最成功的动物商人，高峰期时据说他的仓库里有20头大象。与此同时，他开始训练大型猫科动物，再一次大获成功，最终成就了那个全欧洲的巡回驯狮表演。自此之后，他开始进行动物繁育工作，并决定需要一座有足够土地供扩张的动物园场地和相关设施。

"我最渴望的是，"他在自传里写道，"可以给予动物们最大限度的自由……我希望它们不是以俘虏的方式被展示，困在那逼仄的空间之中，需要从笼子的栏杆间隙去看它，而是可以在被允许的最大限度之内，自由地在各处游走。"

18世纪之后，英国的景观园丁们就已经在建造沟渠了，即所谓的"哈哈墙"，它将环绕屋子的草坪与屋外的田野分开。

---

① 卡尔·哈根贝克（Karl Hagenbeck, 1844—1913），德国驯兽师及马戏团负责人。

爷爷会负责一切跟植物有关的事，从供我们和动物吃的蔬菜到温室果园。动物园1931年开张的时候，他已经七十八岁了

爷爷美丽的暖房。里面住着爬行动物，还有爷爷的热带植物；右边就是步入式鸟舍，屋里墙上挂着鹦鹉笼子

这些沟渠能阻止绿地上的牧牛和马匹太过靠近宅院，但同时也能保留完整的田园风光。这种方式一开始为中世纪的英格兰鹿园所采用；沟渠加上一面垂直的墙可以让鹿走进贵族们的地里，但走不出去。他们就是这样捕获野生动物并逐渐建立起动物种群的。只要其中一边足够陡，鹿就没法儿出去。而作为动物园使用的一种方法，它有另外一个好处——便宜。早期那些沟渠或护城河只要挖成就行了，没有额外的花销。不需要金属制品，没有会锈掉或破烂的铁丝网，也不需要刷漆或者定期更换。唯一需要的——也是大部分动物园未曾拥有的——就是空间。

依据他从训练动物中学习到的知识，卡尔·哈根贝克知道每一种动物的跳跃范围都有自己的极限，无论纵向还是横向。为保证游客安全，围住狮子需要的沟渠宽度和围住老虎或熊的要求是不同的。了解这点非常重要，因为这确确实实关乎生死。他也设计了一种围栏，让动物永远没法通过助跑加速的方法跳出来。1902年，他开始在汉堡郊外建造动物园。这一年，才八岁的我爸爸去参观了丽景动物园，并决定想要造一个"没有栏杆的动物园"。

斯达林垦(Stellingen)的动物园于1907年开幕并一举成功。那些野生动物看起来像是混养在一起，但如果不同物种真的混养那就完了。游客们并没有意识到那些沟和护城河的存在，因为它们被装饰植物伪装得很好。斯达林垦的动物园成了之后所有动物园的蓝图，也包括切斯特动物园。

那时的阿普顿，第一个按照这些规则建立起来的围栏是为马来熊准备的。萨莉到来的那一刻起，我父亲就已经开始这么计划了。她是被自己的主人伊顿·帕克先生送到动物园的，他把她当成宠物养着，但后来又觉得她太闹腾了。不过，他向爸爸保证她会非常温和、亲人，而且已经习惯了与人相处。马来熊是所有熊里最聪明的，也很少长到超过5英寸（约1.52米）高。

萨莉到来的那天非常寒冷，对她第一晚该睡哪儿我们没有任何准备。我们把她安顿到阁楼上一间闲置的房间里，那儿基本上是空的，只有些金属盒子装着爸爸的文件和旧照片。不管怎么安排，穆穆说，对她来说都是残忍的，因为她早已习惯于睡在主人的房子里。奥科菲尔德最初建起来的时候，这个房间是个托儿所，所以窗户上都装有栏杆，而地上也只铺着一层油布。但是第二天早上，当穆穆去看她是不是安好时，除了一堆撕碎的报纸之外空无一物。因为时间还太早了，所以她不想按警铃，而是打算自己先去找找。

那时我和穆穆住在一间卧室里，我醒来时发现我姐姐在我耳边说话，忍着笑。

"起床，懒鬼，跟我走。我有东西给你看！"

我们蹑手蹑脚地走出卧室，停在爸爸的卧室门口。"但是，穆穆，你不能进去。"我抗议道。

"我可以。他不在，你不记得了吗？"

所以我们进去了。鸭绒被之下，萨莉睡得正酣。爸爸的床湿透了。她发现了一个他留下的冷掉的热水袋，咬开了塞子。

30年代的时候，养一只有异国情调的动物是一件寻常事，尤其是在有机会四处旅行的上层之间。他们更容易接触到它们，也有足够多的仆人能照看它们。他们有点儿像对待自己的孩子一样对待这些宠物——在它们觉得无聊的时候把它们交给仆人。在英格兰想要这么做会比在马来亚①、肯尼亚或锡兰②难一些，30年代的时候，大英帝国也已走入尾声——其时它已被重命名为英联邦——许多我们的殖民地都开始了独立进程。那些曾在热带过着惬意生活的英国人发现回国之后要维持以前的生活并不那么简单。在宠物的出生地饲养它们至少食物不会有问题，气候也适宜，没有疾病困扰。在一个潮湿、寒冷的国家里，一切都变得不同。你很难找到那些热带水果，就算有也非常昂贵。当动物长得太大，或是形成某种恼人的特质时，在它的出生地比较容易解决这些麻烦，但在英格兰，情况就完全不同了，因为只有有钱人才能雇人照看他们的宠物。也正是如此，很多动物最终的下场，是被送到我们这里。

现在很多人其实也是这么对待他们的宠物狗的。但与现在类似阿富汗犬或西施犬的宠物不同，那时候的宠物多是猴子，萨莉就是，或者是只熊。而且，狗早已被人驯化，并非野生物种。

① 为该地区在马来西亚成立前的称呼。
② 今斯里兰卡，位于南亚次大陆东南方外海。1815年起作为皇家殖民地由英国统治，正式名称为"Ceylon"。

熊和猴子则不同。

我记得一次可怕的经历。阿瑟·贝利太太有一天下午到动物园来,交给我们一只洪堡绒毛猴。她不住在本地,而是驱车从伯明翰南边的班伯里赶来,因为她听说爸爸从来不拒绝接受任何一只动物,而且会给小猴蒙克一个温暖的家。穆穆让我去看看它,问我怎么想。绒毛猴非常惹人喜爱,看它站在笼里啜泣着实令人心碎。它体形很大,有着厚厚的灰色毛发,当我看它的时候,它把脸埋进了自己的手里,开始啜泣。这个场面无法用语言来描述。虽然并没有眼泪真的掉下来,可是这可怜的猴子似乎真的伤心欲绝了。

"可怜的小家伙,它想家了,"穆穆说,"可能前半辈子一直享受着人的宠爱,但现在却被抛弃了。"

"也许妈妈知道该怎么办。"我建议说。

穆穆叹了口气。"好吧,试试也行,虽然和猴子相处的经验我可能比她更多。顺便切个苹果拿回来,好吗?"

我走回厨房,正跟妈妈说着,就听见一辆车停在了外面,几分钟后爸爸走进来。"我们能把它带进屋子里来么?"我问他,"它是个宠物呀。"

"它是宠物,但不是你的,小琼,也不是穆穆的。它不是任人摆布的小宝宝。它想要属于自己的家,不是我们。"

"你是说贝利太太?"

"是啊。"

"但贝利太太住得很远。"

他没说话。

"拜托了,爸爸。只一晚行吗?"

"不行,"他说,"这样只会弄得更糟。它得浸在水中或游泳。"它不会受影响的,他说。"穆穆得自己解决这个问题。"

我不知道她怎么能忍住不把它从笼子弄出来,抱抱它。我姐姐安慰情绪低落的小动物的天性非常强大。但她这次没有这么做。忽然,她有了灵感:焦虑可能会在动物之间互相传染,造成麻烦,但她知道玛丽特别擅长识别焦虑,并提供安慰。所以小猴被放在了猩猩房的一个笼子里,紧挨着玛丽。它花了几天时间才静下来,好在它终于做到了。而贝利太太,她再也没来看过它,这样也好。

那片新土地被证明是做熊舍的好地方。它本身有一个很大的牛棚,其中一部分可以作为熊穴,提供温暖的、有遮蔽性且私密的环境。还有棵古橡树,可能有几百岁了,爸爸说,他觉得这让熊用来攀爬再好不过了。因为这儿本身就有草地,它可以自己猎食、挖洞,做任何野生状态下会做的事。沟渠要建成环形的,这棵树在中间,让游客能从各个角度观察它们。最重要的是,没有栏杆。

直到它那个永久性的棚舍造好之前,萨莉一直在庭院里一处单间马厩里暂居。就是这样,动物会被挪来挪去,寻找临时的住所。有时需要和别的动物共享一处,而这种乱点鸳鸯谱有时也有让人惊叹的成功。曾有一只鹦和一只兔子住在一起，我记得，之后它们变成了形影不离的一对。

另一位新居民是查理——一只公驴企鹅①。他和敏妮关在一起，共享池塘。他并不是南极来的，而是来自南美海岸相对温暖的水域。一开始，他是有老婆的，不过到达不到两周时间就死了。企鹅是一夫一妻制的，很明显他很想念她，他的哀号里满是忧伤。爸爸提醒我他可能也快死了，我该做最坏的打算。但几周之后，一位来自英格兰北部的游客到访，看见查理独自待着，意识到问题出在哪里，于是带来了她的宠物企鹅给他做伴，虽然她也不知道她的企鹅是女是男。爸爸要做的就是从普雷斯顿的另一边将它接来。最后发现这是个女孩儿，我为她施洗，取名莎蒂。

她一到查理就振作起来了。但问题是莎蒂对他毫无兴趣。更糟的是，她总躲着他。她不肯进入池子，如果他在里面的话。她不肯吃东西，如果看见他正在享用自己的鲱鱼。她向所有人清楚地表达了自己的态度——如果对他表达得还不够清楚的话——她拒绝和这桩强迫的婚姻扯上任何关系。为了躲开他的视线，她总在水里，只有喂鲱鱼的时候才出来。

所以，接着，查理用了另一招——建一个巢——一块一块堆砌石头，这是为了防止企鹅蛋滚出来，如果下了蛋的话。然后他在那上面坐了几天，希望莎蒂能明白。野生环境中，企鹅

---

① 也称非洲企鹅或黑脚企鹅。

之间是分担孵蛋任务的,以便各自都能觅食,所以这举动是非常自然的。她没有注意到。最后,他牵她到了筑窝的那个角落,几天后我们看见窝里有两个蛋。从那之后,查理除了紧张盯着她之外啥也不做,焦虑地等待换他孵蛋。不计前嫌的他俩,最终孵出了两只小企鹅。查理和莎蒂嘴对嘴地喂了小宝宝们大约五个月时间——用那些喂给他们的鲱鱼的反刍物。但是之后,在宝宝们还不能独立生活的时候,莎蒂又下了两个蛋。这就太多了。她没法一边喂它们,一边孵新下的蛋。一天早晨,我上学前走过去看他们,我发现她脸向下,浮在她的水池里。小宝宝们已经死了。虽然那时我已经习惯了看见死掉的动物,我还是哭了。企鹅雏儿是你能想到的最讨人喜欢的小生命之一,全身绒毛和喙都白白的。

对我来说,这种时候很难不以人类的情感来理解这种状况。查理像是发了狂。晚上,他又开始哀号;白天他会筑巢,坐在石头上,期盼着——我想应该是——他能孵出小企鹅来。再一次,爸爸告诉我要做最坏的打算。

"为什么你不干脆再买一只企鹅来?"我问。

"我们买不起。"他说。

"你可以拿我储蓄罐里的钱"我说。我有一个背后有条缝的瓷猪储蓄罐,我一拿到硬币就会放进去。我有时会用小刀撬出点钱出来,去买糖果吃。

"你真是慷慨呢,小琼,但我想你的钱可能不够。"

"但我有近 10 先令呢！"

"一只雌企鹅需要 10 镑。"

最终，有人觉得查理需要的不过是陪伴，所以就放了只兔子进他的笼舍，它们很快成了朋友，或者，至少也算做个伴吧。给兔子喂萝卜的时候，查理会偷走它们放到自己最新筑的巢里。然后，趁查理不注意，兔子又会把它们抢回来。白天倒没什么问题，但一到了晚上他就会记起莎蒂，还有他逝去的宝宝，我就会听见他的哀鸣声。

最初的这对企鹅是多丽丝·罗素·艾伦小姐赠予的。罗素·艾伦家有三姐妹，另两位是杰拉尔丁小姐和黛安娜小姐。她们都住在靠近诺思威奇的德文南堂，是动物的疯狂爱好者——黛安娜小姐曾经给过我一本她写的关于她那纯白的吉娃娃狗的书——不过其中我最了解的还是杰拉尔丁小姐，因为她是委员会的一员，定期会来开委员会会议。她成了动物园主要的恩主之一，是用她的钱才建起了水族馆，这是委员会当初设想他们接手后第一件要做的事。

杰拉尔丁小姐是三姐妹中年纪最大的，她生于 1893 年，非常富有。1905 年，她们的父亲从他的舅舅那里继承了《曼彻斯特晚报》的经营权，又于 1924 年卖给了《曼彻斯特卫报》。他们相当于现在的百万富翁。

她比我妈妈小几岁，"一战"爆发时年方二十一。我从来也不曾知道是否有什么凄美的爱情故事在她身上发生过，或是她爱的人死于战壕，但年轻的军官至少一半是被私下处死的，她的哥哥约翰再也没能回来。当我认识她的时候，她已经大概四十岁了，那时候的四十岁似乎比现在老多了，再没有什么求婚者会想牵着她的手走入婚姻，就算她是如此富有。在她1976年去世的时候她仍旧是一位"小姐"，她的另两个姐妹也是如此。

因为战争，有一整代的女人从未步入婚姻，拥有自己的孩子。在我看来，动物园有这么多没结过婚的恩主并不是简单的巧合。他们原本要用于照顾家庭的精力和情感需要一个出口去释放，而这出口常常就是动物。杰拉尔丁小姐在这一点上并没有什么不同。据说她有20只狗，甚至特别安排了一位饲养员专职照顾它们。

自从我爱上了那些在谢文顿的动物园里寄养的白白的京巴狗，我就渴望得到一只。爸爸总是说"会有的，会有的"，我相信他是真的一直想给我找一只来。虽然他觉得我把动物都当成朋友没什么问题，但他不希望我真的走得太近。当小贝从谢文顿运过来之后，它病得比任何人想的都要严重。检查的结果是，它患了肺结核。在那个年代，你什么都做不了。虽然穆丽尔已经竭其所能，小贝也没能多活几天。肺结核有很强的感染性，但我那时太小，所以没法理解为什么我不能去看它。我心都碎了。我想爸爸大概认为如果我有了一只狗，就能对它倾注我所有的爱，但又不会受伤害。

一天早上，罗素·艾伦小姐来到我家，还带着两只毛发顺滑的狻幼犬，一个胳膊下夹着一只。罗素·艾伦小姐非常气派。她总是由司机开车送来，穿着最华美的衣服。她的帽子用皮或羽毛装饰着，她从来没穿过两身一样的衣服，还总是闻起来香香的。当你站得比较靠近她，那感觉就像到了奶奶的温室里。

她轻盈地走进来，像往常一样，但她没有照例走向爸爸，而是叫我过去。

"你觉得怎么样，亲爱的？难道它们不可爱吗？"

"可爱呀，"我说。"它们看起来萌萌的。"

"你父亲告诉我你刚刚过了生日，所以我想，它们也还小，你也还小，你们兴许能相处融洽。"

我看向爸爸。我没听错吧？她真的要把它们给我吗？

"这是什么意思，小琼，变哑巴了？难道不该跟罗素·艾伦小姐说声谢谢么？"

"谢谢你，罗素·艾伦小姐。"我说。

"现在放它们下来，和你去厨房吧，"我爸爸说，"在我改变主意之前，介绍你的新职责给穆穆和你母亲吧。"接着他向我眨了眨眼，就像他带客人们参观博物馆时那样。

她是对的，小狗狗太可爱了。一只身体全白，脸是黑的，另一只全身都是漆黑的。我给他们取名，分别叫特丽克西和杰特，因为以为他们一个是女孩，一个是男孩。事实上她们都是女孩，但当我发现搞错了时，名字早就取好了。虽然她们是一窝出生的，但并不是完全一样的双胞胎。杰特比较友善，所以

我和杰特,还有杰特的狗崽。小狗崽后来被送还给了罗素·艾伦小姐。她繁育这种小白㹴

当爸爸说他觉得两只小狗好像太多了的时候，我并不是很担心需要将特丽克西送回罗素·艾伦小姐那儿去。

杰特从不抢风头，她也不需要这么做。她知道自己的名字，如果我叫她她就会过来。大部分时间里，她就跟着我到处走。我们做一切寻常的事——我将棍子或者球丢出去，她会迅速跑去捡回来，怎么都玩不厌。我们都住在动物园里的这个事实并没有带来任何不同——只是有更多的空间玩耍，而她也不需要学习怎么穿过一条主干道。

杰特成了我忠实的伙伴，当穆穆得到一部小型二手自行车，杰特和我就会沿着院子赛跑，在灌木丛中窜进窜出，沿着行车道，经过果园里一排排的苹果树去看奶奶。虽然她体形很小，但跑起来比我骑车速度还快，她有时会半途停下，转过头来像是在说，"嗯哼？是什么拖着你呢，磨蹭鬼？"

一天早上，爸爸说他刚开完一个理事会会议，但我得保持沉默，不能告诉任何人这件事，因为有重要的人物将要莅临。所以罗素·艾伦小姐来的时候我什么也没说。

"难道不该跟我说声'嗨'吗，亲爱的？"

我看着她，然后垂下了眼睛。

"你还好吗？"

我点头。

"那杰特呢，她没什么问题吧？我想。"

我摇摇头。

"那到底什么出了问题,小朋友?"

我走近她,尽量不发出声音,低声问,"你是'重要人物'么?"

"完全不是啊。"

"哦,好。"我一边说,一边笑着看她。

"你为什么这么问?"

"因为如果你是,我被要求今天不能跟你说话。"

虽然她当场并没有笑出来——她可是很斯文的——但她觉得这真是太好玩了,当然,就告诉了我父亲。于是这就变成了那种这辈子都会被反复拿出来取乐的家庭段子。

当查理叔叔、杰西阿姨和我的表兄妹们回到迪兹伯里,我开始花更多时间和祖父待在一起。现在有了查理·柯林斯帮他干重活儿,他可以有更多时间待在种着他的报春花和蔬菜的封闭花园里。咖啡厅那时已开始提供冷餐,爷爷要种沙拉用的菜。黄瓜被种在一个特制的玻璃罩里,像沙盘一样;豆子沿着榛子树枝条向上缠绕,他会让我去采那些养在马路边树篱上的豆子。萝卜排列得整整齐齐地从地里长出来,每周我们都会定时播种,每天他都会让我拔出一些,供咖啡厅使用。进入暖房,番茄的味道会让你觉得无比美妙,可比它们的味道好多了。他告诉我,在迪兹伯里他曾经做学徒的那个地方,种番茄是为了观赏,而不是食用。菠萝的叶子上有着尖尖的刺。

虽然我爷爷相当魁梧——他比我爸爸高得多,就算是哈着腰依然高过爸爸——我从没听过他高声说话。他总是有时间回答我的问题,无论它们听起来多简单。当孩子们看见他在花园里劳作,他们会认为他是圣诞老人,因为他长得真的很像——全白的胡子和浓密的眉毛。和奶奶一样,他也总是戴着帽子,当然他一般戴的是男式帽子,除非是特殊场合,那样的话他会戴毡帽。他还有个"坏习惯"——他自己是这么称呼的——就是烟斗,总是叼在嘴上,就算没有点着也会叼着。

我总是抓住一切机会躲去厨房花园里。杰特会跑来跑去,用她的鼻子抵着暖房和盆栽园圃底下,嗅着老鼠的踪迹。爷爷会让我做些除草的工作,找到那些千里光和蒲公英,然后我会把它喂给兔子们作为奖励。或者,如果他正好在挖洞,我就要去抓蠕虫,他会把它们收集起来放进一个罐子里,拿去喂温室里的蟾蜍。为了逃避在奥科菲尔德咖啡馆的工作,我什么都愿意做。我们还有两个女孩帮工——伊妮德和露比,她们大概才十四岁,刚刚从学校毕业。如男孩儿们一样,她们也住在动物园,在那些曾被当作幼儿园的房间里。她们的工作是在咖啡厅里上班、照顾我们的起居、清洗熨烫衣服,基本上就是帮妈妈些忙。

当我现在想起那个咖啡厅,就会想起结束了一天的经营之后堆积如山的脏盘子等着被洗干净(我们唯一的洗碗机是人肉款的,基本上就是我了);要把残余的茶叶从茶壶里清理出来(爷爷会要我留下它们作为他的玫瑰花肥料),然后彻底冲洗干净、灌好盐和胡椒的调味瓶、给面包抹好黄油。我憎恨这一切。

制作午餐用的沙拉需要每天早上开门前就准备好。我们得在男管家的茶水间里把它们洗干净、准备好。茶水间里总是堆叠着几摞高高的盘子，让人担心随时会倒下来。每份沙拉包括两片生菜叶、一个西红柿、几片黄瓜和一些小红萝卜。和它们搭配的一般是罐头虹鳟鱼或是一片熟火腿。当你接到点单，你该做的就是把鱼或者肉加到沙拉里。沙拉是一早就在盘子里备好了的。我长大一些之后，会帮忙当服务生，但这对我来说也没好到哪儿去。我从没怎么和一般人接触过，面对陌生人总是害羞，如果一下子忘了他们点了什么，也会感到害怕。虽然其实能选的也不多：茶，要么是一壶一杯，要么是两人份；沙拉，配鱼或是火腿，又或者是三明治。牧师面包房的车一早就会到达，我们有个很大的机器来切面包，因为那时没有已经切成片的面包卖。接下来的一件事是给它们抹上黄油。为了让黄油软化，我们会把它放在炉灶边过夜。就跟做沙拉一样，你要做的只是接到下单之后把配菜塞进去，不论芝士或是火腿。

我的另一项工作是站在大厅的柜台前，注意咖啡厅的客人们是不是付了钱。这个工作我倒不是很介意做一做，因为我只要等客人过来付他们的茶钱和饭钱就好了。厅里还放着个展示架，上面摆着导览册、明信片、糖果、巧克力、香烟和火柴。我很乐于用富有创意的方式调整它们的排列方式，来吸引客人的注意。只要天气晴好，特别是公众假期的时候，咖啡厅总是繁忙。有时学会会员会在开完会之后给我些小费。一次，我从乎尔特先生那儿得到一张10先令的纸币,因为他觉得我"工作卖力"。他说因为听说我一直在帮穆穆照顾一只病了的猩猩。穆穆很生气——这可是她工作一整周才能赚到的钱!但在一些特殊的时候,没人等着付钱,而且我已经把导览册和明信片按自己的喜好重排好了。我会凝视那些兽首标本,那些在上个世纪被猎人们猎到的动物——一只水牛、羚羊,还有只喜马拉雅熊——它们的玻璃眼珠居高临下狠狠地盯着我。我得掐一下自己才能确认,这儿就是我第一晚到达时和爱情鸟们一起呆坐着的那个房间,寒冷刺骨,烛光摇曳。

动物园入口。此时收费处已扩建,还新建了停车场

本动物园的纪念导览图。我们的口号是"总在扩建中",爸爸的确是这么干的

穿着校服的我和动物园第一只蜜熊。这是一种生活在雨林里的夜行哺乳动物,跟狐猴有亲缘关系

第六章

因为并不涉及结构性的改造，新一届委员会批准的第一个项目水族馆很快就完工了。开幕日定在1934年9月3日，周三。

爸爸第一次见到这个房子时，就已想好了规划方案。他的想法很简单：地下室是个迷宫般的酒窖，墙边（其实就是地基）是深深的柜子，装着上百年的陈酿，我们只需要以钢筋混凝土和增强型平板玻璃造出适合这个空间的水族箱。第一阶段建起了六个冷水池，只占用了一个酒窖。自它们完工之后，水族馆不断扩张，建起一个又一个池子，只要我们有空闲的时间就会花在扩建工作上。

战争爆发时，酒窖里所有的四间"房"都被占满了，一共26个水族箱，根据空间情况大小各异，但有些大到能储存几百立方英尺的水。

水族馆的开幕是由达斯伯里女士剪彩的，她是切斯特动物学会的创始成员之一。她的丈夫沃顿·达斯伯里男爵是一位身家百万的啤酒商。几年之后，她的丈夫去世了，但他的遗孀一直参与动物园的各项事务，直到1953年去世。晚上，我的任务就是送给她一篮鲜花，花底其实藏着一个罐子，里面有一条小小的热带鱼。那只是个普通的罐子，并非一个严丝合缝的塑料容器或是有保温功能的容器，它曾被用来装红三文鱼。我们用报纸包裹好它，再盖上毛线衣物来保温。

和之后的水族箱相比，第一批的六个水族箱令人失望，至少我这么认为。爸爸带我去见伊莱斯先生时，我在他的丽景动物园水族馆见过热带鱼，它们美极了。那儿像是个魔法世界，住满了我从没听说过的生物。不只是鱼，还有海马、海胆和身姿摇曳的水下植物们。从那次探访之后，那是几个月之前的事，我就想象着我们的水族馆也能建成那样的。但是一开始，我们拥有的最色彩斑斓的鱼是五花草金鱼，就是一种有着开叉的大尾巴和红色斑点的金鱼。

我们周围的农田大部分都是黏土质地的，这意味着，到处都是水塘。爷爷就是从这些地方抓来鲢鱼，放进花园里那个用水泥浇筑的池塘里。这一次，比利和山姆被派去撒网，以便抓更多的鲢鱼回来。鲈鱼和金色丁鲷是几位住在几英里之外北威尔士的弗林特城的人捐赠的，还有背上带条纹的鲈鱼，带有红色或金色鱼鳍的斜齿鳊。虽然基本上都是本地的鱼类，水族馆点亮装饰照明装置时，看上去仍然很美。看着鱼儿在透明的水里游来游去的感觉，和它们在泥塘里或者——更糟糕的情况下——在鱼贩子的板子上时，真是太不同了。

那年年底，又新建了六个水族箱。这一次的水族箱都带有保温功能，是为养热带淡水鱼准备的。它们的老家在中、南美洲的山川湖泊之间。其中一个水族箱有 6 英寸那么宽，里面养着神仙鱼、黑花鳉、剑尾鱼和毛足斗鱼。

那时我们已经有了超过 50 种鱼，还有蝾螈。后来，当我们有了更多的水族箱，我们决定把不同种的鱼分别养在不同的水族箱里，好让人们能更容易地分辨出它们。这同时也解决了肉食性的鱼捕杀较小鱼苗的问题。呃，不过针对它们吃掉自己产的卵的问题，我们还是毫无办法。

水族馆已证明了自己令人难以置信的受欢迎程度。虽然下雨或者寒冷的时候，有个干燥的地方能让人们参观是个挺有用的主意，而且，看着闪闪的鱼儿在它们光亮的鱼缸里游来游去是件令人着迷的事。它们专注地摇摆着尾巴畅游，对游客们发出的赞叹浑然不觉。游客愿意在那儿待上好久好久，因为鱼儿总是忙忙碌碌地做着什么，而大部分时候，都是些繁衍生息的事儿。

我们喂它们吃贝麦斯,像是小麦胚芽之类的东西。妈妈早上也会把它撒在我的粥里面,然后炖成糊状。我的其中一项任务是从附近的池塘里收集水蚤,不过在阿普顿,人们叫它鱼虫。肉食性的那些鱼类,根据它们的体形大小,喂它们割下来的马肉或者切成小块的马的心脏。如果你在动物园工作,就没法娇气,没有什么是会被浪费的,至少我们那时是这样。自那场"点对点"比赛中有匹马摔断脖子之后,它的头就被丢给了我们那对秃鹫。它们可高兴了,从此以后它们就一直是吃马头的。不过游客们从不知道这些。爸爸说这不需要广而告之,因为他们可能无法接受,也许爸爸说的是对的。和一般鸟类的猎物不同,秃鹫只吃腐肉,所以那些活生生的动物是安全的。一天,一只小猫不知怎地爬上了它巢穴所在的平台,我看见它匍匐前进想要偷些秃鹫的食物。我想这下它完蛋了,不过秃鹫们都懒得瞟它一眼。

1935年1月,爸爸和我的一个梦想实现了。罗素·艾伦小姐在其他学会成员的帮助下,为动物园捐赠了第一对狮子幼崽。它们是孤儿,就如早期来到我们身边的大部分狮子一样,所以穆穆要亲自抚养它们。我姐姐对照顾任何一种动物的幼崽都非常在行。它们需要的温柔和耐心,她都有,比我好多了。动物宝宝也不都是憨态可掬的。我还记得关于她亲手养大的一只大型非洲豪猪的故事。它和她建立起了如此深厚的联系,以至于就算它完全长大之后,还会坐在她的膝上,但仍张开着鬃毛防

你得小心地喂鹈鹕，要握着鱼尾才行，这样才能避免被它们喙上的钩子划伤

我姐姐穆丽尔和她亲手养大的一只非洲豪猪。它习惯趴在她膝盖上，竖起全身鬃毛，防止其他人打扰他们在一起的时光

止别人的伤害。

那对小狮子来到动物园时是在寒冷刺骨的冬天,所以直到天气暖起来之前,它们都和我们住在屋子里。它们就像是体形巨大的猫咪,欢快而精力充沛,一睁眼就想着玩儿,虽然大部分时间它们都睡在一个铺着旧毯子的大纸板箱里。因为有两只,穆穆会在给其中一只喂奶的时候让我抱着另一只。它们长得很快,而且总是在我们脚下四处觅食,或是找人、找东西玩。就像家猫一样,没有什么是比在家具上磨爪子更令它们着迷的事了,虽然造成的破坏根本不是一个量级。很快爸爸就说,它们得适应待在笼子里的生活。也许是因为那时把它们放去室外还太早,或者因为寒流又一次侵袭,不久以后它们便死了。另外两只狮子孤儿来自一位尼日利亚首领,他本是将它们送给乎尔特家族的。乎尔特小姐把它们交给了我们,然后一切又从头来过。这两只母狮子确实存活了下来,最后被交换到都柏林动物园和一只成年雄狮帕特里克配对,生育一个大家族。他是只脾气温和的狮子(狮子中的暖男),而且会让幼狮们——不只是他自己的孩子——在他身上肆意玩耍,这可不是能被别的雄狮所允许的。

爸爸决心要建立起一个完善的狮子种群集合。虽然一开始,有不少狮子因为疾病而夭折,但繁衍计划最终获得了巨大的成功,小狮子和母狮子总是在动物园之间的交流名单上。

我已经忘了它们大部分的名字,但有些我一辈子都会记得,无论是因为我太喜欢它们，还是因为别的理由。当然，也并不总是开心的回忆。

狮园的规划已基本完成。如熊舍一样，也参考了哈根贝克的原则，将建成由沟渠围住的开阔空间，便于它们自由漫步。1937年2月，一个按4英尺比1英寸等比例缩小的狮园模型被摆在入口处的大厅里展出。这在英格兰是前所未有的，同时引发了大量争议。

动物园现在有空间了，奥科菲尔德原本的9公顷面积已扩展到了32公顷。狮园将占地1公顷，成为全英国最大的。沟渠尽头会有一片高台，游客们可以从这里安全无忧地观赏，就像是在非洲的树屋里一样。高台底下有另一间咖啡厅和自助餐厅。那片地上本来就长着许多大树，不仅能够在视觉上展现出自然的氛围，也能给狮子提供足够的遮阴处。更重要的是，没有栏杆。

当然，爸爸还得面对那些日常的问题。不仅是材料的开销，为了实现这个规划的某些安排，需要再从外面请工人。在那之前，所有东西都是由爸爸、查理叔叔、克特叔叔和查理·柯林斯建起来的。学会的一位女会员原本答应，无论狮园项目筹款情况如何，她都愿意补足差额，前提是狮园要保证在1938年7月之前建成，以赶上夏天的旺季。狮园的造价预算最后定格在550镑。但是理事会认为在一年多一点的时间里很难筹到这笔钱，也不认为学会有能力支付这笔款项。有人建议调整规划以削减成本。总共30英尺宽，沟渠版的规划会比把它们放在栏杆里占用大得多的空间，那些维度不能改，爸爸解释说。另外一种选择是，建造一个12英尺高的篱笆，外加3英尺向内的悬垂。这种设计也肯定安全，他说，狮子会有同样大的空间：足够使草地不被踩秃，也足够狮子们晃悠、玩耍。如果总的设计面积减小了，他说，狮园就不得不缩小更多，这会彻底违背我们的设想。

"狮子和松鼠不一样，"他说，"它们爬不上12英尺的篱笆。"

一开始理事会抱着十分怀疑的态度，有一半人威胁说要辞职。但爸爸很坚持，不能有围栏。最终他们互相妥协了，新狮园的奠基石由利华休姆子爵在1937年10月立下。

奠基时，狮园中狮子的屋舍部分已经建成了，基本上都是查理做的。爸爸像平时那样告诉他该怎么做，然后让他自己去完成。工程有两个不同的部分：第一部分是向公众开放的、展示狮子的地方；但第二部分是个狮舍，爸爸希望小狮子能在私密的环境中出生。他已经有了三只成年母狮子，分别叫信念、希望和慈善，是用两只山魈从布里斯托动物园交换来的。现在他需要一只雄狮。

在狮子成为人们的新宠之前，胖奇可能是我们这儿最大牌的明星。他是游客照片中最常出现的动物。但他并不好对付。

"为什么胖奇的屋子这么脏？"一天，爸爸问穆穆。

"因为比利没法进去打扫，爸爸。这不是他的错，胖奇的脾气你是知道的。说顽固吧也不太恰当。其实我想了想，他让我想起一个人……"但爸爸没听见她说什么,已经走开去找比利了。

"我向您保证,莫特先生,我真的试过了。它就是不肯进到窝里去,你也常说别太信任它。"

"嗯,明天有些要客要来,所以一切都得安排妥当。坦白讲,现在这样可不够好。我想我得自己动手了。"

因为胖奇选择靠着门睡觉,所以爸爸脱下了他的外套,在一个角落里放下梯子,慢慢地开始往下爬。等他下到底下,向上伸出手,比利递给他一把扫帚。然后他走到水龙头边上,打开水喉开始冲洗地面。与此同时,胖奇睡得正香,对一切浑然不觉——至少看起来是这样。但突然,没有任何预兆,胖奇一跃而起,发出警告性的吼声,朝正在工作的爸爸扑过去。

"小心!"比利大叫。不过此时爸爸已经扔下扫帚冲向了梯子。就在他几乎快上到安全地带时,胖奇抓住了他的腿,并抓着一只鞋。梯子在不停地摇晃,不过比利紧紧地抓着它,爸爸紧握着梯子。

"拉!看在上帝的分上,往上拉!"爸爸大喊。

"我不想让你的手脱臼,莫特先生!"

"别他妈管我的手了,孩子!尽管拉!"

于是比利用力拉起梯子,但胖奇抓着爸爸的鞋子前前后后地摇晃着。胖奇一定是咬到了鞋带,因为忽然间爸爸挣脱了,但他的鞋还挂在胖奇的爪子上。

饲养员必须能够应对动物园里的各种动物和禽鸟，而爸爸总是很了解熊的习性。尽管它们看起来憨厚可爱，但完全不值得信任，他说，这是在任何动物园里都最不能信任的动物，而北极熊又是其中最危险的。几周之前，一只孔雀飞到胖奇的笼子顶上，胖奇抓着它的长尾巴把它拖进了笼子，毫不费力地吃掉了，吃得干干净净。唯一残留的证据就是少许散落的羽毛，在笼里飘荡了好几周。有一只狐狸在躲避猎人追捕时曾跑过它的墙边，就变成了它另一顿意外的大餐。

北极熊不会先杀死猎物再吃。因为如果它们在北极这么做的话，猎物在几分钟之内就会冻住。就像我们直接从冰柜取出冻肉来没法直接吃一样，北极熊也没法吃那些冻住的猎物。因此，它们会趁猎物气息尚存的时候一点一点地撕下肉来生吞，这时那些肉还是温热的。相比之下狮子或老虎猎杀动物的方式简单一些。它们会直接咬住猎物的咽喉，只要几秒便可将其致死。

熊舍的建设工作比爸爸预想的花费了更多时间。还是老问题：缺钱。但有些事必须得做，这点是很明确的。

萨莉比动物园里的其他动物精力更加充沛。但一天早上，其中一个男学徒冲进厨房说它不见了。旧马厩只有一层高，爸爸给了它一些攀爬用的枝干，就是从那里，它不知怎么地在天花板上钻了个洞。不过它没跑出多远，只是在地上到处走，呼吸新鲜空气。

萨莉一直是游客们的最爱之一。作为一只曾经的宠物，它知道以表演来换取奖励的道理——它喜欢甜食或是巧克力（它最喜欢的食物是炼乳，它会从我们帮它开的孔里把炼乳吸出来吃）。一天，一位男学徒把一只桶忘在它的笼子里，这成了它最喜欢的拐棍。它会坐在里面，用头保持平衡，做一些我们那时候称之为"滑稽戏"的动作。如果它做什么都没得到奖励，就会躺倒，把爪子伸向空中，直到有人扔给它些它想要的东西。一天，它捯饬着双手，伸过桶的把手把桶背在背上，像大象身上背着的座椅那样，还好后来那只桶把手破了，桶从它背上滑了下来。

动物们被源源不断地送到动物园来。威斯敏斯特公爵捐赠了他的已驯化的水豚。水豚是世界上最大的啮齿动物，看起来像豚鼠，但体形是獾的两倍大。它的名字叫彼得，我越来越喜欢它。它曾生活在位于切斯特南边的公爵大宅伊顿厅后面一个湖中央的小岛上。当公爵把它安置在那里时，可能没有意识到水豚可是游泳健将。彼得总是逃出来，这就是为什么它被送到了我们这儿。不啃点什么彼得就不开心，所以我们要确保有足够多的圆木给它啃，让它的牙有事做，还要给它准备一个池子，天热的时候它就会坐在里面。

另一位尊贵的客人是塔维斯托克侯爵，他之后成为了贝德福德公爵。他私服而来，送给了我们一对稀有的黑色鹦鹉。

需要购买动物的日子已经过去了。新来的动物要么是被赠

20世纪30年代，游人们在主楼前的草坪上野餐。我们不介意人们自带食物来野餐

爸爸戴着他标志性的毡帽和水豚彼得在一起。彼得是威斯敏斯特公爵送给我们的，他实在受够了它不停地"越狱"

予的，要么是交换来的。当养在爷爷温室里的鳄鱼长得太大了，就会被交换走。代替它们的是从一个荷兰商人那儿换来的两只小型鳄鱼。我们的交换名单上总是有很多鹦鹉和其他鸟，因为我们繁育的实在太多。有人曾给了爸爸一条毒蛇，不过他不想要。之后，名单上总是有狮子，因为繁育项目太过成功。通过这种交换，我们有了一只骆驼、一只美洲鸵鸟、一只条纹鬣狗、一只澳洲野犬、一只豹猫和一只黑颈鹦。两只小袋鼠是从达德利动物园用两只山魈换的。

大概那时，我才第一次见到埃斯特·乎尔特小姐。我当然听过她的名字，这是一个只要你和动物园有一丝牵连就一定会知道的名字。她就是经营乎尔特运输公司、运营蓝斗线（Blue Funnel Line）的那位。她和她的兄弟都是动物园的主要恩主，不只是因为他们将尼日利亚首领献给他们的动物转赠给我们。这一次，她的礼物更加私人化——她的整个热带小型鸟类藏品，包含大约400只鸟。她不只是把它们捐给学会，而且还支付它们的饲养费。它们主食热带水果，这些水果会由专人送来，穆穆把它们放在茶水间，锁在柜子里。第一次看见菠萝时，我记得自己站在穆穆身后，皱着鼻子看她切开它们。

"拜托，穆穆！就一小片嘛……"

"你这蛀虫，小琼。走开啦。"

"但我都不知道它吃起来什么味道！"

"你最好还是别知道了，不然会更想吃的。"

另一位不速之客是臭屁（Cocky），一只小葵花凤头鹦鹉。它并非高贵的礼物，也不是因为它的主人厌烦了它而被遗弃。它曾经属于一位住在阿普顿的女士。它只是太吵，她说，她房间隔壁的邻居们向房东投诉了。她甚至被威胁会被赶出去，如果对投诉无动于衷的话。我得承认臭屁有着很强势的性格，而且是我遇到过最吵的鸟。"来跟臭屁握握手！"它会这么叫嚷。如果有人问它叫什么，它会拼出来："C-O-C-K-Y，臭屁（Cocky）！"我记得那位女士也很好，一度每周来动物园探望它两次，跟它说说话。她来的时候，它总能知道，甚至在她还没走进门的时候就已经变得非常兴奋了。它会绕着杆子上上下下地转，展示它美丽的黄色冠羽。

那时，动物园已经有了较为完整的丹顶鹤群，最有名的一只是红其。虽然它住在动物园里，但不住在笼子里，而是喜欢在郊野翱翔，只有晚上才会栖在园里。一天，穆丽尔接到了一个从伊顿厅打来的电话。红其跑到公爵的湖里抓鱼了，他们问，能派个人来把它带走吗？伊顿厅位于切斯特的另一端——距离我们这里大约8英里(约12.9公里)，因为丹顶鹤是飞过去的——由于爸爸不在，穆丽尔说服了一位正巧在附近的理事会成员带她过去抓它。这位先生喜欢动物，他和公爵的其他工人都在帮忙抓它。穆穆回来时气得冒烟，全身湿透。虽然这一切可能本来也就是无用功，因为不管怎么样红其都会自己回来，只要它觉得已经抓够了。但威斯敏斯特公爵是这个片区的重要人物，因此不能怠慢。那几年里，红其成了以奥科菲尔德为中心大概15英里（约24公里）半径内一道尽人皆知的风景线。接着，1943年复活节后的一天，又来了一个电话。红其出去了好几天，不过人们也不怎么担心，虽然那时它已经十岁了。就像所有其他动物一样，它的战时伙食紧紧巴巴的，但不像别的动物，如果它没吃饱，会自己给自己加餐。它的尸体被一个知道它"属于"我们的人在河口发现了。可怜的红其并不害怕人类，所以它一定是以为那个靠近它的刺客有什么好东西要给它。它是从大约10英尺的远处被射杀的，应该是当场身亡。

要客来访的频率越来越高，这让奶奶很苦恼，不知道该穿什么来主楼这里，因为有可能一辆由专职司机驾驶的汽车会忽然出现。杰西阿姨住在门房里的那段时期，她从奶奶手上接过了售票处的工作。她得时时面对一些仗着挂有贵族勋章就不付钱、长驱直入的汽车。其中一辆是如此耀眼，以至于有只孔雀以为门上出现了只劲敌，然后开始和它的镜像搏斗，彻彻底底地刮花了车漆。自此之后，它就只能在马厩庭院里散步了。对它来说，自由自在的时代已经过去了。

杰西阿姨走了之后，爸爸决心不让奶奶再回去做原来的活儿。她做得已经够多了，他说。奶奶和爷爷都已经年近八十，对他们这个年纪的老人来说，和一个年轻的家庭同住一个屋檐下可不轻松。一般的小孩——就像史丹、帕蒂和乔治这种——会很吵。爷爷还有办法走出去在花园里一待一整天，但这间门房就是奶奶的家,她很恋家,总会把一切收拾得干干净净。虽然表面上她和杰西阿姨相处得非常融洽,我知道摩擦还是存在的,确实也不可能没有。爷爷则不同。他和谁都相处得不错,因为他有那种很波澜不惊的脾气。许多年后,我堂兄弟帕蒂告诉我,每天午饭后,他们是如何被要求必须保持安静或者出门去,不能打扰爷爷睡觉。他会在长条椅上躺下,两头垫上垫子,打个盹儿。他会闭上眼睛,她说。一个半小时之后,又回到花园之中。

自此之后,直到战争爆发她去参军,售票处由我姐姐的一个朋友莫德负责。她们是在阿普顿村礼堂举行的"音乐和运动"活动上遇见的,妇女健体美容联盟在那儿开课。照片上那一大堆穿着标志性白衬衫和缎面短裤的女孩子们——以我们现在的眼光——看起来可能有点令人厌恶,因为她们太容易让人想起那时德国正进行着的示威运动。不过在当下,人们的感觉是不同的。对穆穆这个年纪的女孩儿来说,并没有太多的娱乐活动。现在我再想起来,就觉得那时她的生活是很艰辛的。在遇到莫德之前,她都很少出门,因为除了爸爸的秘书马乔,她谁也不认识。

马乔·海斯是1935年来的,在北英格兰动物学会发生变动之后的一年。她来自利物浦中心地带的港区布特尔的一个大家庭。和其他所有人一样,她住在主楼里我爸爸办公室楼下的一间屋,在用人房那侧的一楼。虽然她比穆穆大几岁,但她们很快成了朋友。我喜欢马乔,因为她总是对我很好,会做类似帮我照顾蝌蚪之类的事，即使她不太喜欢看它们孵化出来和那些跳来跳去的小青蛙。马乔习惯与孩子们相处，她妹妹埃德娜和我差不多年纪，常常会过来住，一住就是几个星期。妈妈从不介意，无论是动物、小孩，或是伤兵，她从来不会拒绝任何人。

马乔很美，长得很像好莱坞电影明星玛娜·洛伊。事实上她的卧室墙上挂着一幅玛娜·洛伊的照片，是一张她和老搭档威廉·鲍威尔的合影。她痴迷好莱坞的一切，每周她都会从报摊拿到最新的一期《电影人》杂志。那些旧杂志被她仔细堆叠起来，放在角落里供之后参考用。莫德来了之后，她、马乔和穆穆组成了三人姐妹团，常常一起去电影院。

如果理事会的会议是在晚上开——通常便是如此——罗素·艾伦小姐就会坚持让"年轻人"去电影院。她会给山姆和她的司机一些钱让他们去买单，甚至包括场间休息时的雪糕。然后查理、山山[①]、比利、尼皮、马乔、莫德和穆穆（只要当天在那儿而且不用值班的都可以）就会挤到她的宾利车里，前往切斯特的莫扎迪斯影院。电影放映完之后，他会送他们回家。不像很多和她同属贵族的人，罗素·艾伦小姐不只是有钱，她也非常懂得替他人着想。

那时候我太小了，不能跟着他们一起去放风，我印象中唯一一次去电影院是跟妈妈和爸爸一起。我那时应该有七岁了，我们去看了《商人的号角》。那是一部关于猎人和动物商人的

---

① 山姆的昵称。

真人冒险影片，也是好莱坞第一次在非洲实景中拍摄的电影。不过这可能只是广告上的说辞而已。看电影的体验被爸爸毁了，因为他一直在大声抱怨电影里那些金刚鹦鹉不是非洲本地的品种，而是南美的。

我唯一一次见到真正的猎人是在1936年5月，戴福斯·布劳顿夫人来为我们的筹款宴致开幕词的那次。虽然那时我还没听过她的名字，不过在场的其他所有人都显得很兴奋，特别是我父亲。她和她的丈夫亨利·约翰·德尔夫斯·布劳顿男爵（绰号乔克）住在诺思威奇另一边的多丁顿大宅里。她比她丈夫出名，至少那会儿是那样。"真是完美的枪法"，那些在非洲捕获过数十只狮子和豹子的猎人们说。她不但枪法娴熟，还会潜到深海捕金枪鱼。非要说她的丈夫有点什么名气的话，那也是坏名声——他因为赌博被迫卖掉了家族已经拥有了上百年的千万公顷土地。

像往常一样反应敏锐，他一看到这个情况就知道这会成为一个好新闻，那天下午记者们本就是倾巢出动了。在她宣布筹款宴开始之后，我的任务是献给她一篮鲜花，而鲜花底下藏着我们给她的致谢礼物——一只变色龙。

在她到达之前，我想象中应该是一位穿得像《大探险》里的明星一样的人，穿着及踝靴、单薄的丝绸衬衫，一头蓬松乱发，看起来美艳撩人。但事实上，她只是看起来高傲又有钱罢了。她有一只叫作吉布斯的宠物暹罗长臂猿，她推诿说是因为它才迟到了。在场的摄影师们将他们团团围住,为她和她的宠物拍摄照片。不过我相当无动于衷:我们的猴子也一样好啊,为什么他们不拍我们的猴子?

两年之后,她再次出现在新闻里——是因为她丈夫。他被控诈骗,因为偷偷藏起了他太太的一串珍贵的珍珠项链,然后向保险公司声称弄丢了要求赔偿。但真正使戴福斯·布劳顿家族名声淡出历史的原因是1941年发生的那些事。那年他们离了婚,乔克男爵娶了一个跟他女儿年纪一般大的年轻太太。为避免成为丑闻,他和他的新任娇妻搬去了肯尼亚的一个被称为"欢乐谷"的地方。戴福斯·布劳顿的新任太太一到那儿就马上开始了和当地颓废的外籍人士圈内另一位成员埃罗尔伯爵的外遇。这位伯爵被谋杀了,被一枪爆头死在自己的车里。乔克·戴福斯·布劳顿当场被捕。

虽然庭审是在内罗毕举行,身在英国的民众却时刻关注着事情迂回曲折的每一步。奥科菲尔德的居民们也一样。查理、尼皮和其他男孩子那时已经被征召入伍了,而穆穆正在英国皇家海军女子服务队服役,所以那时奥科菲尔德只有我、妈妈和爸爸,还有些新来的女工。当时我十五岁,正痴迷于那些情啊、爱啊的桥段,关于情侣、情妇、谋杀什么的……

不只是因为这位受到诉控的男爵家族世世代代生活在柴郡,也因为是他将"汀尼小姐"送给我们,这是动物园的第三只马来熊!现在,我们的恩主正在法庭上接受审判。在不列颠,包括其殖民地，被判谋杀罪若成立则意味着死刑。所以我们都很清楚，如果证言对他不利，他会被绞死。

那时，仗已经打了十八个月，生活十分艰难。我想这场审判至少让我们从对正在发生的一切的无力感之中暂时解放出来。这个案子有一切好的谋杀案应有的所有元素：埃罗尔伯爵有另一个情妇，她因拥有一只宠物狮子而知名，而且总是让只猴子停在肩上，无论去哪儿。也许她这么做是出于恨意。

因为爸爸认识这个被诉控的人，所以理所当然地处于一种特殊的立场中。"他是那种会杀人的、冷血的人吗？"我问他。他想了一会儿。

"好吧，他是个赌徒，所以他有足够的胆量，而且也确实十分鲁莽。"

案子于1941年6月在内罗毕开庭，此时我们所处的英格兰这一角仍对纳粹空军轰炸造成的破坏心有余悸。利物浦闪电战[①]虽然并不如伦敦大轰炸[②]那么为人熟知，但利物浦是美军护卫舰队登陆的地方，这里是整个北大西洋地区行动的神经中枢。来自美国、从利物浦运输入境的食物关系到整个不列颠的生命线，这也是为什么它成了敌人的进攻目标。五月闪电战[③]中近6000人遇难，伤者更是不计其数。超过一万名利物浦人流离失

---

① 第二次世界大战期间德国空军对英国利物浦地区一次大规模轰炸。
② 在第二次世界大战中德国对英国首都伦敦实施的战略轰炸，发生在1940年9月7日至1941年5月10日间，轰炸范围遍及英国的各大城市和工业中心。
③ 利物浦闪电战中的一次行动。

所。整个6月，我们急切地在报纸上跟踪庭审的最新进展，在断断续续的空袭中寻找一丝慰藉。事实上，最坏的日子已经快到头了，因为那时希特勒已经将他的注意力转移到苏联，并发动了巴巴罗萨行动①。大约圣诞节后的一两天夜里，对利物浦的空袭停止了。

亨利·约翰·德尔夫斯·布劳顿男爵被无罪释放了，因为陪审团认为证据不足。但不到一年，他便自杀了，谁知道这意味着什么。

我们的第二只马来熊叫作三迷。1936年秋天，新的熊舍刚落成，它就从别的动物园被交换来了。它的体形比萨莉大得多，但它们似乎相处得不错。在它们刚搬进新熊舍时照的一张照片上，莺飞草长，枝繁叶茂。可惜好景不长，它们搬进来干的第一件事就是把那棵橡树扒干净。至今那棵树仍是这样——光秃秃的树干提醒着人们动物们有多能耐，如果它们能这么做的话。但只要人们还怀有疑虑，这棵树就会尽到它应有的职责。这两只熊都喜欢摔跤，而三迷作为个子比较大的一方，总是能胜出，把萨莉打趴在树下。至于那片草坪，很快就变成了泥海，反正它们也不怎么在乎。只要能找到虫吃，还能打洞，它们就开开心心的。

德尔夫斯·布劳顿送来的那只熊——汀尼小姐——是两年之后来的，在它的主人离婚前不久。现在想起来，我有点疑惑，

---

① 第二次世界大战期间德国向苏联发起进攻的代号。

我正给三迷奖励,它是我们的第二只马来熊。三迷「越狱」本事一流,给我们惹了不少麻烦

也许它曾是德尔夫斯·布劳顿夫人的宠物，因为名字听上去有些类似。可能因为当时他们的婚姻正走向尽头，所以汀尼小姐无处可去；与夫人的另一只宠物暹罗长臂猿吉布斯不同，熊是没法带走的。

即使如此，汀尼小姐比萨莉的体形小多了，甚至大约只有三迷的四分之一大。三迷那时似乎每周都能长高几英寸。她被放入熊舍时，我们担心过萨莉和三迷会如何对待这位新成员。我们多虑了，不同于萨莉显而易见的怒气，三迷立刻爱上了她，所以萨莉也只好默默忍受了。

一天清晨，全家都还没醒，若若在厨房里大声尖叫起来。这是它通常遇到不寻常的事时发出的警告。我那时还躺在床上，但这叫声实在太吵了，所以我起了床，向窗外探头想搞清楚到底出了什么事。我发现穆穆和查理在草地上向着爷爷的蔬菜园子狂奔。我抓起件晨衣套上，跑下楼梯，跑出花园大门，结果看到三迷很淡定地沿着花园的墙头散着步。穆穆和其中一个男孩抬着头看着它。然后爸爸带着一把猎枪走出来。

"回主楼去，"爸爸一看见我就说，"我这儿要忙的够多了，没时间再来担心你。"

他说的没错。熊从来都不安全，而当它们像三迷现在这样被逼到角落的时候，便是加倍危险。我退回到楼上，不过没有回到穆穆和我的卧室里，而是去了养鹦鹉的房间，那里视线更好。我正好赶上看三迷从墙头上跳下，进到花园里。我心里一沉：

就算什么吃的都没有，它也能把自己的熊舍弄成一塌糊涂的样子，在爷爷的蔬菜园子里它不得闹翻天啦？要是它发现那些报春花怎么办？还好爷爷自己不在那园子里。

在有人想出对策之前，我们决定就让三迷先待在里面。时不时地，它毛茸茸的脑袋会从墙上方探出来，不过帮工男孩们守在外面，一发现这个情况就会拿着棍子把它驱赶回去。它甚至爬上了胖奇的笼子顶部，不过又被赶回了菜园。与此同时，有人拿来一个旅行箱放在后院门口。然后爸爸和其中一个男孩子用从晾衣绳上拆下的晾衣竿"武装"自己，然后走了进去。受到一罐炼乳的启发，三迷终于明白了我们的意思。

卡尔·哈根贝克的测量是很精确的，在近三年的时间里墙的高度都足够了，不过与此同时三迷也长大了。那天晚上，它弄开闩住大门的铁杆，攀上水泥墙头，顺利地逃脱了。那时一项渠务工程正在进行，算是修补它们搅出来的泥潭，所以几只熊被关在笼子里面的时间都比平时要长。三迷显然不太喜欢这种安排。三迷自来到动物园之后已经长高超过一英尺，所以除了新的水渠，我们又在墙上加高了一层。这在现在的动物园里仍能看得到。

不过，人们刚回归正常的工作，警报又再次响起！它回到熊舍里还不到半小时，不过既然已经尝到了自由的味道，就没有什么能再阻止它的了。像之前那样，它又爬上墙，但是走向另一个方向，几分钟之后完全离开了动物园，沿着一条后巷一直走。那时我已经去上学了,查理在我回来之后告诉了我后来发生的事。

在三迷决定爬上树休息一阵时,我们对它的追踪已经持续了半个小时,怎么劝它都不肯下来。其中一个帮工男孩爬上边上的另一棵树,想要用晾衣柱戳它下来,但它也不让步。爸爸决定要吓它一跳。他听见巷子远处好像传来货车停下的声音,所以走过去请求司机帮他一个忙:开车经过那棵树,然后发出尽量响的声音。那司机有点困惑,不过还是答应了。几分钟后,货车开近了三迷所在的那棵树,发动机轰鸣声、喇叭声(很响)、齿轮声、刺耳的刹车声震耳欲聋。这招起了作用。

这被爸爸称作"机械怪兽"的货车的恐怖"表演",吓得三迷屁滚尿流,它慌忙从树上爬下来,忙不迭地奔向了家的方向。

第七章

1938年初，日子像是经历了隧道里漫长的行驶之后终于望到了出口的光亮。虽然也没存下钱，但这几年的收入，无论是来自门票还是咖啡厅，比之前任何一段时间都要高。现在已经有巴士定期从切斯特开来，这条线路由经营着克鲁到谢文顿的巴士线路的克罗斯维尔公司运营。对一般游客来说，这就大不相同了。那时，只有很少的工薪阶层拥有自己的车。而社会阶层的另一端，学会的会员数目正越来越多，虽然不是大幅增长，不过增速稳定，即使那时动物的数量比较多，开销也会相应增加。引进一只新的动物往往意味着对一座新笼舍的需求。

一座新的笼舍则意味着守卫们额外的责任。

八周之前,我们的两只山魈莎拉和乔治生了一个小女儿,叫作黎明(山魈就是一种毛色鲜艳的狒狒,它俩是乎尔特家送来的)。她像是从天而降,甚至没有人意识到莎拉将要生产。她是不列颠第一只山魈在圈养状态下繁殖的幼崽,而且很健康。1938年的复活节,来访人数创了新的历史纪录,这是这个日渐庞大的动物园挨过了一整个冬天之后梦寐以求的——举例来说,此时我们已有了15种、共50只猴子。

猩猩玛丽自1931年搬到这儿之后就开始了自由的生活。她对每个人来说都有特殊的意义:对穆穆来说,是她养大了她;对我来说,她是我的朋友;而对其他人,她是从最初就开始伴随我们的伙伴。她生性温柔,而且非常聪明。她系的绳结比我系的还好。一天下午,下着雨。我走进她的窝里去教她用毛线团玩翻线游戏——这是学校最近流行的,在哪儿都有姑娘们玩这个,巴士上、操场上、她们的桌子底下。我暗自得意地想,总没有人和猩猩玩过吧。我们一起坐在她那稻草做的床上,我在她手指上绕好绳圈,她尽力地模仿着我,但真的很难,你得对自己的四指和拇指有很好的控制力。那时我应该是在视线的死角里,又或者妈妈当时分了心。当她走过来发现笼子没锁的时候,就顺手带上了门,而我和玛丽正玩得起劲,完全没有注意。直到她例行巡视走过来的时候,才发现我在里面。粗心的妈妈感到很羞愧,所以让我吃了香蕉拌牛奶皮作为补偿。

鸟儿们在步入式鸟舍里自在飞翔，这种展示形式在当时是一种创新

游人们很喜爱猩猩，爸爸一直清楚他需要更多的黑猩猩，并不是因为想要繁育它们，至少一开始的目的不是这个（雌性猩猩要到大概十二三岁才会生第一只崽崽），而是因为黑猩猩是群居动物，它们喜欢互相陪伴，在自然环境中它们总是一大群生活在一起。

泰山娜 1935 年 5 月来到利物浦，同行的还有一只雌性黑猩猩，叫作银禧，取这名字是为了纪念亨利五世登基 25 周年。银禧生性非常温柔，但她没待多久就以一只骆驼为代价被交换走了。

泰山娜是动物园所有黑猩猩里最不可靠的一只，玛丽对她总是很警惕的。如果她是个人的话，你会称泰山娜是很神经质的，她从到这儿开始就一直是这个样子。爸爸那时开车去利物浦码头接一批寄售的动物，它们来自乎尔特家族。不知怎么的，一切照常进行的时候，她逃走了。

泰山娜来动物园的时候不如玛丽刚来的时候年轻，她大概已经三四岁了。没人清楚她的背景，但——如玛丽一般——她应该也是在母亲被杀了之后被抓到的。被运到英格兰前的几年时间，如果她是从小被抱走，之后当作宠物在寄主家度过的话，光是与寄主家庭分离就已经够糟糕的了。但如果她不久前曾经目睹了母亲被屠杀，在已经懂得发生了什么的年纪，就应该是受过了创伤。当她在利物浦码头被抬下梯板那一刻，估计是极度忐忑的。

20 世纪 30 年代，默西河以"世界上最大的海上高速路"著称。有时，如果爸爸只是从一个水手那儿接一只动物，我会跟他一起去。那里到处都是起重机，货物被装在巨大的网里，从货舱里吊起来到半空中，伴随着剧烈的摇晃。在码头装满香蕉之后，火车喷出蒸汽和煤烟，哐当哐当地开走了。那些噪声——呜呜声、喧闹声、轰隆声、砰砰声——从不停歇。猩猩们不喜欢吵闹的噪声，尤其是它们不熟悉的噪声。而且在经历了一段相对平静的、被船员们照料有佳的船上生活之后，水手们对她好奇的打量，都一定令她感到很害怕吧。

我从未搞清楚到底发生了什么——到底她是在抱着她的人还没到码头前就从那人的手臂中跳出来了，还是他们走到爸爸的车边上之后才发生。但总之，某一刻，她挣脱了。黑猩猩是很敏捷和强壮的动物，它们在地面和爬树的时候行动速度都一样快，而泰山娜本身就已经有了杂技演员之称，这也是她名字的由来。最终，享受了几小时的自由之后，她再次被抓到了。利物浦是英格兰的香蕉之都。船只上除了满满的香蕉之外没有装其他任何东西。香蕉会被放进传送带的皮桶里。即使如此，一艘船也要花三天时间才能完成卸货。大部分会直接送上火车，火车将载着它们奔向这个国家的各个地方，而另一些会被储存起来。香蕉有一种强烈的刺鼻的气味，是黑猩猩们最喜欢的食物，这一定令她想起了家乡，也就是最后被抓到的地方——一个存放香蕉的仓库里。她需要被小心照料很长一段时间，我们回去的路上爸爸警告说。她最终被爸爸装到车里的时候，状态非常糟糕。

虽然她到了新家之后似乎很快安顿了下来，但玛丽对她躲闪不及，这不寻常——因为无论对人还是对动物，玛丽总是亲切而慷慨。其实游客们也从未特别喜欢过她，他们似乎能感受到她身上受到的创伤。但到了10月，齐齐到了之后，它和泰山娜像一对顽皮的小伙伴一样黏在一起。齐齐来自刚果，而不是尼日利亚。它长着张黑色的脸，走起路来像只大猩猩，也会拍打自己的胸脯，这些都不是一般黑猩猩会做的事。而且，它明显更强壮。它是一个不同的品种，爸爸说，非常稀有，世上仅有的另一只被圈养的现在在柏林。

齐齐在自己的笼舍里"自由"长大，它的主人海德先生在加丹加省附近经营着一家橡胶厂。有一天，它逃跑了，消失了整整六个月后在当地的一个村子里现身。它一辈子都和人类待在一起，因此无法在野外生存下去。村民们不想要它，因为它的名字在当地语言里意思是"坏女人"，而海德先生现在也不想要它了。"大萧条"波及了所有地方，包括刚果，所以他带着齐齐回到英格兰，还有一对山魈。后来爸爸用这两只山魈与格里德先生换了三只母狮子。

齐齐和泰山娜会互相怂恿对方，闯尽了各种祸。泰山娜会啃她笼子里的螺丝，直到把它们弄松，然后她会试着用一片平时背着人藏起来的金属片把它们撬出来，而齐齐会使用蛮力用

齐齐和泰山娜。它们都很擅长拆卸，所以要造一个足够安全的新笼子给它们

帕特里克和他的两只母狮。他是只很温柔的狮子，也是个很优秀的父亲

自己的身体撞击网格，使之摇晃，使笼子的支撑逐渐松动。

在游客的参观围栏和动物的笼子之间有6英尺（约1.8米）的间距，但如果游客破坏规则，这也无济于事。一天，一个年轻人翻了过去。后来他声称是因为他的手帕不小心掉在了围栏另一边，所以要去捡起来。他还没搞清楚发生了什么，就有一只手伸出来抓住了他的外套。这才意识到危险的他赶紧褪下衣服。很快，齐齐就穿上了它的战利品，开始到处显摆。然后它开始摸索外套的口袋，找到一卷冲洗好的胶卷。它凝视着这些负片，就好像它对摄影很在行似的。与此同时，从来不许别人抢风头的泰山娜试图抢过那件外套，于是一场拉锯战就此展开。在撕扯衣服的过程中，它们决定一"人"一半撕开它，分享这件衣服。整个过程中，数量可观的人群兴致勃勃地围观了这场表演，每个人都认为这是他们见过最有意思的事了。这件事在好多年里一直被人津津乐道。而那个年轻人能做的，只是站着，看着。

很显然，黑猩猩需要更牢固的地方来容纳它们，于是爸爸很不情愿地接受了只有栅栏才能关住它们这个事实。此时离1956年他那开创性的"黑猩猩岛"设计揭幕还有近20年时间。黑猩猩岛是他放手一搏的产物，他料定猩猩们是不会游泳的。

1938年1月29日是一个为了给新的黑猩猩房筹款举行的特惠日。爸爸做了一个模型，展示新房子的内外部住所设计。如他在演讲词中说的，虽然黑猩猩是"动物园之星"，动物园依赖它们招揽客人，但它们的数量却变得"屈指可数"了，而且急需更大的空间。这天下午的早些时候,水族馆的新馆刚刚开张——新馆内有我们第一个热带鱼缸,水族箱的总数也上升到了 10 个。那天的饮料是杂果宾治,而我的任务是在人群间传递芝士条和各种奇闻逸事。那天我们筹到了一大笔钱:每笔捐款不一而足,从若干先令到 50 镑都有。

现有的猩猩房将旧马厩远端的空间封闭起来,还围入了一小块庭院。爸爸意识到应该可以造一个更坚固而且大得多的屋子。但猩猩们是习惯性很强的动物,而它们就算是看见别的动物搬家都会觉得不安。所以他担心,虽然它们现在尽情地在毁坏自己的家,但真的要搬的话,可能还得花费巨大的代价。

新的建筑有水泥地面,底下铺着热水管道。那时,取暖一直是个问题。在新旧猩猩房之间,只有一堵砖墙,所以剩下唯一的问题:如何穿透墙面。爸爸有了一个计划:玛丽一直喜欢帮他做那些建筑工程,为什么齐齐和泰山娜不也这样呢?这个策略十分完美。当第一块砖被凿开、掉到它们那边,齐齐和泰山娜接手了这项工作,而且拒绝任何人接近,每个在墙的另一边忙活的人都明白了它们的暗示。只是几分钟时间,这两只猩猩已经挖出一个足够它们通过的大洞。钻进新房子之后,它们仔仔细细地视察了它们的新家——它们抓着栏杆,把整个身子的重量压上去,每一根栅栏都通过了它们这样的测试,每一处螺帽都被检查过,后门开了又关。确认安全性之后,后门被锁上了,玛丽被引入这两个爱搞破坏的家伙的旧宿舍,爸爸和其他人仔细观察着她的反应。她首先透过那个洞凝视了一阵，然后抬眼看向墙上的砖头。接着，不到一分钟，她便用砖头重新把墙洞堵上。如果发现砖头的大小不合适（因为墙上的旧砂浆没有剥落），她便用一根木槌修整砖头的形状。这些砖头的其中一面是漆成绿色的，她也会确保砖头没有弄错面。等所有砖头都补回去之后，她集起那些掉下来的碎裂的旧砂浆，把它们填回缝隙之中。她明白自己在做什么，因为她不久前曾经"帮助"爸爸和查理建起了狮子房。她到底起了多大作用，我反正也不知道，因为这是爸爸的宣传策略之一。一开始，可能她只是为了摄影师摆拍才在那儿，但玛丽学习能力很强，也喜欢模仿人的动作。我记得有一天放学回来看见她正在将水泥抹到两层砖头之间，然后再盖上另一层砖头。

那年6月，我跟爸爸去接一批从多塞特郡的波特兰运来的动物。在此之前一年，我跟他一起去过那时刚开张的达德利动物园。这次的旅行是给我的生日奖励。

"蓝斗线"航船不只停泊在利物浦港，它也定期来往荷兰的鹿特丹。但如果船上有给切斯特动物园的动物，乎尔特家就会安排一艘领航船在波特兰把它们接下船。让动物们直接到我们这儿比把它们关在荷兰六个月要好得多。

十二岁生日的那天下午，我们从切斯特出发了。虽然以今天的眼光看来，当时路上空空荡荡的，但我们还是花了好几个小时才到达。我想我一定是在路上睡着了，但我知道爸爸应该是开车开了一整夜，就像往常一样。我会凑过去给他唱《皮卡迪的玫瑰》和《女孩儿因爱与吻而生》。后来我们到了之后，被告知计划有变，还得等等，因为国王乔治六世正在检阅舰队。

我们当晚住在波特兰半岛的一家提供住宿加早餐的经济型酒店，第二天早上在灯塔边的悬崖上观看了这场检阅。舰队检阅可不是时时都能看到的，但自年初开始，欧洲各地到处麻烦不断。3月的时候，德国入侵奥地利。皇家海军当时是世界上最强大的，这场检阅是一次实力的展示，以提醒那些看起来忘了这件事的国家——也就是德国和意大利，不列颠也是不可忽视的力量。

国王出席了，肯特公爵也在场，蒙巴顿勋爵也是。海上停满了战舰、巡洋舰和驱逐舰。作为一场盛事，它精彩绝伦，我想我永远不会忘记。一架无线遥控的飞机升空，被击中，然后冒着烟、旋转着落入海中，我们周围的每一个人都欢呼起来。对于那时的我来说，这让人兴奋，就像用爷爷给我做的弓箭射中了目标。虽然海面闪烁着太阳的反射光，那些灰色的舰身仍将一切染成了它的颜色。其中之一便是"勇敢"号。这是一艘为在大西洋执行护航任务、由一艘"一战"时期的旧式战列巡洋舰改装而成的航空母舰。"二战"爆发后仅两周，它就在西部航道被德军的一艘U型潜艇的鱼雷击沉了。包括空军军官在内的舰上所有的1260人中，519人失去了生命，38架飞机损毁。当我们在战争最初的恐怖的日子里听到这个消息的时候，爸爸和我都记起了这个名字，互相交换了眼神。据报国王已经登上了"勇敢"号去听一场演出，而爸爸也给我解释过什么是航空母舰。之后的几年中，我有时候会想在那个美丽、晴朗的日子里我见到的船究竟有多少艘，再也没能回来。

　　第二天早上爸爸和领航员出去，去停泊在岸边的蓝斗线船上接动物。他一回来，我们就启程开始往家赶。这批动物里有一只黑猩猩，我忘了它的名字——它晕船了。有两只丹顶鹤、一只草原猴和一对非洲灰鹦鹉，外加一盒说不清种类的爬行动物。不知怎么做到的，它们都被塞进了我们方方正正的希尔曼明克斯小车里。我本想抱着黑猩猩，但爸爸不让我这么做。他一般都是一个人来，但因为这次我占了副驾驶的位置，所以我得抱一个装鹦鹉的笼子，放在我膝上。爸爸把丹顶鹤装进麻袋，麻袋上开个口子好让它们伸出头来，而尾羽上则系上绳子以防被撞伤。尽管年纪不大，因为它们个头高，所以被放在后座前的地板上，这样才能给它们更大的空间。猩猩被装在小型运输板条箱里，摆在装爬行动物的盒子顶上。这样，才能让它看到窗外集中注意力。猴子就在他身后的后座上。

　　虽然这一次旅行对我来说是个奖励，但基本上只是日常生活的一部分而已。爸爸的车常常满载着动物回来，所以这经历也没有令我觉得非常不寻常。但回程路上我们每一次短暂停车加油时，我都看见人们脸上惊异的表情。只有当你走出自己的世界时，才会意识到动物园里的生活与一般人的是如此不同。

作为一个小孩，一切都是理所当然。你理所当然地会和猩猩一起玩，为什么不呢？你当然应该知道长臂猿和狒狒的区别，或者鳄鱼和短吻鳄的不同啊。这就像是役马和小马驹、山羊和绵羊的区别，太明显了啊。

只要我父母想，什么事都是可能的。"可以做到"是我爸爸的一句名言。另一句是，"这是常识。"但现在回过头去看，我意识到他其实承担了无数的风险。有一次他坐船穿越都柏林去接一些蛇。因为不想在回来的路上把它们留在车里，他拿起了原本装它们的、用柳条编织的洗衣篮，把它们留在甲板上。然后他走进船舱里吃东西，把蛇留在了外面，等他回来的时候，两个修女正坐在篮子上面吃着三明治……

1938年9月，爸爸接到了一个来自刘易斯的电话，这是利物浦的一家大型百货商店。他们有一只俄罗斯熊卖不出去，如果莫莎德先生能把它带走，他就能拥有它。"战争的阴霾笼罩着整个欧洲，人们对异域生物的兴趣消失了。"那位经理解释道。现在他只希望它能去一个好人家。

1938年9月29日晚，德国、英国、法国、意大利签署了《慕尼黑协定》——就是张伯伦[①]所宣称的"一代人的和平"。事实上，这相当于给了希特勒并吞捷克斯洛伐克德语区的通行证。这片捷克西部的地区对于该国不只是有重要的战略意义——那儿有

[①] 亚瑟·内维尔·张伯伦（Author Neville Chamberlain，1869—1940），英国政治家，1937年至1940年任英国首相。

捷克的防御工事——它在经济方面也举足轻重，该国的大部分重工业分布于此。

那天晚上，爸爸改编了他是如何把亚当和夏娃这两只加拿大黑熊接回来的故事，反正那些帮工男孩们没听过以前的版本。亚当1934年老死了，其时学会正准备接管动物园。失去了伴侣的夏娃悲痛欲绝，呜咽了整整几个小时。几个月后，爸爸找来了另一只加拿大熊，不过她完全不感兴趣。虽然爸爸觉得他"非常帅气而且是模范型的"，夏娃也没法被说服。她只是容忍着他的存在，仅此而已。某一天，他被换掉了。之后一只鬣狗被安排在她隔壁，但如果能有另一只熊，会是更好的陪伴，爸爸这么想。我们给新来的熊施洗，取名为托洛茨基。这个名字取自流亡墨西哥的苏联共产主义叛变者托洛茨基，他于1940年遭暗杀。

叫作托洛茨基的那只熊当时尚年幼，与他相比的话，夏娃就是个老妇人了，不过他们之间并没有明显的排斥情绪。所以，某一天，他们之间的门被拉起了，我们想知道接下来会发生什么。托洛茨基走进来，充满了自信，想要玩耍。夏娃弓起身子，恶狠狠地咆哮，但只是轻轻拍了一下他的脑袋就算了。她不想伤害他——虽然这对她来说轻而易举，她那时的体形大约是他的四倍大——这是个善意的提醒，要他别放肆。但，总之，我们决定让这扇交流之门敞开着。有时托洛茨基像是忘了夏娃的存在，但当她悄悄走到他身后，准备一跃而起时，他会快速转过身抱住她,直到她表现出生气的样子才放开。晚上,他会爬到夏娃的窝顶上,躺下睡觉,鼻子垂在夏娃的窝门口。他自己其实有个很好的窝,但他还是喜欢这么待着。

1938—1939年冬天十分寒冷,我们失去了一些动物,包括几只猴子和我的老朋友——那只南美貘敏妮。动物的死亡其实一直都在发生,就像牧场里死了一只牛或者绵羊,更多的是带来一种财务上的打击,而非情绪上的。但敏妮之死就令人十分悲伤了,而且不止我一个人这么觉得。她是只非常有主见的动物,而且从开张起就是动物园的一员。但她的一举一动都说明她是因为自己的意愿才待在这里,她住在动物园里是她自己的选择,而不是我们替她做的。敏妮体形硕大,而且是在冬天土地硬实的时候死去的,所以我们花了不少工夫才挖好她的坟墓。通常我会为它们举行一个小型仪式,但因为果园——一般来说动物会被埋在这里——不会被扒开或者再建什么房子,所以一般不会有什么正式的标记,除非是我做了——这次是为敏妮——一个小石堆。但,我好伤心。我有时会走进庭院去,想看她到处嗅着,猴子们扯着她,然后才忽然想起她已经死了。

圣诞假期的大部分时间我都待在水族馆里。我们现在有了一位全职的水族管理员彼得·法尔瓦瑟。他很热爱他的工作,也乐于和我分享他的知识,所以只要我一有时间,就会去那儿。一开始他只让我清洁水族箱的玻璃,里里外外都要弄干净。虽然这不是特别让人兴奋的工作,不过它很重要。最后,他让我帮忙装饰水族箱，选择合适的鹅卵石和沙砾，用小石头架起洞和桥，好让鱼儿畅游其间。

彼得的热情极具感染性，很快我也变得痴迷于此。有些鱼有自己的后代，它们会把小鱼含在嘴里以保护它们。小鱼会在它们的妈妈附近游来游去，一旦发现危险的信号，它们就会游回去。有些鱼在沙砾中建了巢，会像鸟类照顾自己的蛋一样照看自己的卵。也有筑泡巢的繁殖者，像是暹罗斗鱼。这种鱼的雄性会从雌性身体中挤出卵来，然后用嘴衔着带到他早已在水面上筑好的泡巢里安置。只有这样做之后，雄性才会为它们授精。

我最喜欢的是源自亚马孙的淡水神仙鱼，只因它们如此的优雅。最漂亮的是霓虹灯鱼，它们有着斑斓的蓝色躯体和亮红色的尾巴；长得最奇怪的是来自西非地区的象鼻鱼，它们是所有已知的脊椎动物之中大脑占体重比例最大的一种生物；雄性暹罗斗鱼长得尤其绚烂，它们有着长长的、轻盈的、亮色的鱼鳍和尾巴，在它们向雌性求偶时会呈现最美的状态，但有时我们在水族箱一角放上一面镜子，它们也会对着自己在镜中的影像炫耀自己的美。不像别的被圈养的动物，鱼类还是很容易繁殖的，这对我们来说就轻松很多。

那一周里，妈妈不许我再去水族馆工作，因为她说我的家庭作业更重要，但我依旧彻底被水族馆迷住了，而且彼得还等着我帮他养滴虫——一种水生微生物——来喂刚孵化出来的小鱼。

1937年秋天,爸爸开始编一份叫《动物园新闻》的通讯。一开始只是在学会会员中发行,让大家能得到关于动物园最新动态的更新,但后来发现它十分受欢迎,每个人都想订阅它。我们在售票处和咖啡厅的收银台边都放着几份。1938年末,爸爸又发起了一次征集会员和捐款的活动。此前四年中,自从动物园开始作为"英格兰动物学会"出现,共有11.1万人前来参观。第一眼看可能会觉得这是个惊人的数字,但你得这样来看,这比十年之前某个圣灵降临节的周末到访摄政公园的游客还少。我们得做点什么。

1939年4月,我们终于迎来了盼望已久的一只雄性狮子。它是我们拿两只母狮子换来的,穆丽尔把她们从小养大,其中就有那位尼日利亚首领送来的那只。帕特里克,六岁,来自都柏林,因此得名。每个人都屏息期待着我们留下的三只母狮子之中哪只被他相中。帕特里克被安置在一个邻近的笼子里,接着信念、希望和慈善三只母狮子惴惴不安地走进来。她们之前已经听见了他的声音,并闻到了他的气味。她们小心翼翼地走进来,鼻子高高耸起,警惕又紧张。雄性狮子的外表与雌性的非常不同,尽管她们只有三岁。我们也不知道她们以前是不是见到过雄性狮子,帕特里克的身材尤其壮实,正是年富力强的年纪,看起来就是典型的故事书里画的那种狮子,有着蓬松的鬃毛和清秀、机敏的面容。忽然,传来一阵可怕的吼声,她们在隔壁笼子里发现了初来乍到的他。三只母狮子变得躁动起来——绕着她们的笼子跑动，时而向空中高高跃起。我父亲称之为"丛林之怒"：她们咆哮着，喷着口水，脸也因为愤怒变了形。忽然间，她们奔回了自己的窝里，他说，她们只是在闯入者走到隔壁时表示出加倍的怒火。

与此同时，帕特里克自己并没有动。从都柏林过来的水路并不那么畅顺，照看他的人说，他现在还是病恹恹的。最后，母狮子们安静了下来，只是偶尔从笼子一角伸伸爪子，吼两声。帕特里克除了自责之外，什么都没做。

第二天早上，他感觉好些了，而且似乎想出了一个策略。他把一块连着肉的骨头衔到她们之间的栏杆旁放下，然后退后几英尺。母狮子伸过爪子来抓，但很显然她们抓不到，因为还有栏杆隔着她们。这个慷慨的举动似乎很奏效，所有的敌意都烟消云散了。大家都松了一口气。

不到一个月的时间里，帕特里克做出了他的选择——他选了信念。很快他就在她吃食的时候站到她身后，这是为了保护她远离危险，让她能先吃上饭。她的宝宝是动物园里第一批出生的动物。

那年春天，还有好多值得庆祝的事发生。经历了七年的不懈努力，那对格里芬秃鹰终于成功孵化和哺育了一只健康的雏鹰。自从它们从谢文顿被转移来之后，每一年那只雌鹰都会下一个蛋。有一年，蛋被孵过了头；有一年，它们吃了它；又一年，蛋滚出了窝，碎了；另一年，雏鹰倒是孵出来了，但是这小东西被一场风暴吹跑了……所以怪不得现在每个人都这么高兴。这是圈养的格里芬秃鹰第一次成功地孵化和哺育了幼雏。

总的算来，超过1000名游客在那个圣灵降临节来参观了动物园。我已经想不起来我们是怎么应对咖啡厅里超大的客流的，虽然不少游客带了自己的野餐垫来，我们也增加了人手，但还是忙得快要双脚离地。我来来回回地去爷爷那里拿"更多生菜""更多萝卜"和"更多西红柿"！查理被派去农场取更多的茶和牛奶。牧师先生也被叫来了，因为我们需要更多的面包。然后游人还是源源不断而来。停车场都停满了。游览大巴自远道而来，本地的巴士挤得只剩站立的空间。大大小小的孩子们都来了，躺在婴儿车里的、坐在推车里的、被缰绳拽着蹒跚学步的孩子们都来了。

第四只马来熊此时加入了。它叫罗杰，直到利物浦动物园于1938年关门之前一直生活在那里。它还不太习惯大家对它的关注。当萨莉照常表演着她的把戏并照例得到奖赏时，它只是呆站着，一脸失落。不过围观的人群是如此喜爱它们的表演，所以也一视同仁地用糖果雨款待了它。

猩猩那边，吉米，我们最近来的猴宝宝，那时已经两岁了。他在自己高高的秋千上摇晃、做着后空翻，显然很享受游人们的注目。有些孩子从没见过猩猩，他们站着看他，看得出神。这些都不是我亲眼看见的，因为那时我忙着厨房和咖啡厅的事，还得管着咖啡厅的收银台。但我有一份《切斯特时报》的剪报，那篇报道生动地描写了当时的场景。在之后的一个段落里，那位记者说，他对没有看见玛丽更好的表现感到遗憾。他肯定是之前来过动物园的，所以他知道她平时是多么地喜欢人群，尤其是小孩。那位作者引述了"馆长莫莎德先生"的说法，解释称玛丽得了忧郁症。但其实她没有，她得的是支气管炎，可能是从某个人类游客身上传染到的。

穆丽尔已经竭尽全力了，但我们都知道玛丽康复的可能性微乎其微。那个年代，对于一只病了的猩猩，其实你也没什么办法，只能照顾她，喂她温牛奶，用维克斯牌伤风膏涂抹在她胸口，尽量让她舒服罢了。只能祈祷。我期望一旦天气暖起来，她就会好转。但她没有，她的支气管炎发展成了肺炎。玛丽1939年6月30日去世了，就在我十三岁生日后那一周。她只有九岁，还是只很年轻的猩猩。

她的死讯通过《动物园新闻》发布了，并配上了她的生平事迹。一则讣告，我想你是这么称呼这个公告的。这么称呼很合适。当然我们还有别的猩猩——比如吉米，生性甜美，长得也很好看——但不会有谁能取代玛丽在我心里的位置，因为她是我最孤独的时候唯一的朋友。她很慷慨，而且从不嫉妒，甚至也不嫉妒吉米。如果她觉得他受到了更多的关注，她也只是拍拍手或者做点别的好笑或是可爱的事来吸引你的注意。

最后的几年中，我们互相做伴的时间越来越少了，但这也是预料之中的。这并不意味着我不再关心她了。我们一起长大，而这就像是你长大、变得成熟之后人际关系会变得疏离一样，对猩猩也是如此。

我明白能拥有和她的友谊已是莫大的幸运。感恩在那些被媒体拍下的照片里，还能看见玛丽和我玩着我的娃娃、婴儿车，玛丽和我手牵着手走在一起，玛丽和我相拥欢笑。我永远不会忘记她，此生不渝。

第八章

在《慕尼黑协定》签署的1938年9月之后出版的那一期《动物园新闻》中,我爸爸表达了他对张伯伦先生签署这份协定的感谢。他在信中写道,战争的阴影已经危及动物园,它会彻底摧毁动物园。

众所周知,动物园要想熬过战争时期,不得不减少所饲养的动物数量,才能养活剩下的那些,我们不得不集合起来射杀一些与我们朝夕相处的动物。但以现代福利理论的视角,动物园想要执行这种传统手段可能会面临极大的困难；出于安全和人道主义的考量，动物园要随时准备面对这种挑战。尽管为了应对战争的威胁，动物园需要承受巨大的损失，但我们依然应该心存感激并停止抱怨，因为至少我们已经免于遭遇战争——真正的阴霾。

但几个月过去了，如成百上千的其他人一样，他越来越清楚，张伯伦带回来的并不是"一代人的和平"，而只是喘息的空间。当希特勒 1939 年 9 月 1 日挺进波兰时，爸爸知道，游戏结束了。

两天后，我们都围在厨房的收音机旁听首相的全国广播讲话。即使我那时只有十三岁，那个场面我也永生难忘。至今这仍让我背脊发凉。

我正在唐宁街 10 号的内阁会议室和你们讲话。今天早晨，英国驻柏林大使向德国政府递交了最后通牒，除非他们承诺将立即从波兰撤兵，否则两国将进入战争状态。我必须宣布我们并未收到这样的承诺，因此英国已经正式与德国开战。

那是上午十一时，一个美好的仲夏日，星期天。我们本该期待迎接大批的游客，因为这么好的天气是来动物园游玩的大好时机。那天早上，妈妈看上去像在梦游。如果你对她说话，她只会眼神空洞地看着你,也不回答。所以我们像往常一样给面包涂上黄油,准备好沙拉,还有火腿和芝士。我去暖房取萝卜和黄瓜,爷爷只是坐在长椅上抽着烟斗。他也一言不发。

虽然战争的大幕早已拉开——那些再也没有回家的叔叔们,我那双双失去了自己儿子祖母和外祖母,还有那些在路上流浪、乞讨的人们——我一直不是很懂这到底意味着什么,但我的双亲明白。自从1918年11月的"休战日"起,整整21年,这在他们的人生中并不是一段很短的时间。是时候有一场将结束一切战争的战争了。

广播讲话结束后,妈妈站起身走出去,默默地关上了她身后的门。我听见她的脚步声在楼上回荡。爸爸双手紧握,架在膝上,转头看着那些帮工男孩们。他们那时差不多二十一岁上下,都刚好过了征兵的最小年龄线。

"接下来该怎么办,莫特先生?"其中一个脱口而出。

"嗯,我不认为动物园的饲养员应该被当作战争的储备力量,"他说,"直到我们知道该怎么做之前,一切照旧。"

"但动物们怎么办?"稍后,我随他一起穿过动物园,去看爷爷的时候问道。爷爷那时回门房和奶奶一起听广播了。"谁来照看它们呢,如果男孩子们都被征集入伍了?"

"我们会发广告招一些年轻妇女回来,"他说,"她们也会做得很好,记住我说的。看看穆穆——她是我们最好的饲养员。没有什么是男孩儿们能做而她做不到的。但反过来可不一定。"

"所以穆穆会留下吗?"

"当然了。目前没有征集年轻女性入伍的计划。"

那时的确没有,还没有而已。

但我们还是失去了穆穆。宣战后不到一个月,穆穆报名当了志愿者。我也见过那些巴士站的招贴画:"加入英国皇家海军女子服务队——给男人一个走上战舰的机会"。事实上,我想这是她自己想追寻的自由。她即将开启一段重要的旅程,而我由衷地为她高兴。我知道我会想她,但实际上,我们的生命也并非联系得那么紧密。十岁对于姐妹来说是道很大的鸿沟,穆穆对我来说就像是不同辈分的人。我在念书的时候她已经在工作了。虽然她给我的昵称是"害虫",我明白她只是在说笑,在我看来,我完完全全地尊重她。她有一种与动物相处的本能,我清楚再有一百万年我也不会拥有这种能力。

我父亲是我这辈子认识的最有创新精神的人。如果有个问题需要解决,他就会去想办法;如果方法奏效,那很好;如果没用,他会再想办法。不断尝试,再尝试……他从不放弃。

那时动物们的问题正令他忧心忡忡,但他现在有一年的时间来思考怎么办。由他的朋友罗杰斯上尉——切斯特动物学会的创始投资者之一——经营的利物浦动物园在《慕尼黑协定》签署之后很快就关闭了,因为罗杰斯上尉对未来失去了信心。我们带走了那里的一些动物,其中包括罗杰——我们的第四只马来熊。

穆丽尔穿着她的英国皇家海军女子服务队制服,摄于1944年

这时，报纸上到处都是关于动物被射杀的新闻。食物确实将成为一个问题。考虑到本国出产的食物无法自给自足，所有非必需消费都必须再三权衡。

"太多人紧张得发抖，"爸爸在1939年10月号的《动物园新闻》里写道，"而不是保持镇定，依理性判断行事。"他的看法是，不管你是不是出于人道主义的考量，如果动物们被杀害后就很难被替代，有时候甚至不可能被代替。但与此同时，它们还等着吃饭。

饲养肉食动物是最难的，尤其是狮子。它们每天需要大量的肉类——根据它们的体重和时节每天大约需要9至15磅。还好，马肉还能找到，因为马肉供应商的常规市场在比利时和法国短期内消失了。我们联系了本地屠宰场，看是否有任何不适合人类消费的部分——比如内脏、肺、禽类的头和尸体，尤其是多肉的牛骨，它不仅能为狮子提供钙质，保持它们的牙齿和牙龈健康，也能保证让它们有事做。但首先，肉必须是生的，而且非常新鲜，否则就会缺乏保护它们视力所需的氨基酸。

如果一些饲主觉得自己没法再照顾自己的马和山羊而要求动物园接收的话，我们也会收下，以备不时之需①。"他们的动物会得到很好的照料，"爸爸强调说，"就像我们关心、照顾那些供展示的动物一样。"它们确实得到了这样的照顾。一只叫比利的山羊，原本是按照一般原则被接收的，不过它被"赦

---

① 可能在有需要时用来喂养展示动物。

战争打响之后，山羊比利被送到了动物园，本来是要拿它喂狮子的，可不知怎么的，它获得了赦免。我能跟它玩头顶头的游戏好几个小时

免"了，而且成了奥科菲尔德最受欢迎的成员之一，虽然我完全不明白为什么它是那个幸运儿。比利喜欢假装撞我的头，它和我会从对角线两端冲向对方，每"人"沿着篱笆的一边。渐渐地它就成为了游客们最爱的动物明星。

虽然食肉动物饲养起来是最昂贵的，养来自热带的食草动物也一样很费钱，那些吃热带水果或是坚果的鸟类就是很好的例子。本地的杂货商会尽力帮我们存下有残缺的水果和碎掉的饼干，爸爸每天都会将它们取回来。

虽然我没有证据证明，不过爸爸收养动物的主意或许是某种对乎尔特小姐数年前捐赠的热带鸟类行为的感谢。虽然它们住在动物园里，但她仍旧付钱购买饲料。所以，为什么这个方法不能用在别的动物身上呢？

我永远不会知道这个计划是已经在爸爸脑子里琢磨了几周甚至几个月了，还是只是像他每次遇到困境时都会闪过的灵光一样，就这么出现了。但就在宣战不到两周，爸爸的"认养计划"就绪了，全国的报纸都争先恐后地报道了它。这也是情理之中的——因为此时这个国家正急需哪怕是片刻的希望和人道主义精神。

一开始，人们有些困惑，以为可以把动物带回家照料它们。虽然事实上就是"赞助"，但那时并不常用这个词，而习惯于说"认养"。

一切都精心安排妥当了。潜在的候选动物有 117 个那么多。认养帕特里克的价钱是最贵的，他被标为每周 14 先令 6 便士；

接下来是胖奇，每周14先令；马来熊萨莉是每周2先令；恒河猴伯纳德是9便士；丹顶鹤则是每周5先令可以"认养"八只；认养一屋各色的鹦鹉得花1先令6便士；水豚彼得的价格也是1先令6便士；信念——帕特里克的大老婆，已经在8月的时候为动物园生下了第一窝三只健康的狮子幼崽，它们都可以被认养，价钱是一只每周1先令。我们尽可能地按照饲养每只动物的精确花销来划定每周的认养费。

吉米，我们最年轻的猩猩，是第一个被认养的。这不出我们所料，它可是游客们的最爱之一。一位匿名恩主决定认养它六个月的时间。1939年8月8日，刚出生的小狮子也被多次认养了。但恩主们的另一些选择让我们颇感意外，比如一种几乎很难见得到的胆小夜行生物蔗鼠居然大受欢迎。他被阿普顿的帕丁顿先生"赢得"了，他认养了它7周时间，而其他认养人就得排队轮候了。

但名单上仍然有很多动物的名字后面迟迟没有被画上钩，更多的则是只被认养了一周或者两周。一个寄宿学校的小男孩来信说想要在战争期间认养一只狮子幼崽。但当爸爸回信解释说小狮子很快会长大，因此这总共得花费多少钱时，男孩回信道了歉，说他不打算继续走认养程序，因为他要在圣诞节假期的时候回去看看自己的储蓄罐里还有多少钱。

首先，没人知道战争究竟会持续多久，什么时候能结束，如何才能结束。那时一切都充满了不确定性，人们要考虑的事情实在太多了，所以动物园里这些动物的命运也自然地处于人们优先级列表比较靠后的位置。所以，一个月接着一个月，我父亲会提醒《动物园新闻》的读者——当然也在任何他想得到的地方——如果没有他们财务上的支持，无论是多小的支持，动物园都不可能存在，而如果没有动物园，动物们无法生存下去。

其中最关键的一次，至少是影响最深远的一次，是对胖奇的认养。住在湖区温德米尔附近的康姆金斯·格拉夫顿小姐，读到了关于乎尔特小姐慷慨捐赠400只鸟的故事，于是决定来动物园亲眼看看它们。所以，一天当她从威尔士北部度假回来，她转道来了阿普顿。她后来说，她第一眼看到胖奇就立刻喜欢上了它。我明白她的感受。即使它很固执，还弄死过一只孔雀和一只狐狸，亲爱的老胖奇还是有可人之处的。她认养了它四周，但这四周时间竟最终迎来了战争的终结。事实上，这四周还没完，仗就打完了。

虽然认养人没法带动物们回家，但他们有探视的权利，而动物们实际上也因此受益，因为它们的"卫士们"会给它们带来额外的食物或是小奖赏。平日里"请不要给动物喂食"的标语现在不起作用了。一位认养了萨莉的女士会给她带几乎空了的金色糖浆罐头来。与一般锡罐不同，它的边缘是光滑的，所以盖子能被掀起来替换掉，而且不会弄坏罐头本身。马来熊在野生环境中就是吃蜂蜜的，它们的舌头特别长，这样才能从树干裂缝间舔到蜂窝。正如这位女士所预料的，这个画着狮吼商标的绿色和银色的泰莱牌（Tate & Lyle）罐头里，还残留着足够引起熊的兴趣的金色糖浆。当别的游客发现原来萨莉的舌头还能这样时，金色糖浆罐头就成了人们给她的新奖赏，没人不这么做。

查理，我们的鳇夫企鹅，每天都会获得琼·沃克小姐的探望。这位当地的居民不只在战争期间以每周 1 先令 6 便士的价格认养了它，还给它带来新鲜的鲱鱼。如果有人认为禽类不会认人的话，他们都应该来看看当她走近它的窝时查理是怎么表现的。

我父亲的"认养一只动物"计划后来被全英国的动物园争相模仿。再后来，全世界的动物园都开始学，甚至延续到非战争时期。认养和资助计划现在是每个动物园词典上都会有的，甚至不仅是动物园这么做。全世界的濒危物种都因认养受到了帮助。这是我父亲颇感自豪的一项遗产。

如同很多其他跟我一般年纪的孩子一样，自开战第一天起我就期待过炸弹从天上掉下来。虽然不太好意思，但我得承认因为并没有炸弹掉下来，我甚至感到过一点小小的失落。防空气球——那种用来迫使敌军飞机提升高度好让高射炮能把它们打下来的装置——很快拔地而起。除此之外，似乎什么都没有发生。这段时期后来被称作"假战[①]"时期。

对我来说，一直到新闻里传来了"勇敢"号航空母舰（就是爸爸和我在波特兰观看舰队检阅时看见的那一艘）沉没的

---

① 又称为静坐战，是指 1939 年 9 月开始到 1940 年 4 月之间，英法虽然因为德国对波兰的入侵而宣战，可是双方实际上只有极轻微的军事冲突。

消息，我才真切地感受到了战争。那是第一艘在海战中损失的英国战舰。

除了那些用金属线绑在地上、飘在空中的超现实主义的银色防空气球之外，我唯一察觉到的变化是那些撤离出来的孩子。当你在街边或巴士站听到孩子们的交谈，就立刻能发现他们不是本地人，因为他们带着浓浓的利物浦口音。几个月之后，即德国入侵荷兰后不久，我所在的学校来了两个名叫艾拉和安娜的荷兰女孩。她们和我同班的一个女孩住在一起。

9月25日，因为爸爸决定免费让一千多名由老师们带领着的撤离的孩子来参观，动物园迎来了有史以来最大的观光团。那是个星期一，所以我在学校而没有见到他们，不过回家后爸爸就给我讲了所有发生的事。"他们主要来自利物浦的贫民区，"爸爸说，"大部分人都是这辈子第一次参观动物园。"我希望自己当时也在场。这些孩子绝大多数此前从没见过活生生的野生动物，他们可能只见过照片——黑白照片。爸爸说虽然还没到惊讶得合不拢嘴的地步，但他们瞪得大大的眼睛里满是惊诧，而且一刻不停地相互讨论着。

因为这次活动，他决定要为动物园发挥更多教育作用做些什么。有一阵子，我们为男女幼童军、童子军和女童军提供打折票，不过从现在开始只要有足够的老师们带着，所有小孩都能在工作日享受2便士一张的优惠票价。

撤离的不只有孩子。在认养计划宣布不久之后，爸爸接到一个来自德文郡的佩恩顿动物园的赫伯特·惠特利先生的电话。佩恩顿动物园建于第一次世界大战时期,一开始是惠特利先生在自家的宅院里建立的私人收藏。当地人和游客都很喜欢他的收藏,但因为"娱乐税"的问题,1937年他决定不再对公众开放动物园。现在,整个海岸线——尤其是像佩恩顿一样有沙滩的地区——都成了最容易受到侵略的地方。惠特利先生认为他的动物们正在受到威胁。莫莎德先生能照看它们的其中一部分吗?他答应了。但它们不会一直和我们在一起,爸爸解释说,它们也只是来避难的。三只塔尔羊(一种山羊)、三只豹子、一只熊狸(也叫作熊猫)、一只果子狸、一只薮羚、一只大白鼻长尾猴、一只大白额长尾猴、一只兀鹫、一只鸳和一只豪猪。

不久,爸爸又接到一个电话,这一次是达德利动物园的维思登先生打来的。同样的,这个动物园最初也是达德利勋爵在达德利城堡里建立的私人收藏。它开张后不久我和爸爸去参观过。动物园的围栏是按照他现在渴望的那种沟渠模式设计的。园子不大,不过好在有达德利勋爵的私人财产支持,这儿的财务状况还不错。但达德利靠近重工业中心伯明翰,喷火战斗机和坦克是在那里建造的。爸爸能帮忙吗?他能。于是我们迎来了一对美洲野牛、一只黇鹿、四只海狸鼠、五只浣熊、一只史丹利鹤、一只巴巴里羊、一只水獭和两只小袋鼠。不用说,认养名单变得越来越长。

新的动物运来的过程少不了意外。出现过笼舍短缺的情况,当豹子被从佩恩顿运来的时候，爸爸发现其实是三只，而不是原来以为的两只，它们被安排在相邻的笼子里。在近一周的时间里，它们甚至没怎么注意到对方，所以后来决定不如让它们待在一起试一试，这样好让饲养员便于清理笼子。笼子之间的门滑开后，年轻的雌性豹子走进来。几秒之内那只雄性豹子就扑到她身上。她挣扎着想要逃开，但他抱得太紧了，她根本没有机会。饲养员打开水管龙头向它们冲水，但这都是徒劳。然后他们扔了烟幕弹进去，试图换个方法分开它们。终于，在被他的魔爪钳制了十五分钟之后，她变得一跛一跛的，然后雄豹开始拖着她在笼子里打转。很明显，她死了。当他最终放开她之后，饲养员发现她脖子上的伤已经深得可以看见颅骨了。但除了头上的牙印之外，尸体上看不出这场残忍杀戮的任何痕迹。那年晚些时候，她完好无损的皮毛成了动物园一次筹款活动的抽奖礼品。当时包括门票在内共卖出了两千张抽奖券，这大大缓解了动物园的资金压力，成功地让动物园度过了接下来的那个冬天。

另一张后来以同样方式被用作筹款的皮毛来自我们的惯逃犯——马来熊三迷。1940年的冬天漫长而寒冷，经历了一整天的暴风雪之后，熊舍外的沟渠中堆满了积雪。虽然三迷出生在热带气候中，但它似乎从没为寒冷担心过。它被这崭新的、洁白的世界吸引了。从积雪和围墙上它留下的爪印可以看出它很清楚应该怎么逃出去。溜出去之后，它摸索着到了主楼。

马乔那时正在门厅里，等着她的男朋友来带她去看电影。当她听见门外的动静时还以为是弗兰克来了。她关了门厅的灯，打开门把手，发现三迷走了进来。爸爸和妈妈在楼上听见她的尖叫声后一起冲下了楼。看见三迷那时正在摸索着，爬上了台面，看来看去，一脸漫不经心的样子。爸爸递给马乔一包糖果，这能吸引到它的注意，爸爸向她保证，可以为它找到一个旅行用的板条箱争取点时间。但他告诉她别做任何危险的事，他会回来的，他说，很快就回来。这时弗兰克出现了，危机似乎该结束了。三迷屁股着地坐着，马乔正一颗一颗喂它吃糖。但糖吃完之后，三迷很不开心，于是把注意力转向了家具。椅子、桌子被它扔飞起来，接着它开始抓橡木镶板，抓的那些印子现在还能见到。从前门传来的板条箱拖到门口的噪声大得足够使它受惊。它爬上了台面，从那里跃起，穿过直棂窗的彩色玻璃，怒气冲冲却毫发无伤地落到雪地中。现在看来，你会好奇它究竟是怎么做到的。因为只有上半部分的玻璃是彩色的，下半部分只是普通玻璃。

爸爸拿上自己的枪，跟随着三迷的脚印找去。在雪地里这倒并不困难。

"当它跑到行车道入口，"爸爸说，"我必须要做出选择。如果它转向左边，就是我们上次抓到它的地方，我就得继续追它；如果它转向右边，向着主路，我知道我必须向它开枪。"三迷转向了右边。

爸爸认为雇新的饲养员替换这些帮工男孩的必要性变得更加迫切了。我没找到他发的广告的原始版本，不过在11月的《动物园新闻》里，他详细列出了饲养员的职责要求，这比我时过境迁的回忆清晰得多。

首先，清洗笼子是首要任务，每天都需要完成。然后要给动物喂食，大部分情况下，食物需要提前准备好：仔细地安排保证食材的多样性，也小心别让动物们吃坏了肚子。

很少有动物需要人帮忙梳洗，不过也得时时关心，看它们是不是需要什么装置来清理自己。

需要在雨天或者大风中做好工作，确保动物们的安全和保暖是至关重要的。很少有动物或鸟类喜欢大风，必须全力以赴避免大风伤害动物。

动物的餐具必须清洗干净。即使管理得最好的动物园也会有动物时不时生病，因此受疾病侵扰时，需要按特殊的要求好好照料动物们。整晚熬夜照顾它们也是常事。

年轻男女们不想做这份工作的最主要的理由是工作时间太长了。虽然实际上的工作时间和别的饲养员工作基本一样，但每天24小时都要随叫随到。当然会有自己的休息时间（通常休息时可以离开动物园），只不过，如果需要的话，一个电话就得回来。不过对那些本身就喜欢照顾动物的人来说，这是一份有趣且令人愉悦的工作。

开出的工资是每周7先令6便士，上班时间是早上7点。有三百个姑娘发来了申请。截至2月底，其中六位被录取而且到岗了。她们最远有来自伦敦和曼彻斯特的，有人曾做过打字员，还有人曾是护士。她们都没有任何相关经验，所以爸爸决定给她们开设生物学和动物学的速成课。12月的《动物园新闻》里，他请求大家捐些钱买显微镜，而24小时之内，就有人捐给了他一台。

我决定也去参加其中一门课。在我记忆里，课开得并不很成功。女孩子们忙着翻阅《电影人》杂志或是打磨指甲。和她们在一起时我一直都感到不太舒服——相比于我，她们穿得那么好看，显然是那类现实社会中的女性。当授课老师说到"生命的主要目的是繁衍生息"，她们完全无动于衷。我有点震惊。

虽然英国政府宁可做错，战争并非他们意料之外。虽然大战①之后再没有征兵，1939年5月，曾召集过20—22岁之间的单身男子参加六个月的基础训练。他们被称呼为民兵，以便和常备兵区分开来。他们也是战争警报响起后会第一时间赶赴战场的队伍。

1914—1918年这个阶段里，德军使用了毒气弹，没理由认为他们这一次不会再使用，因此防毒面罩也已经发下去了。我

---
① 当时称呼第一次世界大战为"大战"（the Great War）。

们的学校甚至举行了一次演习——那一整节课我们头上都戴着这种呼吸装置。我们理论上应该每天都花十分钟练习使用它们，但戴着它实在太不舒服了，所以几乎没有人做到，至少我朋友里几乎没有。

面罩被储存在纸板盒里，盒子上绑着绳子，这样你就可以把它挎在肩上。盒子里甚至有一包口香糖，但这是干什么用的，我想象不出来——也许是为了让你保持镇定吧。你得随时带着它，我们每天都要进行的防毒面罩练习要求我们戴上它，通过它呼吸五分钟。偶尔地，我们也会进行空袭模拟演习。当警笛声响起，我们会两两结成一对，穿过马路躲进离我们最近的罗马式城墙的庇护所里。那儿的墙面和屋顶都是用波纹铁做的，从外面用土堆积起来，里面有木头长椅。我只记得少数几次在学校的时候警笛声响起，因为大部分空袭发生在晚上，那时我就该在家了。

防毒面罩戴着又笨重又不舒服，但我们真的非常害怕毒气袭击，所以不论去哪儿都戴着它。空袭演习继续着，我们用厚厚的胶带在玻璃上粘成"X"形，这样一来如果发生爆炸，我们就不会被飞溅的玻璃划伤。

虽然切斯特本身并不是一个攻击目标，但它位于去往利物浦码头的飞机航线上，在接下来的六年中全国百分之八十的食物都经由这条航线运送。切断这条脐带是德军的首要任务，而我们的任务是保证它完好。如果没有它，我们是真的无法存活下去的。

很快，到处都装起了遮光窗帘。车前的大灯和自发电型自行车灯需要被蒙住，只能留下窄窄一条缝。没有路灯，照明火把需要调得非常微弱。不应该有任何东西能使轰炸机定位自己在哪儿。于是我们学会了利用月光照明，但月光皎洁的夜晚同样是空袭最有可能发生的时候。如果空中多云，或者只有一弯新月，也可能会非常危险，尤其是骑着车的时候。最讨厌的障碍物是那些遍布四处的紧急输水管（也称 EWS，是为了确保水喉有水扑火的装置）。它们虽然已经用荧光漆标记了，但在黑暗中仍旧是致命的。有时会听见有人撞上它们，然后发出被奶奶称为"选择性语言①"的声音。偶尔，有好心人会可怜我，陪我回家一直到门房才折返。

当灯火管制开始在奥科菲尔德生效，我不知道如果非要我们在主楼的每扇窗户挂上遮光窗帘，我们该怎么办。还好，虽然我们刚到的时候屋里没有任何窗帘，但其实有用厚蜡布做的海军蓝色的遮光卷帘，它们一直装在原处。不过因为这些卷帘没法完全覆盖窗户的宽度，妈妈和我在遮不住的部分刷上了两道黑色油漆。接着，就像我们在学校做的那样，我用厚胶带在窗户上贴出了"X"形。

收容了逃难者之后——有好多逃难者——现在动物园绝对是人满为患了。住在威勒尔的理事会成员约翰森小姐，买下了

---

① 即脏话。

一块附近的土地,她留给动物园之后买下它的选择权,后来我们也这么做了。这是用来饲养没有危险性的动物的,例如野牛、骆驼和白驴。虽然骆驼喜欢待在之前的地方,野牛总是跑出来,常常被发现晚上在前庭草坪上吃草。驴子们也这么干,不过至少它们比较容易被发现。不过野牛嘛,如果你天黑之后回家,你得小心听着它们的呼吸声,期望不要撞上它们。在没有月光的夜晚,这需要些技巧,并不容易。

那只野牛喜欢向着齐尔先生的牧场方向游荡。在那里,这只叫费迪南德的公牛曾试图和其中一头母牛交配。齐尔先生听说发生这件事之后很生气,威胁说如果他的奶牛生了杂种小牛他就要告我们。但正如爸爸指出的,事实上这样的后代也是极其珍贵的。

信念的幼崽们——珊瑚、科黛拉和卡桑德拉——是动物园出生的第一批幼崽。它们现在长大了,也更强壮了。我们在信念的专属小窝里开了个洞,让小狮子们可以爬到外面的草地上来玩。虽然她没法跟它们一起玩,但仍旧大局在握,只要一吭声,它们就会赶忙跑进去。

一天晚上,我正和马乔,还有杰特出门散步。我们正看着小狮子们愉快地在草地上绕着一个旧轮胎跳来跳去,忽然发现一个男人举着一把滑膛枪,显然是瞄准了它们。

我大喊起来,"把它放下!"直到这时,他才看见我们并转身逃跑。我追了过去,杰特跑在我旁边冲他吼道,"你以为你在干什么?"

"出来打兔。"他说。

"诶,这些动物属于动物园,你擅自闯入了动物园的领地。"

"我以为它们是野兔。"他说。

"不,它们不是。它们是狮子。"

听到这里,他落荒而逃。

我们意识到,迟早地,给这些小狮子的自由将会被收回。但锻炼对它们来说还是有好处的,于是爸爸决定,只要它们行为得当就继续保持现状。

圣诞节之后的几天,饲养员报告说有一只小狮子已经很难挤进或者挤出那个洞了;又过了几天,另一只回窝的时候身上沾着血;接着,有第二只小狮子也沾着血回来了,而且它几乎已经没法再穿过小洞了;第三只不见了。那是一个下午,已近黄昏,天色暗淡而且极度寒冷。我刚从学校回来,正在厨房里一边和我妈妈说话,一边吃着面包和果酱,在火炉边暖手。这时爸爸走了进来。

"就这样吧。"他说,看上去表情严肃。

"什么?"妈妈问。

"信念的崽崽,它们可能惹了麻烦。我想它们可能杀了只兔子,只不过血流得实在太多了。"

"可能是只野兔?"我提醒到,因为想起了那天看见的男人。

"我要出去看看。"他说着,抓起了自己的枪。

"你真的需要那个吗，乔治？"妈妈说。

"我得以防万一。"

"等等我，爸爸。我跟你一起去。"但他已经走了。

他正迈步穿过上次我看见那个打兔子的人的地方时，我追上了他。

"第三只还在外面，"他说，"那就是我们要找的，睁大眼睛看仔细了。"

杰特这时已经跑到了前面，跑到下一块地时她停了下来，开始吠叫。爸爸跑了起来，跑到大门前才慢下来。他没有走过，我很快赶上了他。不到五码的距离处，躺着一只花斑羊的尸体，它是我们大概一年前或者再早些时候接收的。在它边上，一只圆滚滚的狮子崽崽正舔着她的爪子。她吃得好撑，动都懒得动。爸爸走过去，把她提起来，开始往动物园赶。这成了它们最后的自由时光。

查理·柯林斯生来就有脊柱弯曲的症状，这种病有时被村里的粗人称为罗锅。虽然爸爸不承认，我知道他希望查理可以摆脱药物对他的束缚。爸爸觉得，查理是个不可替代的人。他这时已经是一位园艺专家、顶级泥瓦工（整个狮子屋的建设都多亏了他）。他还是那种你能遇到的最善良的人。对我们来说不太凑巧的是，他同时也是一位很好的司机，虽然那时他没有通过体检。1940年年中，他去了英国皇家空军运输司令部服役，驻扎在科茨沃尔德。那里地势高且平整，是十几个机场的所在地。查理的任务是将飞机从一个地方拖去另一个地方。他驻扎在威尔特的斯温顿正北边——布雷克山农场、伯德维尔及下安普内的机场。飞机只有在空中的时候可以靠自己的力量自由活动，所以如果一架飞机坏了或是降落到错误的地点，就会需要一辆叫作玛丽皇后（得名于当时世界上最长的邮轮——冠达邮轮旗下的"玛丽皇后"号）的拖车把它运走。虽然大多数飞机都比较轻，但由于它们体形很长，移动它们是一件技术性非常高的工作，尤其是沿着狭窄的乡间小路。机场都在林肯郡，而东安格利亚和肯特是不列颠战役的中心，这些科茨沃尔德的机场在"诺曼底战役"（别称"D日"）中起了举足轻重的作用。

这至少意味着查理不需要被派出国了，每逢休息日他就会回到阿普顿，刘草或是帮爷爷做些其他事。爷爷当时八十五岁了，不过还是凡事都愿意亲力亲为，我想这就是为什么查理总是回来，虽然事实上是爸爸一直在使唤他干活儿。战争结束后，他回来定居了，可能也是出于同样的理由——因为动物园是他的家。他的妻子和女儿们也在各种岗位上为动物园工作了许多年。忠诚地服务了动物园49年之后，查理在1982年退休了。他于1993年9月2日去世，终年七十五岁。我依然想念他。

另一位在战争开始后第一个春天将要离开的成员是彼得·法尔瓦瑟，我们的水族馆管理员。水族馆开张不久就成了动物园的明星景点。事实上，每周1镑的认养价可以说是整个认养计划中最贵的,虽然你的的确确能"得到"好几百条美丽的鱼。我知道彼得要走之后,立刻尽全力试图说服我父母让我接手水族馆的工作。我苦苦恳求他们。我可以在晚上和周末做事,我说。

"要你专心学习学校的功课上已经够难了。不。"

我还记得后来我有多么生气。那一天我回到家,看见爸爸坐在厨房里,双手托着脑袋。他听见门声抬起头,给了我一个惨淡的笑容。

"爸爸,怎么了?"

于是,我得知其中一个热带鱼缸里所有的鱼都死了。只是犯了个错,他说。错在相信了什么都不懂的人。

除非受到了惊吓或是重伤,小动物就像人类幼儿一样无知无畏。在这样的环境中成长起来的杰特,对她身边存在着威胁她生命安全的捕食者浑然不知。她不害怕动物园里飘出的任何气味。就像其他所有狗狗一样,她把大把大把的时间花在嗅来嗅去上,只要是她闻到过的气味,她就不会在乎。

杰特没有和我在一起的时候,她最喜欢做的事是找老鼠。有时好像毫无理由地,她的耳朵会竖起来,然后就溜走了。当你看见她四处撕扯着什么,冲进灌木丛或是杜鹃丛里,又或者对着一栋旧建筑的一角大叫,你就能明白她在干吗。当我看见她这么做时,总是提醒爸爸老鼠的问题,因为它们多是传染性疾病的携带者。大部分动物园里的动物都不是老死的,是因病而死的。治疗一直是很难的，而且有时候无能为力。预防总是比治病更好。

一天晚上，我正在写作业，爸爸走了进来。他想借用一下杰特，他说，去抓老鼠。其中一个女孩儿之前告诉他，在旧的铁匠铺附近的水渠里见到过一只。那里是一开始关胖奇的地方。杰特竖起了耳朵，跑来跑去，抬头看着爸爸，小声叫着。然后他们离开了。

我只是从事后爸爸的转述里知道发生了什么。他们当时正在庭院里走着，忽然间杰特开始叫起来，一只老鼠窜出来，径直冲向了狮房。在爸爸都还没注意到的时候，杰特就追了过去，从帕特里克笼子的栏杆底下的缝隙里挤了进去，那道缝最多只有4英寸宽。老鼠逃跑了，但杰特跑得不够快，帕特里克咬住了她，但接着——就像是惊讶于当下发生的事，爸爸说——他放开了她。爸爸立即叫来帮手，赶开了帕特里克，然后救出了可怜的杰特。她的胸膛被戳穿了，留下了深深的、圆形的、帕特里克的牙印。

我没有听见任何骚动。没有任何声响，除了几声呜咽，听见声音后我放下了手上的事走去看她，看到杰特在发抖。爸爸走进厨房，像抱着宝宝一样把杰特抱在怀里。当我看见他的脸色，立刻就明白有什么可怕的事发生了。他站在门口，直直地看着我，说道："对不起，是帕特里克。"我站起来，爸爸走过来把她递给我。她还没死，还在呼吸，抬头看着我，眼里透着惶惑的神色。爸爸从纸板箱里把她一直放在炉子边当床用的毯子递给我，我用它裹住她，坐下来，环抱着她。她的呼吸声短而急促。

"她要死了，是吗？"我说。

"是的。"

"我们还能做什么吗？"

"没了。"

我抱她在膝上，坐了大约十分钟。她的眼睛时而合上，时而又睁开，就像是累了。她没有发出任何噪声。我对着她说话，像是之前我无数次对着她说话那样。然后她走了。这是第一次，我眼睁睁地看着我爱的"人"死去。她的死教我懂得灵与肉的区别。一旦灵魂逝去，生命就不复存在。我放进盒子里的那具遗体，包裹在她的旧毯子里的小小身躯，再也不是杰特了。

如果你住在动物园里，需要对动物的生死感到习惯。你必须这么做。但第二天早上爸爸一早出门去，在月桂树丛底下挖了一个坟。他找来石头，堆起坟头，然后用一大块平整的砂岩做了标记，刻上了她的名字。他觉得这是他的责任。他明白杰特对我来说意味着什么。她和动物园里那些我需要保持距离的动物不一样，她是只宠物，一只普通的、日夜陪伴着我的宠物。在之后许多年里，我都会悼念她，在她坟上摆上鲜花。那天早上我走的时候，泪水模糊了眼睛，我发誓我恨狮子，我决定再也不要理那些狮子。

第九章

1940年6月21日,我庆祝了自己的十四岁生日。虽然"庆祝"可能不是一个合适的词。

同一天,挪威战舰"兰斯菲尤尔"号被一艘德国U型潜艇发射的鱼雷击中并沉没了。它当时载着弹药和33架飞机,正向利物浦方向航行。

英国蒸汽油轮"圣费尔南多"号也被一艘U型潜艇的鱼雷击中沉没了。它载着原油和燃料油,也正向利物浦方向航行。

那是维希和里昂被德军攻占前一天。

6月14日前的一周,巴黎沦陷。

此前两周(5月27日至6月4日),

英国远征军一支 33.8 万人的队伍被迫从敦刻尔克撤退。他们尽所能扒上了他们在南部海岸能找到的每一艘船，从明轮船到巡洋战舰，无一例外。这是丘吉尔对下议院发表"我们将在海滩上作战"的演讲时说到的"一次奇迹般的救援"。而刚刚两周前他才接任首相一职。

我生日之后的一天，法国与德国签署了停战协议。从那以后，这个国家分裂成两个部分：北部被德军占领；南部处于由第一次世界大战中的民族英雄贝当①将军领导的维希"独立"政府的管辖之下。

直到这时，德军的飞机尚未将轰炸范围扩大到利物浦——这也是为什么佩恩顿和达德利动物园要把它们的动物送到我们这儿来。现在，欧洲北部的所有机场都已经在纳粹空军的炸弹投掷范围之内，闪电战一触即发，而我惊恐万分。

每一件希特勒扬言要做的事，他都做到了。捷克斯洛伐克沦陷了，波兰沦陷了，丹麦沦陷了，挪威沦陷了，荷兰沦陷了，比利时沦陷了。现在，轮到法国了。我们正在做的每一件事、每一项准备都意味着我们将是下一个。因为他说了。

"别忘了，小琼，不列颠是一个岛屿，"我父亲说，"德国人没法像他们在其他地方那样轻易地穿越边境，因为有海挡在中间呢。"但我知道，这片海算不上宽阔。甚至连小船都可

---

① 亨利·菲利普·贝当（法语名为 Henri Philippe Pétain，1856—1951），法国陆军将领、政治家，也是法国维希政府的元首、总理。

以成功地越过海峡，把我们滞留在敦刻尔克的部队接回来。

"别担心了，听见了吗？专心把你学校的功课做好就行了。别忘了，我们的舵手现在可是丘吉尔先生。我跟你说，如果德军真的过来了，我们完全能一个一个击毙他们。他们永远都不会找到他们，我们只要说自己什么都不知道就好了。"

"我宁可拿他们喂狮子。"

"啊，但那样的话可能就会留下些证据。"

但我依然忧虑着。积忧成疾，所以我加入了女童训练团，学习摩尔斯码和急救，以尽我的绵薄之力。暑假开始之后，我接手了水族馆的工作。终于，如我提醒我父母的那样，穆穆也是在这个年纪成为饲养员的。

接下来，1940年8月28日，利物浦闪电战打响了，进攻持续了三个晚上，没有间歇。没人知道该期待什么，伦敦闪电战在此十天之后才开始。在接下来的三个月里，一共有15次袭击发生。一些瞬间就结束了；另一些持续整夜，成百上千的炸弹从屋顶上飞过，飞向利物浦和伯肯黑德的码头。

很快，那些炸弹带来的震动显示出了它们的威力，水族馆里的水族箱开始漏水。没有任何补救措施可做，唯一能做的是放空水缸。冷水鱼被放回到池塘里，它们很多就是从那儿来的。热带鱼只能任它们死去。它们太小了，连用来喂派力或者查理都不够。我还记得我对彼得不用亲眼看着他所付出的一切付诸东流而感到庆幸。我安慰自己说，当他回来的时候我们就能重建一个更好的水族馆了。但他再也没有回来。他在1943年对抗隆美尔的托布鲁克围城战①中死于北非。但他已将最贵重的礼物赐予了我——他的知识和对鱼儿的热爱，我永远都会心存感激。

既然水族馆被清空了，它就成了我们的空袭避难所。在那些长长的夜里，我们会躲去那里。因为地窖里收不到无线电讯号，我们只能带着爸爸的留声机。但他会给我们放一张老唱片，一遍接着一遍。虽然无聊但不会致命，但这真的非常非常令人疲倦。每逢该睡觉的时候，我会躺在我的行军床上，想起那几个冬天里，和查理、尼皮，还有山姆、比利在一起的夜晚，那时真开心呀。妈妈、爸爸待在客厅——也就是以前的用人房——的时候，我会溜去厨房里和员工们待在一起。穆穆、莫德、马乔和男孩子们会围坐在火炉周围，若若会在那里拆椅子背后的木头，杰克栖息在梳妆台上，他们会一起玩游戏——比画猜词、"结果呢"②、杀手、问答和大冒险。其中一个大冒险要求挑战的人走到屋外，在黑暗中绕屋子一圈，但基本上没人能做到，因为他们都很害怕。如果当时他们都感到害怕的话，你可以想象一下他们现在的样子……

很快我们放弃了躲去水族馆的选择。每个人都为了能睡在自己的床上宁可冒点风险。而地窖成了堆放那些"有朝一日或

---

① "二战"中在北非西部沙漠战场的一场漫长的围城。
② 一种猜谜游戏。

许用得上"的东西的杂物间。

火灾是爸爸最害怕的,比他害怕针对动物园的直接袭击更甚,因为他说那其实基本不可能发生。如果遇到动物逃逸事件,我们得到的指示是"当场击毙"。

没有任何一位村里的消防员愿意守卫动物园,因为他们很害怕动物跑出来,所以这个任务落到了我肩上。虽然理论上说我还太年轻——女性消防队员要求在二十至四十五岁之间,而我要到1946年才满二十岁,那已经是战争结束一年多之后了——但现实情况摆在面前,我们都有自己要承担的职责。

操作说明写在小册子里,挂在电话边的一个钩子上。

> 消防员的职责是轮流查看是否有燃烧弹落下。如果有燃烧弹落入其负责的区域,需要向街坊四邻发出警示;积极协助控制火势,防止小型火情发展成大型火灾;保持训练有素、尽职尽责。
>
> 这项工作有时需要勇气与忍耐;它会不可避免地需要牺牲大量时间,而且常常意味着大段大段无聊的等待、看守;但这是拯救我们国家千千万万的家庭和企业的必不可少的任务。

考虑到动物园之外没有任何人愿意做,关于我年龄不足的问题被掩饰过去了,但是为了能符合资格,我首先要做的是参加培训。我学会了使用马镫泵——它有一条长长的水喉可以让你避免靠近火源,也学会了如何匍匐穿过充满浓烟的房间去救人并且施以急救措施。

因为我们的情况特殊,对任何可能会发动的袭击都会接到预警电话,所以得有人接电话。无论是否有袭击将要发生,每天晚上我们要做的最后一件事就是检查动物们是否安全,因为你永远也不知道什么时候会发生空袭,电话可能会在你最放松警惕的时候响起。电话主机一直在办公室里,有一部附机摆在厨房。战争开打之后,另一部附机被装在了楼梯的平台上,这样每个人都能接电话了。炸弹炸飞房子的噪声大得可怕,所有一切都抖动着咯吱作响。即使有遮光窗帘的遮挡,你依然能看见探照灯的光束在夜空中交叉闪烁,在天空中搜寻亨克尔飞机,好让炮手们在它们靠近码头前把它们打下来。接着,还会看见来自利物浦或是伯肯黑德的火光。返程的时候,那些飞机会发出一种不同的声音,因为那时它们已丢下炸弹,所以自重减轻了。

如果那天没有轮到我值班查看火情,我可能会躺着听汽笛的呜呜声,接着是轰炸机飞来时有节奏的响动、高射炮架在炮台在艾克斯道上发出的咯吱咯吱的声响。我们的所在地近得能听见"开火"的指令。你能听见炮弹爆炸还有碎片落下的声音,就像是上百个鹅卵石那么大的冰雹落到铁皮屋顶上。

从达德利动物园来的海狸鼠成了动物园唯一的受害者——一块炮弹碎片插入了它的脖子。它当时被关在果园的笼子中,应该是当场断了气,因为当他们发现它的尸体时,还在它的齿间找到了一块没有吃掉的面包。最糟糕的是,爷爷美丽的温室受到了爆炸和炮弹碎片的重创已无法修复。结果却发现,其实更多的破坏是由我军而不是敌人的机枪造成的。

我从未将自己学到的灭火技能付诸实践,因为没有一个燃烧弹落入动物园,尽管有五个黏性炸弹落入了戴维斯家的农地,烧死了五头牛。噪声似乎完全没有对动物们造成困扰。如果某次空袭中,你走近狮舍——我做消防值班的时候有时会过去——会听见帕特里克的鼾声,如果崽崽们醒着的话,它们也不会表现出任何焦虑的神色,而是高兴地玩着在地板下钻来钻去的新游戏。唯一看起来有点受惊的动物是花斑羊,它们会跑过来,靠近公牛费迪南德站着,像是能在它庞大的身躯边得到安全感。

在动物园开张后的十年里,它从未有一天暂停开放,即使圣诞节期间也是如此。纳粹空军也对圣诞节毫不在意,在12月20日至22日的三天时间里,利物浦有365人死亡,其中许多人都是在防空避难所里死去的。没有任何地方是安全的。10月,我们接到消息说比利叔叔的继女出门到威斯特摩兰的农场照顾一只羊羔的时候不幸遇害。炸弹在她附近的一块地里爆炸,她被震上了天。为什么?因为那儿只有丘陵和峭壁。

"这有可能是意外吗?"我问我父亲。我们那时在厨房里,妈妈很不安,所以上楼去了。

"你也可以这么说,"爸爸说,"他们可能正在一次空袭后的回程路上决定丢掉没用完的炸弹来减轻负重。我想那片丘陵从天上看起来应该是荒无人烟的。他们可能认为把炸弹丢在这儿比丢在城里更好。"

1940年圣诞前夕,我爸爸的一个朋友给了我一只小狗——作为发生在杰特身上的事的补偿。它是另一种㹴——它是小型犬,但不是微型的品种,就像杰特一样——一只有着毛茸茸白色毛发的锡利哈姆㹴。它会歪着头看着你,我决定叫它彼得,以纪念上一个春天死去的水豚彼得。小狗彼得大约六个月大,与它同时来到动物园的还有三只年纪相仿的狮子崽崽。我们通常会给同一窝的小动物取首字母相同的名字,所以这几只被命名为瓦伦丁、瓦莱丽和维克多(它们都是 V 开头的名字)。它们是大卫·罗塞尔——当时英国知名的动物驯养师、罗塞尔家族的一员——赠予动物园的。它们才到没多久,瓦莱丽就被带去一个团作为吉祥物①服役。紧接着,大概一周之后,瓦伦丁在自己的笼子里横冲直撞时严重伤到了自己,以至于不得不让它就此"长眠"。

维克多伤心欲绝。仅仅不到两周的时间里,它就失去了自己的姐妹和兄弟。而想必,它也是不久前才离开自己的母亲。它可怜地哭泣着,当饲养员想要安慰它时,彼得走了过来,歪着脑袋,好奇一如往常。我们决定介绍它们互相认识。一开始

---

① 军队吉祥物是指部队饲养的宠物,通常用作庆典的吉祥物或是该部队的象征。

维克多很警觉,但彼得浑然不觉,当它想要舔它,小狮子默许了。第二天,彼得主动跑到维克多的笼子边,于是饲养员放它进去,过了一小会儿,它们开始玩耍。到了要告别的时间,据饲养员说,很显然它们都不希望玩耍时间就此结束。维克多很快又开始哭泣,所以次日早上,彼得又被放进去陪它。

直到那时,我都浑然不知。也许人们觉得经历了杰特的事件,让我知道这件事我会感到不安。是的,我真的非常担心。我是在动物园里长大的。我很清楚野生动物永远是野生动物,无论它们看起来多可爱,它们随时能让你大吃一惊。没错,彼得和维克特差不多年纪,而且基本上在相同的成长阶段:通过玩耍来学习。但问题就在这儿,至少我很担心:彼得会学到什么呢?和狮子相处是安全的?我不希望那样。但它们被放在一起的第三天早上是个周六,我从学校回到家。彼得是我的狗,它和维克多待在一起我并不高兴,但我说"好吧,就这最后一次"。

午餐时间我走向狮舍想带彼得出来散步,我看它和维克多玩在一起。我看着它们,我的心融化了。它们显然玩得非常开心。我想起了罗素·艾伦小姐和她常用的那个词——真可爱。它们真的好可爱。

彼得和我后来还是去散步了,不过我们一回来它就冲过庭院去找维克多,站在它的笼子前盼望着被放进去。我还能做什么呢?没办法的。这就像是一场充满激情的爱恋,之后,彼得搬了进去。它真正和维克托一起筑起了自己永久的窝。从那以后，它们共享一切，一起睡觉，一起吃食，和谐完满。

每天，彼得都会跑出来做做伸展，跑个圈，偶尔也会忽然从厨房里冒出来，在火炉边它自己的小窝里躺一会儿。但这都是暂时的，如果有任何人说一声"维克多"，它的耳朵就会竖起来，摇摇尾巴，然后就溜走了。而维克多，也对和彼得在一起的安排很满意。

游人们都惊呆了。他们看见一只狮子，每周都会长大一点，边上有只很小的狗扯着它的耳朵，咬它的嘴唇，而维克多就这么任它"妄为"。当彼得从外边跑了一圈浑身泥巴回到笼子里，维克多会把它舔干净。当然了，爸爸和记者们都感到很欣喜。但我的担心与日俱增。

"要什么时候才停止呢？"我问。

"等维克多可以做父亲的时候，也许那时候吧，但肯定不会再等三年了。"

"是的，但是……"

"没什么好'但是'的。"

一只狮子和一只狗的友谊是很能取悦观众的，再说下去也没什么意义了。

1940年初加入动物园的七个女孩儿之中，只剩一位留下了。其他几个最终觉得动物园的生活不适合她们，又或者其实是爸爸觉得她们不适合这里的生活。不管怎样，身着制服肯定是比穿着脏兮兮的罩衫清扫动物的笼子要有魅力得多。留下来的那一位是芭芭拉·怀特，她是当时的狮子饲养员，一个非常好的姑娘。她满十八岁才离开动物园，因为她接到了部队的召集令，随后加入了陆军。但等战争一打完，她又直接回到了这里。

为了接替那些姑娘们，我们招来了一个跟我差不多年纪、叫作亨利的男孩。他没有继续上学，也还没到被征召入伍的年纪，不过也快了。当他走后，我们又找了另一个。有必要时，马乔会来帮忙，妈妈也是，如果真的特别多事要做的话。但冬天就只有爸爸、芭芭拉、亨利和我了，那是简直无法用语言形容的黑暗时光。

1942年1月31日举行了每三个月召开一次的例行理事会会议。自从战争爆发，学会的主席就是格罗斯尔先生，他在利物浦一家保险公司工作，为船运损失估价。几乎没有人来开会。前一年的财务状况不太好，即使展开了认养计划，学会账户上还是录得了431镑的损失。在这种情况下，关于动物园是否该继续运营的质疑不绝于耳。大部分出席的理事会成员说这应该是他们能参加的最后一次会议了，因为他们都有战时工作要做。一个将学会清盘的解决方案被摆到了桌面上，不过因为没有足够的人数出席，所以没能达成任何正式的决议。

接着，另一桩烦人事找上了爸爸：自那年年初，任何不到五十一岁的人都义务被征召入伍。我爸爸当时四十五岁。即使他曾在索姆河之战受过重伤，当时的他已与其他人一样健壮，事实上，他比很多年龄只是他一半的年轻人更有活力。他没有任何理由认为自己能得到赦免。

第二天,爸爸和格罗斯尔先生做出了决定。他们打算以自己的力量再坚持一个月试试,看之后情况会如何。这不只是一个出于感性的决定。三周之前,日军偷袭了美军在珍珠港的舰队,次日美国向德国宣战。直至此时,英国——与所有英联邦国家一起——都是在孤军奋战。虽然在纸面上美国直到此时都是保持中立的,但如果没有装载着武器和食物的护卫舰从大西洋另一端源源而来,我们根本没有生存的希望。1918年,美国人加入战争[①]之时,就是战争即将结束的开端。他们有一种乐观的预感,这一次或许也会是这样。他们拥有如此巨量的资源,无论是物质还是人力。在爸爸和格罗斯尔先生看来,这至少,无论如何,是心存希望的基础。

决议做出之后,我被派去找罗素·艾伦小姐,在爸爸和格罗斯尔先生起草的文件上签字。第一次世界大战期间,她和她的妹妹多丽丝曾在急救护士队工作,她也想要为打赢这场仗贡献自己的绵薄之力。现在,她是南特威奇镇外一处疗养院的护士长。去那儿唯一的方式是搭乘巴士。我现在已经记不得转了多少次车,但总感觉是花了好久好久才到。那时我从未独自完成线路如此复杂的旅行。只记得我紧紧地攥着那个信封,因为我明白它很重要。

当我终于到达时,已经是下午了。"我有个紧急的理事会事务要罗素·艾伦小姐处理。"我按照爸爸教给我的说法告诉

---

① 指第一次世界大战。

楼下接待处的人。接着我被带领走上主楼梯，当罗素·艾伦小姐打开门，我差点没有认出来她。她曾经那么光彩照人，而现在，只是穿着一件护士制服。

那并不是我最后一次独自穿越半个柴郡去找罗素·艾伦小姐签字，虽然每次路程都是一样长，但再也没有一次像第一次那样艰险。至少后来我知道我要去哪儿，也知道会遇到什么。

此后的几个月里，形成了一个将延续二十几年的固定模式。每个星期天，格罗斯尔先生都会到动物园来。他住在切斯特以北大约 10 英里的赫斯沃尔，在威勒尔半岛上与伯肯黑德相对的一侧。在忽然出现在我母亲面前跟她问好之后，他就会和我爸爸去院子里走走，看看动物，检查笼子和围栏的状况——因为它们一周周地变得更糟——接着他们会走回图书馆，谈论"政策"。之后格罗斯尔先生会回去和他的太太一起共享周日的午餐。

爸爸和格罗斯尔先生对事情会好起来的信念后来被证明是正确的。

伯顿伍德皇家空军基地自 1940 年 1 月开始作为服务和仓储中心投入运行，但 1942 年 6 月它被移交给美国空军，成为全英格兰最大的机场。它位于沃灵顿正北面直线距离约 15 英里处，如果风向正好的话，你可以听见测试引擎时发出的轰鸣声。这个基地非常大，在它运作的高峰期有 18000 名美国大兵驻扎在这里，他们中的大部分都慕名造访了我们的动物园。

在三百多年的时间里，切斯特一直是军队驻地，"二战"期间,这里是英军西区司令部的总部。自 1939 年 9 月起,爸爸就向所有身着制服的武装部队成员免费开放动物园,但接踵而来的美国人把动物园堵得水泄不通。我们平时遇到的那些人,带着异域情调,不只是因为他们的口音,还因为他们总如此随意地嚼着口香糖。就算是最普通的美军士兵的制服用料都好过英国军官。有些成群结队而来,待上几个小时,主要是为了在战争间歇找点乐子,也会有另一些人把爸爸拉到一边,跟他讲动物品种的区别和繁殖方式的差异。我想这两种人的动机可能并没有什么不同,只不过后一种受教育程度更高。

虽然门票是免费的,一旦进到了大门里,那些美国人还是会花钱的,他们买大把大把的明信片寄回家,而且咖啡厅里有什么他们就点什么。他们对一切都充满着热情,而这份热情极具感染力。

有时他们也带孩子过来——英国的孩子。他们如何找到这些孩子的,我不知道。虽然在那个时期有些人会觉得这件事很可疑,但我想他们只是思念自己的孩子,所以就"借来"一些想要出来玩的孩子罢了。

咖啡厅此时已被改造成了自助餐厅,你得自己取食。我们继续做着沙拉——这是爷爷用来抵抗那些"德国佬"的方式。还有汤——妈妈做的——和三明治,只不过火腿被换成了看起来就不太好吃的 Spam 牌午餐肉。妈妈还是会烤些派,不过现在不用鲜鸡蛋了,而是用鸡蛋粉,面糊里的黄油也被猪油替代了。

各处食物都处于短缺的状态。1940 年 1 月,配给制度开始实施，所以到那个时候我们已经度过了两年这样的日子。相比生活在城里的人们，我们还算幸运的，因为大部分我们认识的人都还养着鸡，他们会给我们鸡蛋，虽然规定的配额是每周只有一个。

但与之相对的，果园里的水果总是被顺手牵羊。偷水果的人从正巧晃荡过来、禁不住想咬一口的游客，到半夜钻过篱笆、整筐整筐偷苹果的一帮不良少年，不一而足。

在动物园不远处——最多半英里吧——的支路另一侧是戴尔营，柴郡团的总部及一处重要的全国机枪手训练营。每天早晨，军人们都会穿着整齐的战斗服从考浩路跑过，而军官会在他们跑到我们门口时喊"停！""解散！"然后他们就会一拥而入地进到果园里，大大方方地摘果子。当妈妈发现真相时，她快气疯了，一个电话打到了他们的指挥官那里。

"你知道，"她问，"你的兵在偷我们的主食吗？"

"只是些年轻人，"他说，"拿了几个苹果而已。"

"随你怎么说，"她反驳道，"我们管这种人叫小偷。"

这样的事后来就没有再发生了。

那些美国大兵来动物园的时候，有时自己带些食物过来让妈妈加工。我们会好奇地看着他们打开各色罐头和包装袋，他们甚至还有巧克力！

1942年4月起，普通人已经没法再为他们的汽车买到汽油了，这也是自1939年9月配给制施行时第一个被列入清单的产品。现在汽油只供应给有储备所需的行业，这反而帮了动物园一把。火车和巴士依然在运营,那年复活节和圣灵降临节的好天气使我们的门票收入恢复到了1939年的水平。

那时,虽然我们已经越来越习惯了战争和它导致的资源匮乏,这让我们感觉更好受一些,因为大家都在同一条船上。对于年轻人,除了去看电影其实没什么事可做。海边已经没法去了,因为每个海滩上都布满了防御用的铁丝蒺藜,沙丘上星星点点的碉堡里有炮手驻守着,所以不如去动物园玩一天吧?那儿有足够多的机会可以吸引到军人的注意,可以和他们调情,或许还是个美国兵呢!

另一件极好的事是阿凯和那些大象的到来。自从战争爆发它们就被困在英格兰,受雇于多里的热带体验时事讽刺剧团。科特·多里是一位出生于英国的戏剧表演家,他的时事讽刺剧混合着马戏和各种表演方式,主要在欧洲和南美巡回演出。1939年夏天,他们正好在英国。剧团的其他成员都成功地离开英国,想办法回到了南美,但拖船里的两只大象成了阿凯的大麻烦。他尝试过联系林业委员会,询问是不是能给大象找到搬运原木的工作,在斯里兰卡大象一般就是做这些事。但他们拒绝了他,因为他们说没有这样的工作。从那以后,但凡能找到的工作他都会做,但直到那时他已经耗尽了力气,再也想不出主意,钞票也所剩无几。

我父亲说,在一篇报道写了"两只大象如果找不到人收留的话就会被人道毁灭"之后,他收到几个孩子写来的信。那些孩子发誓说如果切斯特动物园愿意收留它们的话，就把自己的零花钱都拿出来。我不确定这说法的真实性——我父亲是不会允许真相毁了一段好故事的。我所知道的是，他和我一起坐火车去了北安普敦，在靠近车站的一个旧机车棚见到了那两只大象和它们的象夫凯纳达斯·卡如那撒。他和他的大象来自斯里兰卡，但他的名字实在是不知道要怎么念出来，所以我们总是叫他阿凯（不过好多年之后我才知道，其实阿普顿镇上韦特谢尔夫的那些本地人叫他哈里）。

茉莉那时大约二十岁，曼曼八岁，爸爸决定要带它们走。它们一定能成为一处"景点"，而且通过骑大象活动一定能很快赚到足够养活它们的钱（1943年茉莉为动物园赚了整整200镑）。食物方面，至少它们不是肉食动物，野生大象就是吃树叶、草和干草。和科特·多里的经纪人达成的协议是，爸爸会在战争期间和战争结束后那个季度接管它们，以补偿动物园的一些成本。

首要的问题是，在哪儿养它们。围绕着秃鹫笼的铁丝网从最初就被设在庭院的主入口上方，现在已破破烂烂了。但我们也没钱修，所以秃鹫就被挪到了其他地方养着。

入口处上方有石刻的拱门，本来巴士就是从这里进来的。它足够高，马夫和仆人们不会撞到头。爸爸觉得，这拱门应该够高了，足够被改成大象的居所，至少在它们的固定居所建好之前可以先这么养着。

他觉得应该举行盛大而恰到好处的仪式迎接大象们的到

来。派去接站的人选毫无意外——不过至少我不是自己去的，我的堂哥乔治也一起去了。他是查理叔叔最小的孩子，是我的表亲中唯一真正对动物感兴趣的，那时他正在我家过复活节。

阿凯、茉莉和曼曼乘火车到达了切斯特。但我们得从火车站走回动物园。我和乔治的任务就是走在他们前面引路。在学校的时候，我都对我在动物园的事尽量保持低调，但将有大象来到切斯特不是那种你能藏得住的事情，我知道一路上围观的人群里一定会有我的同学们。真是尴尬死了。

我们的路线是沿着主路旧罗马路走，这是我每天上下学骑自行车的必经之路。一路上有时我会停下来看看，看他们是不是还跟着。一旦我停下脚步，他们也会停下。我曾在北安普敦见过阿凯一次，不过直到那天下午，我都不是很明白他和大象们到底是什么样的关系。这令人难以置信——我越了解他，越觉得不可思议。阿凯那时大约二十五岁，他从很小的时候就开始跟那时同样年幼的茉莉相处。没有任何关于茉莉的事情他不知道，茉莉也不会拒绝他要求它做的任何事。

这折磨人的旅程很快结束了，我们安全地回到了我的熟悉地带。大象们被牵到果园里，享受着柴郡出产的有益健康的草料。我第一次见它们是在一个光线不太好的仓库里，现在我终于能看清了——它们的状态很糟糕。因为冻疮的缘故，它们的耳朵已经变形了，曼曼尤其虚弱。

它们到达两周后，它就死掉了。

第十章

在1942年7月夏季学期结束之后,我离开了学校,那时我十六岁的生日刚过不久。动物园的未来依然缥缈,爸爸妈妈认为我需要一个应急的安置方案。因为我一直很喜欢给奶奶弄头发,他们安排我9月开始在市集广场的尼克松理发店当学徒。

与此同时,穆穆放假回到了家。过去三年里我只见过她几次,一次是妈妈和我去佩恩顿探望她,一次是在北威尔士的普尔赫利。她工作所在的军舰都不是那些正在服役的。"格伦道尔"号是艘"石"护卫舰,就是指被搁置在海岸上的舰艇。它曾是巴克林的度假营,现在那些小屋里住满了军人。因为不允许妈妈和我进入基地，我们就住在了沿海岸线往前 8 英里处克里基厄斯的旅馆里，穆穆就过来见我们。现在轮到她写信给我了，她说她不想一辈子被困在动物园里，所以决定放假的时候去威斯特摩兰探望克特舅舅和比利舅舅，她问我要不要跟她一起去。

这不是我母亲出生和长大的那个位于霍沃斯沃特与西帕之间的饥荒山农场，而是伦河边、赛得博以西大概一英里处一个叫作费尔班克的小村庄。说是村庄，它也是个稍大的聚落。当我外祖父母刚搬来的时候，外婆是乘着马拉车来的，但外公得带着牛走完全程 25 英里路。

我最后一次去那儿是大概八九岁的时候。不过这一次有些不同，那时我母亲的双亲已经去世了：托马斯·阿特金森 1936 年过世，翰娜 1938 年过世，他们去世时都是七十八岁。他们去世后，妈妈得到了一小笔遗产。她用这笔钱为双亲买了墓碑，将他们葬在费尔班克教堂后面。她也为小弗朗姬①买了一块，把他葬在离谢文顿不远的温贝里。她把剩下的钱花在了她的女儿们身上——也许是出于内疚，觉得自己没有足够的时间陪我们。但这意味着我可以买一辆新的自行车了，这成了我人生的转折点。这不只是因为我可以每天骑车去学校，也意味着我可以周末去我朋友南希·劳埃德家的农场找她。那是一辆罗利牌的黑色自行车，不过那个年代我想也没有别的颜色的自行车存

---

① 作者早夭的哥哥。

我在骄傲地炫耀我的"女童海军训练营"制服。我的罗利牌自行车给了我探访朋友的自由,通常杰特会坐在车篮里跟我一起去

运隆和托洛茨基在它们新熊舍前方的平台上。它们最喜欢吃苹果

在。车前有篮子，刚好可以放下杰特。虽然我骑旧自行车的时候她总喜欢在我边上追着我跑，能坐在一个如此"显赫"的地方兜风，成了她纯粹的幸福时光。只要我一从学校回来脱下我的制服，她就会在我停在后门那里的自行车边跳来跳去，充满期待地看着我。她太小了，没法自己跳上来，所以当我弯下腰抱她起来时，她总是激动得整个身子都在发抖。我们从不走远，基本上只是绕着园子走，不过有时我会骑出去一英里，最远到考浩路，然后折回来。

虽然距离我上次来威斯特摩兰大概已经八年了，农场几乎没有变化。一间方方正正的房子，用粗糙的石头堆砌，刷着白色的漆，前面围起一个小院。围墙不高，只是为了挡住动物，让它们吃不到里面的植物。穿过铺着鹅卵石的小院子有个牛棚，牛奶都是在这里挤的。无论是看上去还是闻起来，它都还是和我记忆里一模一样。它后面是座旧石头谷仓，有架梯子可以爬上干草棚去。厨房依然被一个巨大的黑色炉子占据着，梁上还挂着同样的几个锡制杯子。虽然有一间前厅，但基本上也没人用，一直看上去非常陈旧，所以厨房是大家聚会的地方。还有两只黑白花色的牧羊犬，它们是一对母女，但我现在想不起它们的名字了。

通向厨房的路北面是晾肉和做黄油的地方。每块黄油送去市场前都会被打上农场的戳，这样人们就知道它是从哪儿来的了。

地窖里有很多大号陶罐，内侧是光滑的釉面。外婆还在世的时候，这些罐子里装着她每年用荨麻、接骨木和李子酿的红酒。我的舅舅们现在不再做了，可能这是女人才干的活儿吧。不过地窖里依然散发着那股刺鼻的气味，就像外婆在世时那样。

穆穆和我曾睡过的卧室还是我记忆里的样子：刷成白色的墙面、羽绒床垫、凫绒被和拼花被子。外婆的针线活很棒，在妈妈从谢文顿带去奥科菲尔德的为数不多的物件里就有一幅装裱好的十字绣，那是外婆在妈妈小时候绣的，画面上是一个男孩抱着两只松鸡。我一直听说外婆出生于一个大户人家，可能因此才有钱借给爸爸，让他买下奥科菲尔德，并且支付穆丽尔和我在修道院的学费吧。

屋外的茅房也是老样子，没有通电，只能通过一个钻石形的窥视孔透进来点光亮。克特舅舅曾经给我展示过他是如何利用从山上峭崖流下的溪水制造了一台发电机，给电池充电使大家能听上收音机的。溪水有时也为我们带来三文鱼，他说，"那是它们从海里逆流沿着伦河而上去产卵的时候"。不过鱼的事我一个字都不敢透露，因为它们"就像这儿别的一切东西一样"，应该属于朗斯代尔伯爵劳瑟。

唯一改变的，是人。现在只剩克特舅舅、比利舅舅和他妻子——她在姥姥死后成了他们的管家。虽然这对兄弟看起来很像——拜繁重的工作所赐，他们都有着精瘦但结实的身体，而且总是穿着衬衣或马甲，但他们的性格截然不同。克特舅舅很外向，比利舅舅却沉默寡言。妈妈最小的胞弟，那个小名叫鲍勃的并没有跟他们住在一起，他1938年的时候已经移民去了新西兰。

罗伯特舅舅可能是妈妈的三个兄弟中我最喜欢的一个。他会给我寄明信片，第一张是他乘船出海时从皮特凯恩群岛①寄来的。我总是会给他回信，告诉他动物园近来发生的事，所以我们积攒起了不少来回信函。他到了新西兰之后买了一辆摩托车各处环游，和一群剪羊毛的工人一起工作。剪羊毛对他来说是小菜一碟，他就算睡着了都能干。但战争爆发后，他就加入了新西兰远征军第21步兵营。他出征之前，娶了一位来自奥克兰的姑娘。不过他给我寄明信片的行为并没有因此中断，他每到一处就给我寄一张卡片，从巴勒斯坦到埃及，再到突尼斯。我一直保存完整。

1943年，新西兰部队正在意大利，他们在成功入侵西西里岛之后，正跨过一条又一条河向意大利北部进发。德军攻打斯大林格勒失败后，战争的局势已经偏向了盟国一方，但意大利的局势推进相对缓慢。罗伯特舅舅1943年11月28日在桑格洛河一役中牺牲。直到我寄出的一封薄薄的蓝色空邮信件被原封不动地退了回来，我们才知道他离世的消息。我这辈子做过最糟糕的事就是把这个消息告诉我母亲。

他牺牲时才三十六岁。

---

① 英国的海外领土，由四座岛屿组成的南太平洋群岛。

1942年夏季的那几天里，穆丽尔和我吃到了多年来最好的几顿饭，培根、鸡蛋，星期天甚至还有烤羊肉。一天早上我们出门散步，从娄吉尔高架桥走了近路前往塞德伯。我还记得和妈妈一起走过那座有着十一个巨型拱顶的大桥的场景。1937年阿特金森外公去世的时候，我们是从切斯特乘火车来的，转了几次车之后在娄吉尔站下了车。去保尔的农场有一段长长的路要走，但回程的时候没人来接我们，也没人能帮忙，而妈妈还得带着外婆送她的缝纫机，这令归途变得尤其艰难。我记得我们沿着高架桥上的铁轨一直走，一边担心着会不会有火车开过来。

虽然我在普尔黑利港见过了穆丽尔，但我们自从1939年她参军之后就几乎没有再独处过。其实以前我们也不怎么说话，她比我大将近十岁呢。但当你越长越大，年龄的差异变得越来越不重要。那一天的早上，我们都敞开心扉开诚布公地聊了天，那可能是我们第一次这样说话吧。当我问她有没有想念动物园时，她犹豫了。她想念猩猩们，她说，但不想念别的，完全不想。她曾希望被派驻国外，但她到过最远的地方就是苏格兰西海岸的达农了。"阿里尔"号也是一艘"石"护卫舰，穆丽尔在那上面当过厨师。她渴望旅行，战争结束后就想去玩，她说。

穆穆那时有个恋人，一个叫哈利的男孩，荷兰人。德国入侵荷兰之后，他想方设法逃了出来，到英国后加入了英国海军。

"你觉得哈利是你的真命天子吗？"我问。

她笑了。"我可不信有那样的人存在。"

"但我信。"

"这是因为你还太年轻，还相信浪漫的故事。"

实际上因为也无处可去，哈利放假的时候就跟我们待在一起。他很有幽默感，我挺喜欢他。但战争结束后他回了荷兰，穆穆也回到了动物园。最终，猩猩们赢得了穆穆。

我们离开威斯特摩兰之前，我拿着速写本爬上了农场后的山丘，视线越过伦河望向东方的浩菲尔，画了一张画。后来我给它涂上水彩。很难想象，仅仅两年前曾有炮弹落到这里。现在弹坑成了一个水塘，周围长满了杂草和野花：异株蝇子草、叉枝蝇子草蓝盆花、圆叶风铃草和滨菊。

尼克松理发店位于北门街的一个大型地下室里，在泰勒的停车场底下。他们允许我把自行车停在里面，无论我是在楼下工作，还是晚上去看电影或者跳舞的时候。

这间理发沙龙是浅色金发的贝莉小姐开的，装饰成绿色和奶白色的基调，地上铺着精美的土耳其地毯，还有几把供客人等待时用于休息的舒适的椅子。当发型师准备好之后，他们就会走进一个小隔间里，拉上帘子，这样就没人能看到剪发的过程了。

成为一名合格的发型师可能需要五年时间，我要从最基本的事情做起，比如清扫地上的头发、给客人们洗头。当我给客人按摩头皮的时候，我总会想起动物们是多么喜欢被梳洗整理干净。这两者真的没有任何差别。

在尼克松理发店工作的同时，我周末和周三下午还是会在动物园帮忙。不过每周五，趁着天还没黑的时候，我会骑车去南希家。劳埃德太太是个寡妇，她每周五都会出门去电影院。她走的时候会给我们留下一大盆沙拉和一些煮好的鸡蛋，这些都是来自农场里的新鲜食材。还会有阿格炉①上煮热着的大壶咖啡。南希、她姐姐玛格丽特和我会在她家草坪上打网球，草地上用白漆画出了一块"场地"。这可能跟正规的网球场没法比，但它的场地条件还算合适，而且有正规的网。我们有一大伙人一起玩，包括劳埃德家一个表亲，她也是农民的女儿，但是我不记得她名字了。如果凑不齐四个人，我们就叫上南希和玛格丽特的弟弟吉米跟我们一起玩，不过他那时只有九岁。我们一直希望叫上查恩利家两兄弟约翰或理查德一起，那样会更好玩。这对兄弟也是从未被征召入伍的农民子弟。后门廊里总是放着一堆网球拍，有高级的，也有被我们称作"勺子"的烂拍子。那拍子就是个勺形，不到万不得已没人用它。如果天气好，我们几个女孩子会骑车去威勒尔，骑过内斯顿，去到院门浴场。那是个巨大的户外泳池，装满了来自迪河河口的咸水。

我最了解南希，因为我们是同一个班的，不过她和她姐姐只差了一岁半，所以南希比我小九个月，玛格丽特比我大九个

---

① 一种加热炉，主要由铸铁部件构成。

月。我们总是一起玩。她们的家在一个叫布莱科的村子里,离阿普顿以西大约3英里,在铁路线的另一侧。我们都有自行车,所以夏天我们会骑车到威尔士北部的兰戈伦,在马蹄道上自由驰骋。我们遇到了一个养蜂人,他把蜂箱放在湿地里,卖给我们一些还粘在蜂巢上的蜂蜜。哦,我还记得蜂蜜沿着我下巴慢慢滴下去的感觉。湿地里还有个湖。在长时间的骑车跋涉之后,这看起来实在太诱人了,所以有一天,我们决定甩掉衣服下去游泳。我以为水会很冰,但因为有太阳照射的关系,湖水温暖而舒适。等我们再一次回到这里时,湖被篱笆拦起来了。可能上次有人看见我们了吧。

那时的我们个个体态健美,我们会毫不介意地在山丘上赛跑。战争快要结束前的一天,我看见山坡上开满了紫色的石楠花,如此的春意盎然,我骑车冲下那片山坡,从车上跳下,任凭那辆自行车自己冲下山。它差点就撞到了一个正与女朋友缠绵的战俘。我搞不清到底是谁被吓到了!

我现在更自由了的其中一个原因是阿凯成了团队中的核心人物,哪里需要帮忙他就出现在哪里。很多动物,尤其是狮子,对大象的到来感到惊恐。阿凯想尽了办法除掉他身上带来的茉莉的味道,这样才能正常照看狮子。最后,他选择全身洒满古龙水来掩盖气味,那股混合后的腐臭整个屋子都能闻到。在此之前,我只会把香水和那些迷人又富贵的阔太太们联系起来。我并不是说阿凯没有魅力,他有。而且他甚至还有两件奢侈品——例如一台相机和一件驼毛外套！我想他应该很有钱才对。阿凯也吸引到了其中一个收银员多萝西的注意。1943年，他们结婚了，生了个女孩儿取名叫纳塔莉。他们的"公寓"在厨房楼上，是战前男孩子们住的地方。

在做出继续坚持运营动物园这个决定后的9个月里，爸爸和格罗斯尔先生都乐观地觉得他们做出了正确的选择。5月到8月间，游人的数量稳步增长，已经是1939年时客流量的两倍了。与此同时，咖啡厅的收入增加了200%。爷爷的新鲜沙拉、妈妈的自制蛋糕和馅饼比那时外边卖的食物都好吃太多了。虽然笼子和围栏已经破旧失修了，战争爆发后，动物的品种却增加了很多。毫无疑问，引进茉莉是个成功案例。小孩子们耐着性子排着队想要爬上梯子，坐到大象背上，等他们下来之后又会立刻冲到队尾重新开始排队。她那巨大而摇曳的身躯，和走在她前面的阿凯、她背上坐着的亢奋的孩子们一起，成了动物园一处地标性场景。

那年夏天，科达兄弟的电影《丛林之书》在伦敦举行首映式。影片一夜成名，因为这正是已对战争感到疲倦的人们所寻求的。片中萨布饰演莫格力，一个在印度丛林里被狼养大的人类小孩。当电影拷贝轮转到切斯特放映时，这是个不能错过的宣传机会。爸爸决定给维克多改名叫莫格力，理由是莫格力是被狼群收养的，而维克多是被彼得收养的。彼得出席了改名仪式。当然，也配合演出了一场试图从莫格力嘴里抢走它的大骨头的戏码。

莫格力和彼得在切斯特动物园

狮子莫格力正在舔他的朋友小猎犬彼得,他们的关系亲密无间

不过更麻烦的是找谁来为它命名。他本来想找个小明星（他找过漂亮姑娘来给小动物命名，是很有效的宣传方式），但维克多——或者说莫格力——是一只成年雄狮，至少对大部分人来说看起来像是，没有任何一位知名人士会愿意冒这个风险。最终，一位叫约翰·海兰的《南港日报》年轻记者同意了。我记得她走进笼子里的时候整个身体都在颤抖。她完全"石化"了，这很好理解。

一个周六下午，动物园里挤满了人，我站在收银台边收着茶水钱，一个男人冲了进来，看起来惊恐万分。一只狮子抢了他的外套，他说，他要求见饲养员长。他说一只狮子伸出爪子拽走了他的外套，需要人进去把衣服拿回来。这当然是个谎言。观众的围栏至少距离笼子有8英尺远，这是不可能发生的。过了一会儿，一个女人走出来说她看见那个男人爬过了第一道屏障，沿着一棵棕榈树盆栽往前，在狮笼前挥舞自己的外套，想要逗狮子，因为那时狮子们——信念、希望和慈善——都躺着。如果他是想看动态的狮子，他已经成功地做到了。等到爸爸赶到现场，那人的衣服已经被撕碎了。最后发现其实他并不是很担心那件衣服，他担心的是他的火车票——放在衣服口袋里的火车票！

爸爸和其中一个男孩试着把三只母狮子引回它们的窝。他们用了惯常的小把戏，给它们一根骨头，但它们不为所动，继续在笼子里绕圈踱步。接着，当它们撕扯那些曾是件外套的碎布时，一张火车票落在了地上。那人只好眼睁睁地看着其中一只狮子伸出舌头一舔，把它吞了下去。

1943年3月，我和尼克松理发店说了再见。现在既然动物园的安危已经不再受到威胁，我打算放弃理发这行。我一直都没学会怎么剪发或是烫发。洗头和卷发已经是我在理发店能做的极限了。这辈子第一次，我成了切斯特动物园一名正式的员工，薪水是每周10先令。

我的第一个任务是从利物浦码头接动物回来。这一次跟乎尔特小姐无关，但爸爸接到了一个来自海关的电话。一个水手被调职去另一艘军舰，但他申请带着他的宠物猴子一起去的请求被拒绝了，因此要给它找个家。

于是，我们开启了另一次长途巴士跋涉，这次要去的是北边的伯肯黑德，然后坐船越过默西河。我从来没有这么走过。如果是和爸爸一起，我们总是在希尔曼开车。过了河之后，我能看见水面上露出的一些烟囱，应该是些停泊在港口时被炸沉的船。到了利物浦那边，我搭乘高架铁道往北，去了面向大海的港口。这种火车是用电驱动，而不是像别的那些以蒸汽驱动，被人称作"码头工人的伞"①，因为它的轨道离地面大约有16英尺那么高。

通常每个码头的安全措施都非常严格，但战争时期，会是

---

① 这里指利物浦空中铁路（The Liverpool Overhead Railway），是一条沿利物浦码头运行的高架铁路。

十倍于平时的严苛。我一到达检查岗亭，整个身体就因害怕而颤抖。人们总是被告诫要小心那些德国破坏分子，而一个十六岁的女孩对他们来说可以是个很好的"伪装"。

"我是来接猴子的。"我说。

"我想你得给我提供更多信息，小姐。"

"那是一只草原猴，源自非洲东部，后来被引入加勒比地区。它的身体是灰色的，脸是黑的，有白色的眉毛，是素食动物。"

"挺有意思，但我不是这个意思。我需要那艘船的名字以及你找的人的名字。"

直到这时我才想起来把爸爸给我的那封信递过去。

表面上看起来利物浦港那时是 7 英里（约 11.3 公里）长。我没有走那么远，虽然那儿有很长一段路要走，而沿路的口哨声和评头论足的嘀咕让我感觉走过了更漫长的路程。从家出发前，我想也没想该穿什么衣服，但因为天气比较暖和，我穿着一件棉质罩衫和一件羊毛衫。如果这些人是几个月都没机会过性生活的水手，可能我还好理解一些，但他们是码头工人，他们的妻子和女朋友就住在不远处啊。我只能保持直视，假装我是聋的。最后我终于到了船跳板边，一位海关官员正在那儿等候，几分钟后一位水手下来了，抱着一个捆着绳子的纸盒子。

然后我得再硬着头皮走回去。

幸运的是，岗亭那里还是同一位警察在值班，所以没怎么耽搁就被放行了。他只是从盒子的气孔往里看了一眼，说道：

"我信你。"

闪电战之后我就再也没去过利物浦。虽然我在电影院看过新闻片,但当你亲眼见到这个地方时还是会想这个城市究竟要如何被重建起来。有些地方看起来就像是狐狸偷吃鸡蛋后留下的一片狼藉。里面空空荡荡,甚至整个建筑的一半都不见了。你很难想象这座建筑里曾有房间,有楼梯,有人生活在里面。

回程的路比来时更加艰难,因为现在我有了这只猴子,只要它一活动,盒子的重心就会不断改变。一直到安全地在伯肯黑德坐上巴士,我才感觉到可以顺畅地呼吸。还好,我找了一个靠窗的座位,可以把盒子塞进头顶的行李架上。我感到精疲力竭,不过还挺高兴事情都按计划办完了。我很快就会到家了。

大约开了一半路程,我们在一个巴士站前慢了下来。坐在我身边的妇人站了起来,靠过来从我头上的行李架上取她买来的东西。

"这儿一定是有什么破了。"她说。

我抬头顺着她指的方向看。是那个盒子。

"它在滴水。看,滴在你羊毛衫上了。在它变得更糟之前你得做点什么。"

闻了一下我就知道到底怎么了,这毫无疑问是尿的味道。她走了之后,我立刻把盒子拿了下来。当我伸手摸到盒子的底部,就知道不能把它放在我身边的空座位上了,所以后来这一路盒子都摆在我膝盖上。但如果盒子散了怎么办?我觉得我宁可走回去也不能弄丢这只猴子,所以我提前一站下了车。反正我的衣服现在已经满是猴子尿的味道了,我就脱下毛衣,用它把盒子裹住,用衣袖打了结。至少这样盒子就不会散了。我回到家换完衣服之后,立刻把所有东西丢进了洗碗间的水池里,倒了整整半瓶消毒剂下去。

"我看到你把猴子带回来啦。"爸爸在楼道里遇到我的时候说。

"是的,但是……"他没有停下来听我说完。

自从1940年初那两只野牛从达德利动物园到了我们这儿,它们就净惹麻烦,尤其是公牛费迪南德。它老婆在它们落户一年后生了一头小牛之后死了,所以在40年代中期,动物园里只有牛爸爸和它四岁的儿子,它俩的臭脾气不相上下。费迪南德和比利都十分强壮,如果它们想这么做,它们可以弄坏任何东西。它们可以像障碍跑中的赛马一样越过篱笆;对于那些跳不过去的,会直接撞过去。它们总是跑出来,通常直冲草坪,一刻都停不下来。我们早上的第一个任务就是在游客们来之前把它们赶回围场。我发现如果你向它们疯跑着冲过去,它们会主动退回窝里寻求庇护。妈妈、阿凯和我都可以令它们退回去,唯独爸爸不行。我父亲身上似乎有什么让费迪南德不以为然的东西,只要它看见他,就会追过来,爸爸得逃开才行。

我确定它们知道自己在做什么。它们可以开开心心地在屋子里待一整天,但一旦动物园再次空下来,它们又会溜达出来。

我们的美洲公牛费迪南德（右）和它的儿子比利。费迪南德是来自都柏林动物园的难民，而比利出生在切斯特，他俩臭味相投。背景里是一只花斑羊

来自布里斯托动物园的狮子信念、希望和慈善。信念是克里斯蒂的祖母

就像大部分动物一样,它们觉得那些篱笆是为了它们才建的,这样才能把游客们挡在安全距离之外。

第一步,爸爸试图用别人给的二手篱笆隔开它俩的围场。当他和阿凯在里面打上桩子的时候,费迪南德也不在意,但只要他们一走开,费迪南德就会走过去侦察。如果柱子扎得不结实,它就会把它甩上天,或者把它滚得越来越远。接着,等他们回来,它就站着,看着他们找已经被它挪走的东西。爸爸终于信了:它就是喜欢给人整点麻烦出来。

短期内最显而易见的办法就是加固已有的篱笆,但无论哪种金属或者金属线都很难找到。1942年,爸爸曾给农业部写过信,申请为笼舍买些带刺的铁丝网。他们回信建议他说可以写给贸易局问问,然后贸易局又说要他写信给战争部,而战争部又打发他回头找农业部……

另一个紧迫的住宿问题是熊舍。俄罗斯熊托洛茨基和喜马拉雅熊运隆1938年和1939年各自刚到动物园的时候还是小宝宝。爸爸原来期望它们可以住在一起,做个伴,但运隆很害怕托洛茨基,即使托洛茨基体形更小,所以爸爸的计划失败了。现在,四年之后,虽然大部分时候只是喂它们面包、生菜和羊奶,它们都长成正当年的成年熊了。因为空间的问题,我们决定再试试把它们养在一起,但前提是熊舍够大。

最终,1944年,我父亲想申请建一座新的熊舍。不只是因为如果它们还住在现在那个快要散架的笼子里就会对公共安全

动物园里不同寻常的友谊：一只黑颈鹮和兔子成为朋友。这只黑颈鹮很喜欢给兔子梳毛

喜马拉雅熊运隆和她的宝贝琳达。这只小熊是俄罗斯熊与喜马拉雅熊的杂交后代

孤儿动物宝宝也像人类的幼儿一样需要用奶瓶喂食

造成威胁，也因为建一个新笼子比修缮旧熊舍需要的建筑材料反而更少，尤其是对钢材的需求。他的申请获得了批准，也被分配到一些水泥。因为缺乏人手，建造需要较长时间。运隆总是逃出来，不过基本上只要拿草叉威胁它，它就会乖乖地退回笼子里。

一天夜里，我们听见运隆又逃了出来，于是阿凯和我得去把它弄回去。这件事通常需要两个人配合：一个人挥舞草叉，向着正确的方向戳它背脊；同时，另一人要去开门。这一次，是阿凯拿草叉向它示威，不过没什么效果，它还在继续往动物园外逃去。他轻戳了它一下，它掉转头，不情愿地从来时的方向走回来，显然心情不太好。正当这时，妈妈带着些面包和蜂蜜出现了。她没有意识到这个紧张的局面，还以为运隆处在正常的平和状态下，径直向它走了过去，拿出零食。运隆一下抢过了食物，把妈妈撞倒在地，摔在了她身上。阿凯出于直觉用他的草叉戳它，让它下来。

我想运隆应该是被自己的行为吓到了，它直接走回自己的笼子里。妈妈爬起来，整理了一下衣服，她感到无比尴尬，说这是她的错，不怪运隆。在我们走回屋子的路上，我发现她瘸得厉害。那时，我已经学了不少急救的课程，我知道该做什么。我让她去泡澡，往澡盆里倒进了整包的盐。我还给她拿了一瓶药用威士忌。

"你知道我不喝酒的，小琼，"她说，"我现在也不打算开始喝。"

所以我自己喝了它,现在我抖得比她还厉害。当你住在动物园里,你会不自觉地产生一种关于安全感的错觉,就是觉得这些动物都是你的朋友,它们不会伤害你。我母亲终生致力于它们的福祉。可是看看现在,这动摇了深植我心中的信念。毫无疑问在我看来,如果不是阿凯反应得那么快,我母亲可能已经被杀死了——他救了她的命。

虽然她一直是个非常注重隐私的人,我说服了她给我看看她哪里受伤了。伤口有两道熊的前齿刺出的深深印痕,大腿上还有四个小一点的咬痕。她说这没什么,但这一次我也没告诉她就直接打电话给道彼医生了。他也做不了什么,他说。我们只能尽量保证伤口清洁、干爽。他走后,妈妈穿好衣服,直接去工作了。

爸爸一开始打算聘请几位女士来解决饲养员紧缺的问题,但如今整个国家的首要任务就是战争相关的事务,无论性别只要能干活儿就行。虽然你可以在十七岁半的时候参军,但一旦过了十八岁,入伍就是强制性的了。所以那些一离开学校就来当饲养员或者在办公室和咖啡厅里工作的女孩子们总是待不长。她们会收到一封劳动部寄来的信,然后必须为了"国之重任"而离开。

1944年春天,爸爸觉得现在该让莫格力为动物园做一件重要的事了。他之前不想这么做是因为莫格力和彼得的友谊十分吸引游客注意,也常成为正面报道的素材。他觉得这两者同样重要。它们仍是一对吸引游客的好拍档,尤其是当彼得试着模仿莫格力吼叫的时候。但几个月前,莫格力和彼得从它们的窝里被移到了一个封闭的笼子里。就像彼得拒绝过普通的"狗生"一样,莫格力只要一看见或者听见其他狮子的动静就会变得很有侵略性。

只要莫格力听见别的狮子吼叫,它就会回应,然后在围栏里开始跑跳。我们担心它某一天真的会跃出围栏。它的围栏后面,是它和彼得原本用来躲避坏天气的马厩。我们决定把它们先安置在里面,同时准备做一个动物旅行箱。莫格力感知到了有什么事要发生,在所有人都没搞清楚状况的时候,一跃跳到9英尺高的横梁上。还好有彼得能把它"劝"下来。

动物园的狮子繁育计划自战争开始后就停止了。不过一得知袭击已结束,爸爸就从布里斯托动物园交换引进了一只成年雄狮"尼禄"。尼禄1940年10月来到动物园之后,就生了8只小狮子,其中6只活了下来。它们的性格就像它们的父亲一样,十分暴躁。尼禄是动物园曾有的所有狮子里最好斗的,小狮子降生后,它就被饲养员们移出了笼子。他们很清楚尼禄的脾气,只要一不小心,小崽崽们就都死定了。它已经杀了信念的女儿卡露给它生的两只小宝宝了,不值得再冒险把它养在里面。当信念自己和尼禄生了两只小狮子之后,是信念好脾气的"前夫"帕特里克和它一起在窝里度过了生产后最初的几个星期。小狮子在那段时间里是最脆弱和需要保护的。

后来，尼禄死了，死于1943年8月10日。那晚是奶奶和爷爷的金婚纪念日，爸爸告诉我他做了一个艰难的决定：彼得和莫格力将要被分开了。他想要更多的小狮子。现在仅剩的雄狮就是帕特里克了，可它不能跟自己的女儿们交配。大家都知道莫格力是很温和的动物，就像帕特里克一样，它会是个好爸爸，能生出帅气可爱的狮宝宝，这样应该能满足需求。因为小狮子每只能卖50镑，这对增加动物园的收入有很大好处。

虽然我本来就不太喜欢彼得和莫格力在一起，但我仍然对这个决定感到为难。只几个月前，莫格力踩住了彼得的爪子，直接扯裂了它的皮肤。人们总是说，一旦莫格力尝过血的滋味，就会发生这样的事，不过它没有这么做。接下来的几天里，它一直在把伤口舔干净，它们的友谊还是如常的亲近，如果没有更亲近的话。

接下来的几周里，彼得和别人送给动物园的几只斑点狗养在了一起。我们不允许它自由漫步，爸爸说，因为它可能觉得所有狮子都是友好的，就会试图钻进狮舍后面的狮子窝里去……然而最后我一直担心的事还是发生了。

莫格力被介绍给了母狮子们，后来生了三只小崽子，虽然它没有活着见到它们。它变得过度紧觉不安，它让自己出了满身的汗，又着了凉，很快发展成了肺炎。一只煤油炉被摆进了它的笼子，但天气变得很冷，炉子基本上起不到任何效果，同时大风也一直呼啸着。它的病情恶化了,三天后,我们决定让彼得进去。莫格力慢慢失去意识的过程中,彼得一直躺在它的朋友身旁。第二天早晨它死了,彼得又被放回了斑点狗群里。我会带它出来散步,但它再也不能自由自在地漫步了。最终,战争结束后不久,它挖出条道逃出了自己的笼子,进到了隔壁的屋里。那里养着条澳洲野狗,它立刻就被杀了。自那以后我决心再也不养狗了。我做到了。

第十一章

胖奇现在是动物园里年纪最大的动物。当它在1930年被卖给英格丽先生的时候已经大约二十五岁,所以现在也快四十了,是只年纪很大的熊呢。不过至少它现在不是孑然一身。1939年,在它被汤姆金斯·格拉夫顿小姐认养之后不久,朱迪来了。朱迪是只比它年轻许多的雌性北极熊,它是在斯凯格内斯①的布特林假日营被战争部回收的时候遣散到动物园的。它们第一次见到彼此的时候,他很警惕,但朱迪看起来并不怎么露怯,她立即跳进熊舍的小水池里,溅起了一片水花,等她出来之后看起来神

1　英格兰东海岸的一个镇。

胖奇是我们最早的一只北极熊。搬进它的带着大泳池的新熊舍之后，它洗了这辈子第一个痛快澡。1939年，汤姆金斯·格拉夫顿小姐认养了它，负责它的生活开支。

胖奇和朱迪在它们的新泳池中玩耍。这里就是弗雷德不小心滑下去怎么都爬不出来的地方

打仗时用来阻挡坦克的路障,变成了第三座熊舍水池里完美的展示台

清气爽。胖奇看了看,但并没有打算学她。每一次她走进来,他都会饶有兴趣地看着她游泳,但还是没能说服自己尝试点新东西。

自从1939年汤姆金斯·格拉夫顿小姐自告奋勇封自己为胖奇的监护人之后,她每年都来看他好几次,了解他的近况。她看到朱迪来了之后很高兴,愿意承担抚养它们两个的费用,即每周1镑。

多年来,她对朱迪干干净净而胖奇看起来打算继续这么邋遢下去的状况越来越担忧。她慢慢接受了这和泳池的尺寸有关的解释。这池子太小了,他没法痛痛快快洗个澡,她说如果莫莎德先生愿意考虑建一个大些的池子,她很乐意解决账单问题。

爸爸意识到这正好是个给托洛茨基和运隆造熊舍的完美机会。两座熊舍可以被合成一组建造,都按沟渠原则建,附加令熊无法攀爬的墙体。他打算从现在养野牛的区域中间开一条行车道出来,两个熊舍都将安置在路的尽头。这样造价就会相对便宜一些,因为这个工程用的材料不过是石头及水泥,而且不会再有养护费用产生。此外,这也能让游客们对熊舍一览无余。但这是个艰巨的任务,我们需要一套系统来循环和过滤渠水。

6月6日晚,我正在庭院里帮阿凯为茉莉做一个新的背上座椅。它现在已经长大到足够一边坐几个孩子了。这时妈妈上气不接下气地跑了进来。

"他们做到了!"

阿凯和他的两只大象。左边是茉莉，右边是曼曼。这张照片应该是他们到动物园之后不久拍的，因为没过多久曼曼就死了

孩子们喜欢骑在茉莉身上玩。他们经常是刚刚从象背上下来，就又去排队骑象了

"做到什么了,妈妈?"

"他们成功地跨过了海峡!"

她说的是海王星行动,就是之后举世闻名的诺曼底登陆,或称 D 日。这是战争落幕的序曲。

我们已经感受到了有什么即将发生,因为大约上星期开始,附近的支路上不断开过满载美军部队的护卫车队。那时候电台已经有一阵子没有播放天气预报了,因为那样可能会提示德军什么时候会有进攻的好天气。听众们会按要求寄去任何有关法国海岸线的节日卡或是明信片。他们收到了大量的明信片,从各个角度呈现了整个法国海岸线。但没有人知道在哪里或是什么时候它会发生。

最高指挥官是艾森豪威尔将军,BBC 在那天剩下的时间里不断重复播放着他的声明。

> 西欧人民:
>
> 今天早晨,盟军远征军在法国海岸登陆……这次登陆只是第一场战斗。我呼吁所有热爱自由的人民与我们站在一起,保持坚定的信念。我们的军队有决心赢得战争。让我们团结起来争取胜利!

那周剩下的几天里,我们都挤在雄伟影院等着看新闻片。那儿已经人满为患了,当我们挂着骄傲与悲伤的泪水到达那里的时候，人们排着队等待下一场放映。6月5日午夜过后不久，45000名伞兵降落在诺曼底。针对海岸的海军炮击天黑后开始发动。接着，在白天攻击的间隙，7000艘船和登陆舰在9500架飞机的保护下开始冲击桥头堡。

每个人，包括德国人，都以为登陆会从福克斯通或是多佛发起，那里是英吉利海峡最狭窄的地方。但法国那边的加莱和布洛涅两个港口是有重兵把守的。从法国海岸线上任何一处登陆都很困难，那里的防御工事很完备。诺曼底那个登陆地点并没有大的港口，这就是为什么德军并不觉得他们会从那里登陆的主要原因。我们惊叹于马尔伯里临时人工港是如何被英国工程师构建出来，以使得坦克和补给能够顺利通过。温斯顿港是其中靠近阿罗芒什区的一部分，在此后十个月中都是通往欧洲大陆的唯一途径，直到它被安特卫普港取代。150万军人和50万辆车经过那些以水泥桩和充气栈桥搭起的浮桥从英国挺进。

光是想象这其中的伤亡情况就令人心碎。尽管第一天就有1000名德军被歼灭，但盟军付出的代价是它的十倍。真令人痛心，想到那么多人在黎明前夜倒下。我们都以为盟军能够更快挺进，可能只要几星期就能抓到希特勒。但在地面指挥作战的蒙哥马利将军预测要九十天才能抵达塞纳河畔。他没说错，巴黎于1944年8月25日被解放。

"D日"之前，我其实已经收到了征召函。像穆丽尔一样，我当时也决定加入英国皇家海军女子服务队，但可惜我没有通过体检，我被告知是因为心脏有杂音。最后我被派去了利物浦路的一间军需品工厂工作。

战前，威廉姆斯公司（Williams & Williams）是制造钢制窗框的，现在它开始做金属制汽油运输罐了。因为法国已经找不到燃油了，想要进攻柏林，燃油输送是件首要大事。事实上，这个罐子的设计是从德国人那里偷学来的。有了这种油罐，往坦克里加油就不再需要管子，而且它的把手设计可以方便一人或两人同时抬着，或是通过人链传递。

和其他所有人一起，我的驻地也在一个传送带边。传送带很吵，尘土飞扬，我单调无味地工作着。每周三次，午饭时会有《工友休闲时间》电台直播节目从"英国某地"的工人食堂在全国播出。没有这档节目的时候，我们会听《乐声相伴》。有时各式各样的艺术家会来驻地给我们演出。但我讨厌这一切，于是申请加入妇女土地服务队[①]。

也许因为我有些园艺方面的经验，我被派往切斯特以东大概十英里处德拉米尔的一座苗圃。那是个非常美丽的地方：一片原始森林被星星点点的小湖泊环绕着，附近有一座叫作德拉米尔德的大宅，已被改造成一处驻有一万名美军的基地。你会在路上看见他们乘护卫车前往法国。车流从未停歇，一辆接着一辆。

---

① 第一次与第二次世界大战期间英国的一个民间组织。将妇女们组织起来参加农业劳作，让男性劳动力能去参军。

我被派去一间叫沙泊的乡间别墅，那儿与奥科菲尔德没太大不同，有可以打槌球的草坪、一汪小湖、一座长满石楠的花园。那儿还住着些别的姑娘，因为我们在这儿驻扎，所以宅子的主人需要负责我们的食宿。我们的一整套制服包括灯芯绒马裤、粗布衬衣、绿色套头毛衣、驼色长袜、一对结实的鞋、一件大衣、一件油布雨衣和一顶毡帽。

我们睡在阁楼里。我床边的椅子少了个腿，但我常常累得不由自主地忘记了这件事而直接坐上去，接着毫无例外地摔倒在地板上，却没有力气再爬起来。每天早上是从六点开始的。在出发之前，我们会去厨房用面包和芝士做三明治。标准的芝士配给量是每周 2 盎司，但因为我们是土地服务队的，所以我们一周最多 12 盎司。据我所知，这是对我们繁重的体力劳动唯一的补偿。

在苗圃里，我为温室的首席园丁打下手。他设立了非常高的标准：他不能忍受任何野草的存在，如果被他看见任何一点杂草，就会劈头盖脸地斥责你。每天收工后，所有的工具必须要清洗干净、上油，然后摆放到它们固定的位置。

我的其中一个任务是给番茄树授粉。我要用一支末端有兔尾毛的小棍子把花粉扫到雌蕊上，保证那些小白花的雌蕊上都有撒到。以前常看爷爷做这个，所以这个工作我很快就上手了。修建侧枝也是。一开始它们肆意生长，长得到处都是，不过一旦用绳子束起来绑到木头框上，看起来就像是整齐列队的士兵们一样精神。这一切都令我很有满足感,我喜欢那气味,它好像能带着我回到那些我带着杰特逃去厨房花园和爷爷花好长时间聊迎春花的日子。

妇女土地服务队里其他比我来得久的姑娘们有着各式各样的出生背景,但我们都打成了一片,没过多久我就感到自己真的很开心。最烂的工作是把果园里果树底下的粪肥拨弄均匀,那果园有好几公顷大呢。我的手上甚至都起了泡。我并不介意体力劳动,当然其实我比其他人更习惯它。甚至那些看起来有抵触情绪的人都不是真的那么想。我们大家都很喜欢一起劳作,这真是个令人意外的发现。她们甚至带我去了当地的酒吧!我还跟泽娜一起,在她爸爸在威斯敏斯特公爵的属地开的酒吧楼上过了一夜,不过我们也没真正进到酒吧里去。那个年代里"好姑娘"是不会去酒吧的。战争的到来改变了一切,我觉得真正的自由到来了。但是对我来说,这自由是短暂的。后来我才知道,我是被派去顶替某个人,所以在六周后就必须离开。

我的下一站是距离动物园不到一英里的胡尔厅,所以我可以回家睡觉,早上再骑自行车过去。在沙泊的日子里,我享受着别的姑娘带给我的友谊和陪伴。现在,我只剩下工作,而失掉了所有乐趣,因为一旦我回到奥科菲尔德,就得去咖啡厅帮忙、打扫,为第二天的经营做各种准备。

胡尔厅是一座 18 世纪的大宅,它被花园和农田包围着。我在那儿工作了一年多一点时间,还是被派到温室里做着和当时在德拉米尔差不多的工作。我还是照料那些番茄，我们也种生菜。7月末8月初的时候，要去采黑加仑果子，它们把我的手指都染成蓝色了。然后，就要一片地接着一片地挖土豆。相比较之下，这任务让我背疼得厉害。然后，冬天来了，日复一日。无论下雨或者天晴，都没什么分别，我们还是得去，即使泥巴使采摘根茎类蔬菜的过程变得困难二十倍。

1945年5月6日，我们正在切着白萝卜，一小伙子一边穿过农田奔跑着冲向我们，一边在空中挥舞着双手。

"结束了！"他大叫。"结束了！德军投降了！"在后来的五分钟里，我们全部紧紧地拥抱在一起。先是泪与笑，之后更多的是泪。但我们没有停止工作，像往常一样直到正常下班时间才收工。在打仗的这几年里，这个国家人为地将夏季的时间"拉长了一倍"，灯光一直到夜晚十点才会熄灭，这样作物就能早些收获。但那天的工作完成之后，我发了狂似的踩着自行车回到动物园，冲上楼，换好衣服，再骑回切斯特。我打算去见瑞秋，她是另一个也在胡尔厅工作的土地服务队的姑娘。我也给南希打了电话，安排和她还有玛格丽特会面。她们那时都在她们母亲的农场里帮忙。总而言之，这一天你总想和朋友们一起度过。

切斯特的大街小巷里人潮汹涌，大家聊着天，唱着歌，互相拥抱，甚至被完全陌生的人亲吻，那些军人尤其喜欢这么做。每个人都喜气洋洋的，为击败德军感到高兴和宽慰。我们都清楚这并不代表一切都过去了。我们仍在与日军打仗，许多人家里仍有在外打仗或屈居俘虏营内的男丁。但这一晚，我们允许自己忘记一切，庆祝这场胜利。那晚的庆祝活动完全是自发的，一直持续到凌晨。第二天，所有人又如常回到工作岗位上去了。

当我冲回家去拿我的制服时，我甚至不记得有和我父母说上话，因为这是切斯特动物园的大日子：北极熊池和熊园的正式揭幕日。其实熊熊们已经在它们的新家里住了几天了，爸爸从一口自流井里抽了大约三万加仑水来填满北极熊池。但是胖奇还是不肯跳进去。揭幕前一天晚上，爸爸愁得快要抓狂。我们要怎么骗胖奇下水呢？他满脑子想的是怎么跟汤姆金斯·格拉夫顿小姐交代，她可是仪式的特邀嘉宾。她做这一切可都是为了胖奇，只是为了看他游泳而已。

大概午餐的时候，爸爸开车去切斯特车站接她。妈妈在他们到达后献上了为她准备的茶和司康饼。但她迫切地想见到胖奇，她说。因为建造工程的关系，新熊园边上的泥地还是一片稀烂的状态，所以他们选了一条泥巴还算干燥的路走过去，爸爸的心沉了下去。

两只北极熊都坐在它们的石头座上，像是准备进行一场表演。汤姆金斯·格拉夫顿小姐检查了一下场地，一本正经地说道："过来，你们两个！让我看看你们有多喜欢自己的新家。"

就像是接到了皇家命令，两只熊蹒跚地走到池边，滑了进去，水花四溅，很快就像海边的孩子一样玩耍起来，爸爸说。

汤姆金斯·格拉夫顿小姐停留了几分钟，观察它们，默默地点点头，然后转身走开了，她说喝完妈妈准备的茶之后必须要走了。她还要赶长长的路去湖区，她不再年轻了，她解释说。

去往切斯特火车站的回程路上她一直很安静，爸爸说。一直到他送她上车，互相道别的时候她才开口说话。

"嗯，我想就这样吧，莫莎德先生，大概我再也不会见到你了。但我想谢谢你为胖奇所做的一切。现在它已经愿意泡澡了，我死而无憾。"

6个月后，1945年11月27日，她在睡梦中安然去世，享年八十三岁。她在遗嘱里为北英格兰动物学会留下了一大笔钱。本地报纸引述爸爸的话说道，"这足以重振动物园。"这是我父亲少见的轻描淡写的陈述。那笔钱有一万八千镑之多，主要来自她的大宅的出售价，一些小的遗赠都被清空了，这个价格是1930年买下奥科菲尔德的价钱的五倍。汤姆金斯·格拉夫顿小姐一直独居在温德米尔湖畔一个叫发索里的村子里，那儿最为人熟知的一点是它是碧雅翠丝·波特[①]的故乡。波特女士与格拉夫顿小姐同年出生，但早她两年去世。我曾好奇她们是否认识彼此。我愿意相信她们是相识的。

几周后，到了胡尔厅收割干草的时节。天气正是典型的英国夏天最美的时分。至少现在我不需要穿厚重的灯芯绒衣物，

---

① 碧雅翠丝·波特（Helen Beatrix Potter，1866—1943），英国童书作家、插画家，同时也是自然科学家。彼得兔是她的创作中最知名的角色。

只需要穿及膝的背带裤就好了。首先，干草会由马拉着的割草机割下，直到整片地变成巨大的调色板。接着，我们会沿着田埂走，把干草堆弄松，这样太阳才能晒干它们。然后再用耙把它们弄成一堆一堆的干草块。最后，再用草叉把干草堆丢进马拉的货车上面，另一个姑娘会站在一边帮忙把干草块叠起来。

小麦的收割要晚得多，要一直等到麦秆变成金黄色，麦穗沉沉地垂下才可以。收割完成后，它们会被存放在谷仓上面的阁楼里，直到脱粒机到达。然后我们就要爬上梯子去，用草叉叉下它们，扔进脱粒机张开的"大嘴"。谷粒会通过振动从壳里剥落出来。

我还记得30年代的时候看过我的叔叔们是怎么手工脱粒的。他们在保尔农场只种了点麦子，刚刚好能在冬天喂饱家禽那么点分量。我仍记得叔叔们用一根绑着绳子的长柄棍子，末端还绑着一小片木头，拍打着地面上的谷粒。我尽量保持距离，因为不想被打到。要好几个小时才能剥离出一点点，就算是对像他们这么强壮的男人来说，这也是个重活儿。现在有了机器，只要十分之一的时间就能完成。

最后一道工序，就是用风机吹走谷糠。那场面就像在一场尘暴中心，空气中全是谷糠，什么都看不见。我努力地坚持了，但当我觉得实在呼吸困难的时候，被送回了家。应该是因为某种过敏吧，我想。但这已经足够让我放松一下了，于是我回到了动物园。一开始我生着病，但当爸爸觉得我已经好些了之后，他说等不及了，水族馆必须清理出来，所以我又被派去干活儿了。对我来说，每一次都是这样。

自从1940年秋天闭馆之后，堆积在水族馆里的垃圾数量已经大得惊人。下大雨的时候地窖很容易浸水，虽然有个手动水泵，但没人有时间去弄它，所以只好任由水慢慢地退去。这意味着，地窖里非常潮湿。我花了几个月的时间收拾，终于可以再次向水族箱里灌水了，尽管它们大部分都在漏水。我尝试用黏土堵住漏水的缝隙，不过不算太成功。有些我怎么也没法修好的水族箱，被我当成了饲养两栖动物藏品的地方。学会中一位叫帕克的会员每周末都会来动物园住，算是来轮值。他是一位电工，会负责所有电力方面的工作。他拆出一台旧冰箱里的压缩机给水族箱做了一套曝气系统。

爷爷的温室已被扩建成爬虫馆了，不过建筑严重受损，已无法修复，不幸只能被拆除。我们决定建一个新的出入口，设立单独的售票处，并利用起所有的地窖空间，把那里的蛇馆也囊括进来。这个新的展馆可以带来6便士额外的门票收入，也能提高动物园的总收入。不过这都是将来的打算了。当下，还活着的热带鱼的数量极其有限，所以我打算照着C. H. 彼得斯写的《族馆的爱与日常》（*Life and Love in an Aquarium*）手册自己孵化一些。这本书是彼得·法尔瓦瑟留给我的。鱼类比哺乳动物繁殖得更快，不过从无到有地培养出一套完整的收藏需要一定的时间。

卡桑德拉是在切斯特动物园里出生的第一只狮子，她是信念和帕特里克的女儿。那三只弄死了羊的顽皮小狮子里有她一份。但长大之后，她成了一位出色的母亲，她生出了六窝健康的小狮子。她的狮子崽崽一共被卖了470英镑呢。

现在这应该是卡桑德拉的第七窝了，此前的生产过程都很顺利，所以没有什么理由去怀疑这一次会有什么难度。恰恰相反，身为一只六岁的母狮子，她已经很在行了，而且知道她在干什么。她在圣诞节前的那个早上开始分娩，但第一只雄性宝宝生下来就已经死了；接着，几分钟后，第二只生出来了，是只雌的，还活着；很明显还有别的胎儿在里面等着出生（她的上一胎生了6只），但好几个小时过去了都没有动静，我们决定该帮帮她了。第二天，依然没有其他宝宝降生的迹象，而她也因耗尽力气而死了，剩下的狮宝宝就这么胎死腹中。

那晚我们围坐在火边，想着该怎么办。爸爸把那只小狮子抱在膝上，用张旧毯子裹着它，只露出个鼻子。那小小的身体几乎一动不动。它能生存下来的机会微乎其微，他说。

"我们没法养大它，"他叹了口气，"如果穆丽尔不在的话。"

"让我试试？"我说。

"你不知道该怎么做。"

"我不知道你为什么这么说，爸爸。我之前帮过忙。"

"但那是快六年前了。"

战争开始后动物园里也曾有过别的小狮子，一共二十只，但它们都是被自己的母亲抚养长大的，一直到它们被认为已经足够大，包括我在内没有人会去接触它们。如果一只母狮子闻到了人类的手在小狮子身上留下的味道，它很可能就会抛弃这只幼崽。我们只在崽崽有危险的时候才会介入。动物园里最后的孤儿是维克多，或者说莫格力。

但我确实记得该怎么办。我曾在穆丽尔忙着的时候帮忙给小狮子孤儿喂过奶瓶。没错，如果要养它们，你就没剩多少时间可以睡觉了，但这相对拯救一个生命来说，只是很小的代价。

"拜托了，爸爸，让我试试吧。"

他低下头，望着他膝上这无助的小生灵。它的眼睛都还没睁开。如果不接受我的提议的话，剩下的唯一选择就是让它自然死亡，所以他不情愿地答应了。

我给她取名叫克里斯蒂。

克里斯蒂一定是全世界最美的小狮子。她的毛发是金黄色的，茂密又柔软。她有大大的爪子，能发出响亮的咕噜声。我做了我所记得的穆丽尔当时做的一切。大约在第一周的时间里，我每隔几个小时用温牛奶喂她一次，就像对待人类小孩那样。我给她找了个盒子，铺满干草，并保证她被好好地包裹在一块羊毛毯里面。白天的时候，我会每隔大约半小时从地窖里出来一次，看看她好不好。晚上，她就睡在我床边一个旧的四方形鸟笼里。她三个月大的时候，已经被训练得很好了。用起居室壁炉里的一盆木灰来给她保暖。如果我叫她，她也知道自己的

克里斯蒂和我在动物园里一条寻常的小道上散步。我从她一天大的时候就开始亲自喂养她，她是我见过的最美丽的狮崽。

门房边的野禽池。爷爷在挖它的时候我也"出了不少力"。奶奶后来跌了进去,丢失了她第二挚爱的帽子

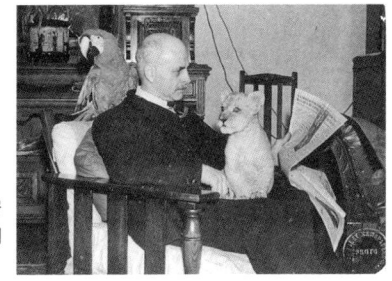

爸爸和小狮子克里斯蒂及鹦鹉洛洛在房间里。寒冷的夜晚,鹦鹉们就会被搬到这里睡觉,战后这里成了我们的客厅

狮子小时候很容易感染病毒。照片里爸爸正在给克里斯蒂称重,看看它的体重增加得是不是正常

名字。当她开始会走路的时候,我还是照旧这么照顾她,不过当我要去水族馆干活的时候她会跟着我下到地窖去。

为了让她断奶,我喂了她几口马肉,接着是更大块的肉,直到她最终可以接受带着新鲜血肉的大骨头。虽然她和我们一起玩的时候从来没有伸过爪子,她把力气都撒在了我家桃花心木的餐椅上。她会倒坐在椅子上,把爪子搭在椅背,然后啃椅背上的栏杆。

随着她慢慢地长大,她会跳到你背上,一开始是挺好玩的,但很快她就变得太重了,我会被她推倒跪倒在地。

除了水族馆的事之外,我还有别的事要做。爷爷那时年事已高,但花园的状态却令人不甚满意,现在已长满了杂草,因为在过去的好多年中,它一直都不在我们的任务优先级清单前几位。我现在的任务只是把它清理干净,包括清理门房边的水塘。水塘里那时已堵住了,而且散发着臭气。1940年8月的第一次空袭之后,所有的鸟都消失了。虽然爷爷一直在为我提供指导意见,不过现在实际上我已经成为奥科菲尔德的园丁了。

爷爷现在一个人住在门房里,因为奶奶已经于1945年4月去世了。她那年八十五岁。她人生的最后几年令人唏嘘,因为她已记不得太多东西。但爷爷从没停止爱她。晴天午后,你会看见他们一起坐在门房前的长椅上,和路过的游客们聊天。但至少,她已经见证了她的儿子实现了自己建一座动物园的梦想。唯一的遗憾是,因为战争的关系,现在的动物园相比1939

年时的样子，更像是片破旧的废墟。

克里斯蒂现在已经重到我抱不动她了，不过这也没什么关系，反正我走到哪儿她都会跟到哪儿，就像是童谣里唱的羊羔们一样。如果我要出门，妈妈会带她进屋，安抚她让她平静，直到我走出她的视线。只不过车开出不远后，我还是能听到她的号叫。

我不在家的时候她在干什么其实我知道得清清楚楚：她肯定会在屋里啪嗒啪嗒地走来走去，到处找我，在每间屋子里进进出出，最后在我床上睡着。但即使受到了很好的行为训练，当她长到六个月大时，爸爸觉得她已经太大了，不能再待在我们的房子里了，他说他已经受够了被咬烂的家具。

"每个人都应该明白，"一天早晨，他说，"她应该要知道她是只狮子。我不希望发生在莫格力身上的事在她身上重复。"

但当爸爸第一次把她放进狮园和别的狮子在一起时，她发出了嘶嘶的叫声，时不时地低吼。于是他们把她放进了一个单独的笼子里，她还是叫个不停。游人们问，她是病了吗？并没有。她只是想回到屋子里，或是和我在一起。

等到最后一位游人一离开，我就会径直跑去克里斯蒂的笼子边放她出来。她那时已经很强壮了，所以当她跳起来把爪子搭在我肩上，我就会被她推倒。但她从来没有亮出爪子或者试图咬我。

但爸爸不太开心。因为他已经下过命令：除了他在场的情况下,不允许放她出来。

"你要明白,小琼。克里斯蒂不是只小猫,她是只狮子。她可能和你在一起的时候没有问题,但万一她忽然想去村子里探索呢?"

"她不会的。她会和我在一起的。"

"对不起,但我真的不能冒这个险。一旦被村民发现有只成年的狮子在院子里游荡的话,我们就完蛋了。"

"但她还没完全成年呢。"

"他们可不管这么多。"

我妈妈感到无所适从,因为她知道我是多么喜爱克里斯蒂,而且明白它肯定不会伤害我。

每次听见我来,克里斯蒂都显得高兴极了。当她听见我手里的钥匙清脆的撞击声,就会打哈欠,开始轻快地踱步,等待门被打开的那一刻好马上跳出来。我曾经痴迷那些夜晚,草坪上会落下笼子栏杆长长的影子,出来夜巡的妈妈拿着给动物们的小点心走在我们身后,她只是随意跟着,也不会刻意跟着我们。我记得我笑着跑过草坪,在灌木丛里玩躲猫猫,克里斯蒂会悄悄跟着我,然后扑上来,或者拿爪子勾住我的一条腿把我拖出来。

每次爸爸不在家的时候,这就像是我们的小秘密,阿凯也不会告密。就像任何一个真正喜爱动物的人一样,他希望看到克里斯蒂开心,我们总会在爸爸回来的时候把她赶回笼子里去。

当然，每当那个时候，她总是极度不情愿的。她会平躺下，拒绝移动，所以我们得拖她回去。妈妈会来抬前腿，我会抬后腿，我们会一起小心地把她拖回自己的笼子。

这偷偷摸摸放她出来的把戏持续了几个月，事实上，大概快有一年时间吧。除了妈妈、阿凯和我自己之外没有人知道，因为在我们放她出来之前，年轻的饲养员们都已经下班回家了。

一天晚上，我和爸爸一起去接一只落入几英里外某个人家花园里的丹顶鹤。他们应该是打了电话来问有没有人能去接它，一般来说就是我们俩去。

在像往常那样巡逻时，妈妈路过克里斯蒂的笼子，把她放了出来。"克里斯蒂真美，就这么看着她在草地上跳跃，和其他动物们欢快地玩在一起，就让人觉得活力满满。"妈妈以前总这么说。没有任何人会对克里斯蒂感到害怕。妈妈通常会在夜巡时带些快过期的面包当作给动物们的小点心。但那天晚上，当她走到小鼰鹿班比附近的时候，意识到面包快发完了，所以她回屋子里去再拿一些，留下克里斯蒂和班比一起在外面玩。

等她回来的时候，班比还在那儿，克里斯蒂却不见了。

详细的情况我是后来才听说的。

妈妈一遍一遍呼喊着克里斯蒂的名字，但是没有任何回应。她在园子里四处搜索着，越找越焦虑。她找遍了克里斯蒂可能躲着的所有地方，包括门房、池塘旁的月桂树丛里……但什么都没有发现。她看见阿凯和多萝西一起在厨房里坐着，她对他

我离开陆军部队之后马上回到了动物园,担任水族馆饲养员。照片里我正在收集喂鱼用的水蚤,黇鹿班比一直陪着我。

年轻的饲养员泰得·贾维斯和混血小熊贝琳达在一起

我和克里斯蒂一起玩。虽然我把手指放在她嘴里,但她不会咬我

们说有些事想跟他聊一聊，然后他们就一起出门去找它，一遍遍叫着克里斯蒂的名字。

"我们得试试去农田里找，莫特太太……也许我们该给谁打个电话。"阿凯说。

"现在还不用，"我母亲说，"还不用。"她明白如果被人知道有只狮子逃跑了意味着什么。她心烦意乱地回到屋里，阿凯继续在邻近的地方搜索，寻找被压倒的大麦植株，寻找任何能提供它去向的线索。

回去的路上，妈妈满脑子想着如果被爸爸知道了他会怎么说，或是万一克里斯蒂在外面遇到了动物或者小孩该怎么办，她害怕极了。刚一进屋，马乔朝向花园的小门走了进来。她去探望朋友了，刚刚回来。

"莫特太太？"

"现在不行，马乔。我现在没空说话。"妈妈说，她正强迫自己给警察打电话，她知道自己必须这么做。

"但是，莫特太太，克里斯蒂在屋里干什么？你知道莫特先生已经不许她在屋里了。"

妈妈停下了手上的动作。"你刚才说了什么？"

"莫特先生说不能让她继续在屋里了。"

"我说那之前……"

"克里斯蒂。她在楼上，纳塔莉的房间里，睡着呢。"

妈妈激动得全身颤抖，哭了出来。阿凯和多萝西的小女儿当时约18个月大，克里斯蒂就是睡在了她屋里。她一定是在妈妈返回厨房拿面包的时候跟了进来，只是妈妈没看见她。克里斯蒂想要的，不过是陪伴而已。

马乔把熟睡的纳塔莉抱下楼，交给了她在厨房里的母亲。她并没有实话告诉多萝西发生了什么，她不觉得这会是个好主意……马乔让克里斯蒂在原处继续睡着，不过关上了门。然后妈妈跑去找阿凯，之后他们合力把这睡狮弄回了她自己的笼子。

阿凯其实和其他人一样，对克里斯蒂的脾气一清二楚，不过当涉及他自己孩子的时候……他说，他就没法再忍下去了。他能想象到克里斯蒂对别人起兽性，因为有一次他走进她的笼子的时候她就那么做过。那次还好他记得脱下他的外套，扔在她脸上。

"我想她可能是闻到了我身上大象的味道。"他是这么说的。

当爸爸和我回来的时候，一切糟透了。我们白跑了一趟，因为等我们到那儿的时候那只丹顶鹤已经飞走了，飞回我们自己的草坪里。妈妈满眼泪水地找到我们。在此之前，爸爸完全不知道我们一直瞒着他让克里斯蒂出来玩。我从没见过他发那么大火。

"这就是你希望的吗？"他对我说，"你难道希望她被枪打死？记住我的话，姑娘，这就是下场。"

不会再有特殊待遇了，他下了决心。克里斯蒂必须要和其他狮子一起被关在那个主狮舍里。她的年纪已经足够成为一位母亲了,他说。"一旦她有了自己的孩子,就不一样了,等着瞧。"

他们决定等到大部分游人离开之后行动。爸爸让我去地窖里的水族馆待着,不要插手。在地窖里,我什么都听不见,陪伴我的只有曝气系统发出的隐隐约约的嘶嘶声。我从阿凯口中知道了后来发生的事。他们把她丢进主狮舍的母狮群,关上她身后的门的那一刻,她就冲向了第一只向她走来的狮子。忽然间狮群全部咆哮着打了起来。克里斯蒂逃上了树,但别的狮子继续围着树干伺机而动。因为害怕这会变成一场血战,而他会失去所有狮子,爸爸让阿凯用骨头诱惑她们回到窝里。但她们丝毫不为所动,继续龇牙咧嘴地在树下徘徊。爸爸决定拿出唯一的办法——他自己进去。他知道克里斯蒂和阿凯之前发生的事,但她从来没对他显示出任何的攻击性。听见了门闩和铰链的响动,母狮子们将她们的注意力转移到了这个闯入者身上。仅仅象征性地拿着支草叉做武装,他缓缓走向她们,用草叉将她们往窝里赶。当她们都被安全地关进了窝里,克里斯蒂从树上爬了下来,让爸爸把她带回自己的笼子。

我在厨房里听见了楼上有人在高声地说话,忍不住跑了上去。爸爸看着我,摇了摇头,然后离开了房间。我听见他上楼走进了办公室。

"发生了什么?"我问妈妈。

"你得问阿凯。我当时不在场。"

阿凯还在狮舍那里。我意外地看见了克里斯蒂在她自己的笼子里。但有点不一样。她没有冲着我跳过来，只是坐在角落里盯着我。我抱着笼子铁丝网，不停地哭，不停地哭，直到阿凯找来了我妈妈，硬是把我拖走了。

从那以后，我再也不被允许出现在她周围。不能因为任何理由去狮舍那里。我应该专注于水族馆的工作，还有花园的事，爸爸说。光这两样就足够我忙的了。只有这样，当她习惯了我不在身旁，克里斯蒂的笼舍才有可能会被重新调整。

我不知道她的笼舍后来有没有再被调整过。我只能躺在自己的床上，听着她传来一声声的哀号，默默地哭泣。这煎熬令人难以承受。

爸爸从此再没对我提到过克里斯蒂的名字。之后我听说她曾被配对，但现在又开始独自生活。1948年5月14日，她生了三只小狮子。它们的父亲可能是从都柏林来的雄狮罗瑞。第一只小狮子因为她疏于抚养而饿死了。剩下两只被从她身边带走，接受人工抚养。只不过，养它们的不是我。

我从此再也没有亲密接近过动物。爸爸不允许我这么做，因为他觉得我不够成熟，不懂得保持适当的距离。后来就算他要我去，我都会拒绝。

1950年12月底，克里斯蒂离开了动物园，被交换去了一个外国的动物园。是我毁了她的生活吗？这个问题盘踞在我心底，像是个不曾愈合的伤疤。就像莫格力觉得自己是条狗一样，克里斯蒂以为她是个人，这都是我的错。

直到现在，我都为她难过。我深深地爱她，可却无法为她做任何事。我决心不再与不属于我的动物有任何牵连，我只负责水族馆的事。虽然你可能会被某种鱼深深吸引，但它们不可能像温血动物一样和你建立起那样亲密的关系。

我们一生中能有多少位挚爱呢？我爱克里斯蒂，但这爱伤透了我的心。

第十二章

　　早在有历史记载之前，统治者和征服者们就已经开始了对野生动物的豢养。亚历山大大帝就养了不少非洲象和印度象，他也常常收到来自被他占领的地区的人们进贡的异域动物，不过一般而言，希腊人比较喜欢把野生鸟类养在鸟笼里。罗马人也把动物当作战利品——据记载罗马皇帝图拉真就有 11000 只之多的动物收藏。公元 8 世纪末期，查理大帝[①]的动物园在当时也是举世闻名。动物园也非欧洲独有，古埃及时就已经有动物园

---

① Emperor Charlemagne（742—814），欧洲中世纪早期法兰克王国的国王（768—814 年在位），后人也称他查理曼。

存在。那位被西班牙人打败的阿兹特克的统治者蒙特祖玛就有大量的收藏。印度也会饲养猎鹰与印度豹用来捕猎。

自亨利三世时代开始，伦敦塔里就有英国皇室的收藏，包括狮子和老虎。当一位使节需要向君主献上礼物，一只来自异域的动物总是妥当的选择。

其中最令人叹为观止的收藏在凡尔赛宫，从一开始就被规划在了整个建筑方案之内。这个以灌木丛和树木来隐藏围栏的动物园很快就成了和宫殿本身齐名的景观。就像往常一样，其他贵族立刻开始模仿路易十四的举动。没过多久，假如哪个贵族没有一个这样的动物园，根本抬不起头来。但这些收藏，都极少有机会为公众所见。

接着，法国大革命到来了。凡尔赛宫成了一切旧时代恶势力的象征。1789年10月，一位愤怒且很可能饥肠辘辘的暴民到了动物园门前，要求打开笼门，杀掉动物当肉吃。但面对狮子和老虎可能会失去控制的现实，他们改变了主意。不过还是有一小部分不会对人造成威胁的动物被放生了，以彰显大革命的精神。

但对那些剩下的动植物，还是得花些力气处理。那巴黎植物园的由来呢？一开始它是为了草药研究而设立的，就建在巴黎第六大学隔壁。但因为郊区没什么合适的地点，所以这里实际上成了一个动物园，光是来自奥尔良公爵官邸的动物就有36只。凡尔赛宫里的动物最终也被并入进来，不过也是等到大革命政府批准了建造必要的笼子需要的预算之后才着手转移的。不过那笔钱附加了一个重要的条件,即这些动物藏品必须要向普通市民开放,以作教育及娱乐之用。于是,巴黎植物园成了第一个面向公众的动物园,这一模式被源源不断的后来者所模仿,其中也包括我们。

多亏了汤姆金斯·格拉夫顿小姐的遗赠,让切斯特动物园能够买入更多的土地,终于成功地进行了扩建。不过,一直到食物供应的情况改善之前,那些土地基本上是被用来种庄稼了。战争一开始的时候,整个动物园占地32公顷。现在,又有了40公顷,其中包括几处天然的池塘,它们之后被改建成了水禽池。

在近乎无穷无尽的危机中生存了15年后,动物园现在已经有了坚实的财务基础,所以维修和改造的工程都可以开动了。我父亲的修缮清单上第一个项目便是狮舍。但在经历了英国历史上最严重的战争打击之后,每一座城镇、每一户人家都有重建工程要做,所以建筑材料处于短缺状态。

爸爸早在政府提出"物尽其用"政策[1]之前就已是这一原则的倡导者,而且走运的是,他又灵光一现想出了个办法。切斯特附近就有海岸线,那儿的反坦克路障曾是这个国家抵抗入侵者的防御工事的一部分。这些路障现在都没用了,而且因为

---

[1] "二战"期间因物资不足和战时配给制度的实行,英国政府提出的一个宣传口号,提倡人们充分利用一切资源,以修理、修补等方式代替购买,物尽其用。

利华休姆勋爵为新的狮舍奠基。站在爸爸和利华休姆勋爵之间的是查理·柯林斯,动物园的第一位员工。站在左边的美丽女士是杰拉尔丁·罗素·艾伦小姐,她对动物园很慷慨,对我也是

帕特里克在新的狮舍里。狮舍的建造进度因为打仗而拖延了。这是史上第一次狮子被关在篱笆里,而不是铁栏杆后面

它们占据了道路，必须要被移走。他通过国家供给部的某个人，那人又通过别人，为爸爸取得了许可——那些路障啊，地堡啊，他想要多少就拿多少，统统都是免费的。那些官员很高兴有人能把它们都弄走。

第一阶段，我们用掉了超过一千个路障，剩下的那些足够我们继续用好多年。停车场和每一条行车道都成了这些路障的临时堆放地，地堡们被丢在了其中一块新买来的土地上。我们找来一匹叫火龙的夏尔马帮忙移动那些路障，然后再用杠杆和滑轮系统将它们人工运到合适的地点。

狮园的设计其实并不需要太多的建筑材料，不过爸爸知道这项工作还是很缺人手，他需要找一些像乐意与动物一起工作一样乐意与水泥一起"工作"的工人。好在战争已经结束了，我们收到了足够的应聘申请。

1947年3月，从纳粹控制下的波兰逃跑的齐格来到了动物园。他在战时穿过匈牙利逃到了英国，"二战"一结束他就申请留在英国。因为申请的条件是他需要有一份工作，所以就开始为动物园工作。

罗伯托·加拉茨是个意大利人，他曾是战俘，不过后来娶了一位英国姑娘，最后移民去了澳大利亚。还有个男孩，他一直在等回缅甸的机会，不过我忘了他的名字。芭芭拉·怀特加入陆军之前也一直在动物园工作，她负责照看狮子。马多克斯太太是本地人，她是第一位在动物园工作的阿普顿人。哪儿有

波兰难民齐格和小猩猩所罗门。齐格接过了穆丽尔饲养员的职责

等战争结束彼得·斯考特回来看我们的时候,他已是位知名的画家和保育主义者了。照片上是他和克里斯蒂,还有一匹斑马在一起

需要，她就去做什么，从男人们的体力活到咖啡馆的侍应工作，她都能应对自如。还有弗雷德·威廉姆斯，和另外两个本地男孩。弗雷德那年二十二岁，一开始是来做熊舍管理员。我觉得他们之前应该都没有过相关经验。

唯一有经验的是查理·柯林斯，不过他在那一年之后才退伍回来。他一回来就加入了负责花园工作的队伍。等把所有工作安排妥当，他和马多克斯太太就开始建造爬虫馆，接着他自己接任了爬虫馆饲养员，因为爷爷已经把自己所知道的一切教给了他。

无论我们在报纸的招聘广告上所写的职位是饲养员还是园丁，他们都要为那些工程出力——挖沟渠、移动路障，或者其他任何需要的事，一切都是边学边做。加班并没有工资，但我们也没人提出这样的要求，因为大家都知道：一切都是为了动物园。

弗雷德的第一个工作是帮忙移动路障。只用了两天时间，他、齐格和罗伯托，在阿凯和茉莉的帮助下，将整整118个，每个都重达14英担（即大约700千克）的水泥块运送到位。而且还标记出了动物园的领地界限，这使我们最终能与马术学校的范围区分开来。他们也圈出了狮园的范围，每一个路障都成了支撑篱笆的桩子，它们共同构成了狮子和游人之间唯一的物理屏障。

要用篱笆围住的面积大约一公顷，这将成为全英国最大的

弗雷德是作为饲养员来到动物园的,他正和贝琳达在一起。贝琳达是运隆和托洛茨基的女儿

查理·柯林斯站在爬虫馆外面。他亲手建造了这个馆,并成为了管理员。他是唯一被允许开新货车的人

齐格不只是猩猩们的管理员,他也会开着小摩托艇,带游客游览野鸟湖,一只猩猩也常跟他们一起去

杰拉尔德·伊莱斯(中间),丽景动物园的园长,和我父亲(右)成了挚友。这张照片拍摄于50年代。当我1934年第一次见他的时候,我觉得他是我此生见过的最英俊的人

狮园，甚至超过了惠普斯奈德那个，然而建筑材料仍然成问题。最终我父亲找到了一些原来用在飞机跑道上的重型铁丝网，才解决了问题。不过即使如此，篱笆必须要12英尺高，外加3英尺的悬垂，需要的网格数量非常大。虽然皇家空军有些富余的材料，但没有什么免费的午餐，后来一位慷慨的学会会员路易斯·布雷小姐出了这笔钱。她刚刚向英国国民信托组织捐出了位于迪河河口岸边的内斯植物园。

我父亲对于饲养动物有三大指导原则：光线充足、空气清新和防寒保暖。但为游人准备的设施他也十分重视，还要保证人们能获得良好的视野。一个由若干柱子支撑起的观景台被扩建了一倍，观景台下面就是喂狮子的地方。

安置在旧马厩里的猴舍光线一直不太好，所以这就成了第二项大工程，顺便动物园也可重整已经被战争消耗得所剩无几的收藏。新建的猴舍将被用来饲养黑猩猩和其他猿类动物，等到这个工程完成之后，那些早期用来养动物的旧马厩就不会再对公众开放。

弗雷德·威廉姆斯被我爸爸派来水族馆帮忙时，我们凑到了一起。他有着我见过的所有人中最灿烂的微笑。一天晚上，我们在周围大大小小的水塘里想为水族馆找些刺鱼。这些水塘是1940年的炸弹空袭带来的唯一好处。虽然这听起来和一场浪漫的约会没半点关系，但对我们来说它就是如此。

之前我曾经有过别的男朋友，但都不算特别认真的关系。

我爱上的第一个男孩是我的堂兄乔治。我们30年代早期就认识了彼此,而且曾经一起住在门房里。接着,当然,也和我一起并肩走在大象前面。所以,当我心里的感觉从兄妹之情转变成另外一些情愫,情况就变得有点奇怪了。因为奶奶的强烈反对,所以其实我们之间从未真正发生过什么。打仗的时候,大部分的年轻男子都在不断地转移,只有农民的儿子会留在原地。1947年春天,我和一个刚从伊拉克退伍回来的军人约翰有些暧昧,然而因为弗雷德的到来,我们就散了。

狮园于1947年5月28日正式开幕。那些有机会能第一次观看母狮子们走出屋子、进入草木之间的观众之中,有丽景动物园的杰拉尔德·伊莱斯和杰拉尔丁·罗素·艾伦小姐,现在她已脱下了护士长的制服。剪彩的是"游牧人",他是BBC《孩子们的时刻》的嘉宾、本土的博物学家。他当天所做的演讲被录下来,在6月16日播出了。从工程开始到结束,我们只花了两个月时间。虽然错过了复活节假期,但是还能赶上圣灵降临节。那个周一有超过2000位游人来动物园游玩,创下了我们单日接待人数的纪录。自爸爸提出那个遭到强烈反对,甚至使整个动物园命悬一线的"没有栏杆的动物园"的方案已经过去了整整十年时间,尽管大家并不看好,但动物园从未发生过狮子逃跑的事件,虽然有一次五只母狮子不小心被放了出来。那是一个新来的饲养员,他打开了狮窝内部的活板门,却不记得外面的围栏尚未完工。还好母狮子们只是待在灌木丛中没有跑开，爸爸和阿凯把它们赶了回去。

弗雷德和我那时已经开始交往了，不过还是偷偷摸摸的，当然妈妈也有过怀疑。我越了解他，就越喜欢他，越觉得我是多么的幸运，感谢命运能把他带到我身边。我们整天聊着各自的生活——那些我在动物园的日子和他与众不同的家庭状况。他之前经历了非常艰难的日子。他的父亲在他只有六岁时，因拔智齿时医生的麻醉失误而去世。他有七个同父异母的哥哥，是他父亲第一次婚姻所生。他们的妈妈已经去世了，留下弗雷德的父亲和一个嗷嗷待哺的家。他父亲曾为邮政总局效力，并因第一次世界大战时期在前线架设电报线路而被法国政府授予过英勇十字勋章。他父亲从法国归来时在切斯特火车站遇见了弗雷德的母亲，那时她是一家自助餐厅的经理。他们走到一起之后有了五个孩子，两个比弗雷德大，分别叫作拜特和弗兰克，另两个比他小的叫作菲儿和珍。这还不够，他母亲还同时照料着一个叫作蓓柔的孩子，后来她干脆收养了这孩子。

弗雷德比我大六个月。从学校毕业之后他就在铁路上当司炉工，因为他想为妈妈分担一些压力，这份工作能为他提供一份不错的报酬，也很稳定。他一直是名工人，十二岁起，他就开始为本地的杂货店打工送货，虽然那时他还不会骑自行车，在他长高到脚能够到自行车踏板之前都只能推着车送货。

铁路司炉工是一个必须保留的职位，因此他没有接到征兵令。但他刚过十八岁就自愿加入了皇家空军，只不过从来没有真正服役过。他得了肺炎，诺曼底登陆的时候他正躺在布莱克浦的医院里。欧洲战场上的战争结束后，他又回到了自己原来的工作岗位上，可一回到那儿，他就感到十分厌恶。他不想就这样过一辈子。正巧那时，他注意到了爸爸登载在当地报纸上的饲养员招聘广告。

弗雷德一直很喜欢动物，小时候他会在自家花园里捉甲虫和毛毛虫玩。他不会弄死它们，只是用来观察，看够了之后，他又会小心地把它们放回原来被发现时的地方。他养了几只几内亚猪，还在自己做的鸟笼里养了鸟，水塘里还有他养的鱼和蝾螈。只要可以，他就会偷偷把动物带回家，如果他母亲允许的话，他应该能把整个家都塞满动物。他做得还不错，在鸟笼里养着几只虎皮鹦鹉，在楼梯平台上养着金丝雀。在地窖里，他还会繁育小鼠，然后卖给邻居和朋友们。不过他会很小心的，只出售同性的小鼠，这样他就能维持自己的"垄断地位"。他的动手能力非常强，而且很早就从他的哥哥们那里近乎学会了修理所有东西。

我们约会的时候，会做那个年代的年轻情侣所做的任何事。我们会去跳舞，弗雷德在舞池里从来都不缺舞伴，人们叫他舞池仙子，但我就跟这说法没半点关系了；我们也和他妹妹及她的男朋友一起去溜冰；我们会去电影院，挑后排的座位，至于电影放了什么，谁记得呢。一天，我们搭巴士去新布莱顿，在海滨长廊手牵手走了一遍又一遍。那儿离动物园足够远，这样就不会遇到任何认识我们的人了。切斯特赛马比赛的那一周，我们去了在旧城墙与河流之间某个地方举行的柯林斯市集，玩得不亦乐乎。市集的游乐项目包括长颈妇人、蜘蛛女侠、拳击擂台，还有可以扔球打椰子的游戏台、推硬币①、射击游戏，等等。我们还试了套圈赢金鱼的游戏，不过什么都没中，还有幽灵列车②、旋转华尔兹③，甚至还有个摩天轮！

大部分的闲暇时间我们都待在水族馆里，以免被人撞见，不过就算所有人都下班了，我们常常还待在那里面，因为总是有做不完的事。动物园扩张得非常快，你真真实实地能够得到那种能做出点成绩来的成就感，你会知道自己做的一切都能使动物园变得更好。

1947 年 6 月 21 日是我二十一岁的生日。杰西阿姨特地去了一趟迪兹伯里，带给我一条挂坠项链——这是我堂哥乔治送我的礼物。当时他还在北非，是他拜托他妈妈给我买的。我们家没有大肆庆祝生日的习惯，所以就像往常一样，我打算下班之后组织一个只有我家人和劳埃德姐妹的小型聚会。不过最后只有南希来了，玛格丽特要出去约会。不巧的是，大约晚上 7 点的时候来了一车退休老人，希望我们能给些吃的。你知道，妈妈是从不会拒绝这些要求的。因为大部分咖啡馆的员工们都已经下班回家了，所以南希和我帮忙当起了服务员。忙完这一

---

① 过去英国酒吧常见的一种小游戏。
② 一种游乐设施，游客乘坐小火车进入布置成鬼屋的房间感受惊悚的气氛。
③ 类似旋转木马的游乐设施。

阵，又洗完锅碗瓢盆之后，我们已经累得没力气庆祝了。南希本来是我邀请来参加生日聚会的，可变成了来帮忙的，这让我觉得很尴尬。

收到别人赠予的新动物是件喜忧参半的事，除非爸爸事先知道了有动物要被送来，并提前做好了必要的安排。1947年5月，我们得到消息有两只海狮——塞米和苏西——要被送来，但我们没有合适的地方养它们。弗雷德那时管着托洛茨基、运隆，还有胖奇和朱迪，所以为海狮解决住宿的问题被丢给了他。因为海狮们必须生活在水里，有好几个星期，塞米和苏西就被关在熊舍外面的水池里，而可怜的胖奇和朱迪只好被关在它们的窝里没法出来。

即使有了推土机的帮忙，为它们建造另一座笼舍也得花上一个月时间。海狮馆有一个200英尺长、12英尺深的水池，需要挖出泥土，以水泥砖块砌出形状，然后围上板栗木篱笆。整个施工过程中，弗雷德一天都没有休息过。要让两只北极熊、两只海狮，还有托洛茨基和运隆互相分开，需要非常小心处理整个捕捉过程。

为了清洗海狮的临时居所，弗雷德得用梯子爬上围墙，然后滑下去。因为那是为北极熊设计的水池，所以水深大约有两米，池中有一座突出的水泥台。在它建成后的两年时间里，藻类已经爬满了水池的各个立面，使它们变得非常滑。他一次又一次试着爬上岸，但他的手抓不住任何可以支撑的东西，所以

塞米在巨大的水池里欢快地玩耍，栗子木篱笆是游人和它之间唯一的阻隔

弗雷德·威廉姆斯和苏西、塞米在北极熊池边。它们刚来的时候被安置在这里，而胖奇和朱迪被关在里舍，直到海狮们的新住处建造完毕

只是加速往下滑,直到触及池底。与此同时,塞米和苏西对这位不断挣扎着的"入侵者"产生了兴趣,不断在他身边游来游去。

还好,弗雷德最终还是找到了一个不那么滑又不那么陡的地方,成功地从水里爬了起来。如果不是他水性好,可能这过程就不会那么顺利,又或者万一塞米不喜欢他的话……

在之后的几年里,塞米和苏西证明了它们也是动物园的大明星。弗雷德每隔半个小时就会用小鱼喂它们,当然前提是它们要表演跃出水面、用前肢撑起身子、接住被抛到半空的小鱼等节目。这成了他们日常的把戏,弗雷德的手指也常常被兴奋过头的塞米咬到受伤。

查理——我们的鲦夫企鹅——在战争初期就因为鲱鱼断供而死掉。我们曾试着用鱼肝油浸过的马肉喂它,但它不吃。不过,因为企鹅属于很特别的物种,而且非常受欢迎,所以一等到鲱鱼的供应情况有所恢复,我们就又引进了四只新的。糟糕的是,被一只狐狸弄死了三只。所以,奥斯瓦尔德就像查理一样,只能孤零零地独自生活。而且,和查理一样,奥斯瓦尔德也喜欢有人陪伴(查理在它的伴侣被弹片击中死掉之后和几只幸存的海狸鼠一起生活),它有时候会从篱笆间挤出来,到外面散步。

如果掐准了时间,它会在去喂海狮的路上遇到弗雷德。鸵鸟奥西也会在弗雷德经过的时候靠在它的篱笆边上,从桶里偷叼鱼吃,弗雷德就会假装自己不知道。熊也是这样。一旦它们听见他过来了,就会用后腿站起来,挥舞着熊掌,像是在说"嘿,

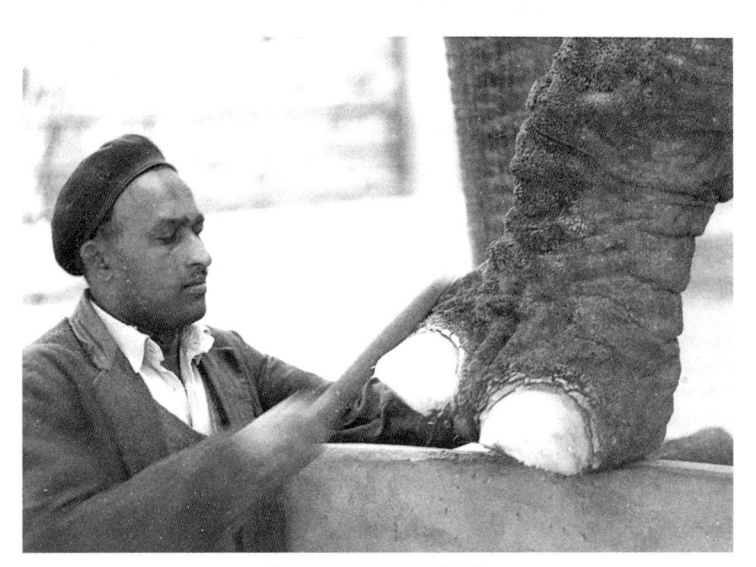

阿凯在给茉莉的趾甲做美容

海狮塞米和苏西 1947 年意外来到动物园。他们给人们带来了许多欢乐

我们的呢？"然后它们也会得到些鱼。后来，BBC把这个场景拍了下来，做成了一小段电视传输信号中断时播放的片花。奥斯瓦尔德特别喜欢黏着弗雷德，它总是跟在他身后。一天，弗雷德正站在梯子上修爬虫馆的一些电气设备，他忽然感到有东西在拽他的裤子。低头一看，是查理，它已经离地八英尺，挂在他身后了。

两只海狮的到来和它们对大池子的需求产生了巨大的影响。给水池不断灌注和更换自来水的花销令人望而却步，所以爸爸就近从家里寻找解决方案。让人喜出望外的是，爸爸随意凿出的第一个井眼就直接打通了一个巨大的含水层。打井的器械撤走后，地下湖里的水因为自身的压力作用直接涌了上来，灌满了海狮池，并透过滤水层径自漫延，沿着水道形成瀑布、河堰和溪涧，也刚好充盈了各处的水池——火烈鸟池、海狸池、水禽池。这些水路不只成为了重要的给水来源，也为动物园添上了浓厚的视觉趣味，它使得猩猩岛可以被建造在之后挖成的人工湖中央，也成就了切斯特动物园非常独特的、让游人乘船游览的方式。

在我花费了十八个月之久的时间后，水族馆终于准备就绪了。其中有14个热带鱼池、11个冷水池和7个生态缸。因为地窖的每个房间都有不同的形状，游人可以沿着自然形成的曲折蜿蜒的参观路线依次走过每个房间，欣赏到嵌进地窖墙壁里的大大小小的水族箱和生态缸。建造水族箱的地方，本是用来存放红酒的。我已经尽了自己的一切所能,但因为大部分东西都是凑合着用的,所以要花很大的力气去维护。例如蛇馆,因为没有间隔,每到喂食的时候,都要花工夫阻止那只体形较大的蟒蛇把那只小小的球蟒生吞下去,因为即使大蟒蛇已经开始享用自己的食物了,那球蟒还是坚持不懈地想要去抢一口。

我在等待鱼卵们孵化的时候,同时开始繁育长尾鹦鹉。我用果树枝条给它们做窝,然后艰难地把窝牢牢地挂在墙上。因为那个窝并没有留门,当小鸟出生的时候我只能听见它们的叫声,要一直到它们长大能离开窝了,我才知道到底有几只。但至少,我为动物园赚到了些钱:爸爸用我繁育出来的多余的小鸟和惠普斯奈德动物园交换了一只骆驼。

次紧急的建筑工程是一间大象房。1949年末,它终于开张了。还是BBC的"游牧人"为它剪的彩。他说:"就这么冲眼看的话,它就像个仿制精巧的希腊神庙。"大象房是茉莉借助一台起重机自己努力建造起来的。

爸爸成功地从她主人的手上买下了茉莉。她有着坚毅的性格,虽然她愿意为阿凯做任何事,但对其他人,她的态度完全不同。在对待她的时候,我们都会怀着最大的尊重。我的其中一个任务就是帮孩子们爬到她背上的座椅。她很乐意在我站在舷梯上把孩子们举上去的时候,用鼻子绕住我的脚踝,让我站稳。我会站在她的一侧,阿凯站在另一侧,他的眼神里有着调皮的目光。我知道他不会让我受到任何伤害,不过即使如此,我还是会祈祷她不要把我拽下去。阿凯和多萝西的女儿纳塔莉那时已经大约四岁了，茉莉爱她，像保护自己的女儿一样保护她。纳塔莉会在她的四腿之间跑来跑去，由着自己的性子使唤她，比如要求她用鼻子将她高举到空中。

茉莉讨厌的只有一个人，那就是弗雷德。他觉得那是因为他身上熊的味道。但不管出于什么理由，弗雷德就代表她的敌人。每晚阿凯都会带着茉莉去后院，从洗碗间的热水龙头上接出软水管给茉莉洗澡。因为洗碗间也是准备动物食材的地方，所以其实这么让她冲澡有点麻烦，因为在她洗澡的时候其他一切工作都得停下来。一天，弗雷德变得很不耐烦——他正在屋里准备出去，所以撞到了茉莉。茉莉朝他扑过来，他被她逼到了墙边。他说还好他往下跨了一大步，不然早就被压扁了。

每年春天，茉莉都要再适应一遍她背上的座椅。我们一把座椅绑上去，她就会想尽一切办法挣脱它。我们需要有人自愿坐在她背上，好让她习惯承受人的重量。虽然从来不是出于自愿的，不过一般这个任务会落到我头上。这时她就会选择我最不想去的线路，比如，从低垂的树枝下走过或者紧贴着砖墙。她会尝试坐下、奔跑、摇头晃脑……反正什么能把我赶走她就做什么。看着这一切，阿凯总会在一边偷笑。

自从来到切斯特动物园之后，茉莉就没再戴过脚镣，不过一些年纪比较小的孩子还是害怕坐在她庞大的身躯上。所以不久，我们就推出了骑驴或者骑设得兰矮种马的项目。

战后的那几年，我们很少有假期，甚至连休息日都屈指可数。每个人都希望动物园能获得成功。只要还有可能出现一两个参观者，我们就会保证卖门票的地方开放，咖啡厅也会一直开着，为公众提供服务。我们得时时保持微笑和恰当的礼仪，无论客人们是否在喝完最后一杯茶之后很久还待着不走。园里的长期雇员们都由衷地为动物园感到自豪。他们辛勤地工作，尽管我们能给的报酬并不多。看着动物园越来越壮大、游客数越来越多，能成为其中一员，给了他们满满的工作成就感。

1949年，访客总数达到了319423。他们中有50380人愿意为水族馆单独支付门票，这点让我感到尤其骄傲。那座由弗雷德和查理·柯林斯用战备剩下的钢化玻璃建造的爬虫馆，那年共有102613名访客。后来爬虫馆一直是查理在当饲养员。咖啡厅方面，虽然妈妈还是总负责人，她已经找到了称心的帮手。现在再看这些数字，会让人对我们的成就难以置信。1949年，我们卖出了207352份餐，有27993人搭乘摩托艇进行了环鸟岛游，33866个孩子骑了驴子。而茉莉的背上，一共坐过30350人。

1945年穆丽尔从海军退役后回家待了一阵子，亲手喂大了一只猩猩宝宝帕姆，又再次离开了家。她仍旧决心去旅行。她在丘纳德轮船公司跨洋航线的船上找到了一份女服务生的工作。她待过"田园"号与"弗兰肯"号，后者曾是战时的运兵船，后来被调去"伊丽莎白皇后"号。她去过香港，也做过多次横跨大西洋的旅行，去纽约、魁北克。就这么过了几年，她开始感到厌倦，于是又回到了奥科菲尔德。她的挚爱始终是黑猩猩，虽然她30年代哺育过的那一群没能熬到战争结束。没有足够的条件保暖，也没有合适的食物，它们都病了，然后陆续离世了。

爸爸决心要再组建一个健健康康的黑猩猩王国。在穆丽尔的帮助下，他做到了。1949年，一个在塞拉利昂工作的医生给动物园送来五只西方品种的黑猩猩。他说是在一个当地的市场买下它们的，它们的主人要卖掉它们换食物。刚到动物园的时候，它们的样子十分可怜，那些发育不良的幼崽需要关爱和照顾才能存活下来。还好有穆丽尔和齐格在。齐格一开始只是帮帮穆丽尔的忙，但最终她成了猩猩饲养员。而这些猩猩，成了今天我们在动物园里看见的黑猩猩们的祖先。其中一只叫麦格，她是全英国第一只在圈养状态下出生的小猩猩的母亲。

不过穆丽尔也从未戒掉自己的癖好。在照看了几年猩猩之后，她移民去了新西兰，结了婚，并生了个儿子，也就是我的外甥洛彼。除了一次短暂的回乡探访之外，她再也没有回来过。

弗雷德和我于1949年2月26日结了婚。我一直幻想等和平降临之后，日子会好过一些，配给制也会结束。不过并不如愿。事实上，反而越来越糟。打仗的时候，至少还有面包吃。现在，面包也被列入了配给清单，我们被告知面包要留给德国英占区流离失所的人们。

如果我们想在奥科菲尔德办婚宴的话,得选游客数量最少的时候,爸爸说。这就是为什么我们一直等到 2 月才结婚。我们也限制了邀请的宾客数量。弗雷德家有 7 个兄弟及他们各自的妻子,另外还有 4 个姐妹和她们各自的伴侣。我请了我所有的叔舅姨姑和表亲。当然,还有我们的朋友们。

婚礼的那天早晨,我早早起了床,拿上我的网兜,去池塘抓了些水蚤,给我的鱼儿们也吃顿大餐。穆丽尔给她的猩猩们梳洗喂食。我们这就都准备好了。我未来的小姑给我准备了一大把花束。我穿上了白婚纱,戴好面纱,面纱的头带上有着美丽的橙色花朵装饰。我们也有些小插曲,穆丽尔弄丢了她专门为了参加婚礼新买的束身衣。她穿着玫瑰粉色的伴娘服,看上去美极了。弗雷德的妈妈和我妈妈穿着斜纹软呢套装,因为才 2 月,这么穿着实有点冷。弗雷德和他的伴郎吉姆(他的长兄)都穿着漂亮的新西装,每人在西装领扣眼里插着一朵白色康乃馨。爸爸把我交到弗雷德手中。

婚宴上,我们吃的是平时的火腿沙拉,配上水果罐头和奶油。我们的结婚蛋糕很漂亮,有三层高,不过没有香槟可以搭配,只有一杯雪利酒。我的家人们没有一个喝醉的,这显然让弗雷德家的人有点失望,因为他们都醉了。之所以后来在主楼外面拍的那张大合照里缺了几位弗雷德的家人,是因为他们那时已经去酒吧了!

我们收到的结婚礼物包括百丽耐热玻璃盘子、晚餐和下午

弗雷德与我，摄于我们婚礼后不久。没什么是弗雷德做不了的事，他成了我爸爸的左膀右臂。

茶招待券、两张旅行毯、一个压力锅、一只电热水壶、一个熨斗、几盏台灯和一个非常实用的托盘，这个托盘我到现在都还在用。它们都在门房等着我们，在接下来的五年里，那里就是我们的家。

爷爷那时已经需要卧床。他的腿上有溃疡，需要每天换洗衣物，所以搬去了一间楼上的卧房，这样妈妈好照顾他。从他房间里可以看到院子里的雪松，鹦鹉们曾经栖息在上面。但即使他的身体在不断退化，九十三岁的他大脑依然清醒如常。

婚礼仪式是在阿普顿的教区教堂举行的。等我回到奥科菲尔德，趁婚宴开始之前，我上楼去看望爷爷。我亲吻了他，并在他面前抖了抖身上还残留着的礼花碎屑。他说，他真为我们高兴。

一对幸福的新人和亲友。他们之后是我的闺蜜南希,远远地站在照片右边,,边上是莫德,穆丽尔的好朋友,也是我们的门票收银员;南希边上是她的姐姐玛格丽特;左边第三个是我的堂兄帕蒂,他看起来精神极了。

致　谢

　　谨在此感谢所有使得这本书呈现在读者面前的人们。首先，我的儿子乔治，写这本书是他出的主意，而且他画的20世纪30年代的动物园平面图不能再完美了；我也欠我的小女儿琳达一句谢谢，因为我的两个惹人喜爱的小外孙，也因为他们对动物和自然世界无穷的兴趣总让我想起我年轻的时候。他们的外曾祖父一定会为之自豪。

　　不过，我最想要感谢的是我的女儿小乔。她在好几年的时间里不断帮我做剪报、剪通讯稿，还有我的笔记和随笔，她不知疲倦地帮我将其归类整理、输入电脑、扫描、拍照……做了一切可能的存档工作。因为我从未系统地梳理过这些，而且我的字迹也不怎么好认，这绝不是个轻松的任务。她也是在动物园里长大的。外祖父母是她童年里重要的角色，所以关于他们的事她记得清清楚楚，也多亏了她的记性，才能让我回忆起过去的许多事。她的耐心和慷慨——她放弃了一个期盼已久的假期来帮我——令人难以忘怀。

　　我也想谢谢我的朋友南希与我分享她对战争时期的回忆，还有我的堂兄帕蒂、弗雷德的妹妹珍。

　　同样要感谢的是亚当·肯普，是他开启了后来的故事。当然，还有 Big Talk 影视制作公司，尤其是卢克·奥肯和肯顿·艾伦，是他们后来将我们的家族故事拍成了电视剧。我始终会记得那些才华横溢的演职员和剧组成员是多么热情地欢迎我加入他们。

也谢谢《头条》杂志的莎拉·埃姆斯里、侯里·哈里斯和朱利安·福斯特、彼得斯·弗雷泽 & 邓洛普（Peters Fraser & Dunlop）文学代理公司的经纪人卡罗琳·米歇尔，谢谢他们的努力和支持。这项出版任务并不轻松，还要多谢凯瑟琳·梅雷迪思的款待。

最后，我要谢谢佩内洛普·德宁[①]，感谢她妙笔生花的写作技巧使得全书能够整合起来，并让往事能够栩栩如生地呈现。

---

① 本书的共同作者。

图片来源

作者和出版社感谢以下的照片使用授权：

Daily Herald/Science & Society Picture Library: 19 top

Daily Mirror: 16 top

Getty Images: 11 top; 13 bottom; 15 bottom; 17 top and bottom; 21 top

其他照片来自作者个人收藏。

各章首页图片来源：

Monkey©bioraven/Shutterstock;

Penguin©onot/Shutterstock;

Fish©hadkhanong/Shutterstock;

Bear©KUCO/Shutterstock;

Elephant©KUCO/Shutterstock;

Polar Bear©onot/Shutterstock;

Lovebird©bioraven/Shutterstock;

Chimp©Canicula/Shutterstock;

Sea Lion©Canicula/Shutterstock;

Flamingo©VladisChern/Shutterstock;

Lion Cub©Megin/Shutterstock;

Lion©Canicula/Shutterstock

作者和出版社已尽力满足复制版权材料的要求,若仍有遗漏,还请第一时间联系我们以便更正。

图书在版编目（CIP）数据

如何拥有属于自己的动物园/（英）琼·莫莎德（June Mottershead）著；尤丹婷译. —北京：商务印书馆，2019
ISBN 978-7-100-16693-5

Ⅰ.①如… Ⅱ.①琼… ②尤… Ⅲ.①长篇小说－英国－现代 Ⅳ.① I561.45

中国版本图书馆CIP数据核字（2018）第230519号

权利保留，侵权必究。

如何拥有属于自己的动物园

〔英〕琼·莫莎德　著

尤丹婷　译

商 务 印 书 馆 出 版
（北京王府井大街36号　邮政编码100710）
商 务 印 书 馆 发 行
北 京 中 科 印 刷 有 限 公 司 印 刷
ISBN 978-7-100-16693-5

2019年1月第1版　　开本 889×1194　1/32
2019年1月北京第1次印刷　印张 10$\frac{1}{8}$　插页 1

定价：48.00元